陈滩旧梦

梁阿渣 著

梁阿渣♥

·楔子·

陈滩镇十载蒙庇护

伪财神一朝现真身

陈滩镇在金陵府的西南陲。

镇子沿河坐落，美丽富饶，民风淳朴。

过了镇口的牌楼往里径直走去，约莫一里多的地方，有个市集，人们称之为“财神府”。

财神府原本指的是位于此处的一户宅子。

这宅子蒙尘十余年，年年紧闭。但即使隔着一丈高墙，还是可以从冒出墙头的精致飞檐上窥探出这户宅邸浓重的富贵气息。

宅邸门前有一大块坦阔的空地，空地三面环着院墙，一面临河。临河处还有当年宅主修葺的一排松木长椅，供过路人歇脚。椅身的朱漆早已被陈滩丰沛的雨水冲刷得斑驳，露出的牙黄色原木，又被来来往往的陈滩人坐得平滑光亮。

财神府宅邸门前热闹了十来年，可从来没有人知道这宅邸主人的事情。

传闻这宅子曾是金陵城中一户大人物的别院家产。

最初曾是有小孩子好奇，想翻墙进去一探究竟；便有成年人吓唬那些顽劣的孩儿，道是：宅子里住着仙人，不能叨扰！

本是唬人的浑话，却辗转众口，以讹传讹下来，成了“宅子里住着财神爷”。

期望着承蒙庇佑，镇上的百姓索性纷纷围聚在财神府门前的空地上摆摊做买卖，兜售一些自制的糕点酒食。

财神府处于陈滩中央，南来北往的人都路过这里。客流充足，生意兴盛。

可众人不懂什么地理优势，都道是财神庇佑，这“财神府”的传闻便愈加风靡起来。

此次要讲述的故事，便发生于顺德十六年秋。

是年九月初八，傍晚的陈滩财神府前，人们像往常一样摆着摊做着生意。却见得一个衣衫破落面貌俊朗的青年，背着行囊骑着一匹大黑马，打远处徐徐而来。

陈滩不算大，经年累月的家长里短也无非皆是这家娶妻了那家有狗了，可供消磨的谈资少得可怜。

于是唐突出现在众人视野中的这个男子，迅速将财神府前的熙攘声息湮灭得不知所踪，空留一片屏息凝望的眼神，观察着来者——

只见那浓眉大眼一身风尘的青年由远及近，终究停在了市集上。

他翻身下马，驻足张望片刻后，从破烂的袖口中摸出一张皱巴巴的地图，就近向身旁卖烧鱼的胖姑，操着陌生乡音问道："孃孃，跟您打听哈，晓不晓得这儿……咋走嘛？"

年方二十的胖姑不懂"孃孃"是何地口音里的何种称呼，只晓得这个身长八尺，襟怀袒赤的同龄青年与自己搭话，便红了一张脸殷勤地凑上前去接过青年手中的地图仔细看着。

片刻后娇羞地抬起头："小官人，你找这儿做什么？"

青年："我家。"

"……哎？"胖姑又低头确认了一遍地图，"你家？"

青年："我家。"

"你家？"

青年："是咧，我家。"

胖姑打量了片刻青年，回头望着财神府："就是这里……"

"谢谢嘞！"青年抬头端详了片刻宅子，牵着马走上前去，磕了磕灌满沙土的锁孔，从腰间摸出钥匙，转了一圈。

这座尘封十余年的宅门就在一阵扬尘中，被推开了。

·第一回·

傲公子怒辞金陵城
朱武士远赴江南乡

壹

“林瑯你是不是又在玩儿鸟！”

林员外气急败坏地绕过柳木雕花屏风，在书桌前站停脚步：“你手放桌子下面干什么？你说你是不是又在玩儿鸟！”

“我没有！”林瑯矢口否认，双手从书桌下伸出，举过头顶企图自证清白，却见一只锦毛鹦鹉扑啦啦地从他袖口中飞出，落在桌旁的兽纹鸟杆上，将银铃踩得叮当作响。

遭遇玩宠出卖的林瑯脸上一阵尴尬。

“顺儿——顺儿呢！”林员外将手中扇子重重敲在桌案上，髭髯因怒而动，便是要寻林瑯的陪读小厮问罪，“让你好好盯着少爷读书，你干什么去了？”

在里屋酣然大睡的顺儿被惊醒，立刻斜抬着两只手臂，用小碎步跑出来跪倒在地，上气不接下气尖锐地哭道：“老——爷！都是顺儿的错，顺儿没能好好看着少爷读书！悔啊恨啊，还望老爷重罚顺儿吧……”

然后就哭昏在地一动不动了。

面对这场突如其来又早已司空见惯的戏码，林员外一时间难以消化。

林瑯觉得自己太阳穴附近渗出三四滴汗，只得向别的下人挤眉弄眼地吩咐“带下去带下去……”，又转脸赔上一笑，向父亲解释道：“这顺儿是戏班子里的小官儿出身，戏多，戏多……”

“后天就是九月廿八的府试了，你书都温好了吗？”也没指望面前这个不孝子能给出什么让人满意的回答，林员外垂头丧气地絮絮叨叨起来，“瞧瞧你身边……都是这种乱七八糟的人！不盯着你好好读书，成天就会撺掇着你吃喝玩乐！你娘在天之灵看着都要气哭了！”

“我娘才不生气。”

林瑯长吁一口优哉的气，将桌案前铺开的四书五经一通乱卷，向后靠倒在嵌玉桦木椅上，揉着酸痛的肩膀：“这顺儿是当年我娘亲自买进府里的小厮。况且——我娘在世的时候说了只盼我开开心心地按自己的想法过日子……”

遭遇顶撞的林老员外气不打一处来：“你的想法？你个小屁孩有什么想法！我问你——昨天安排你和花巡抚家的闺女一起就宴，你中途借口出恭，怎么一出还给我不回来了？你让爹在人家面前多难做，你到底是什么意思？”

“爹……我还不想娶媳妇儿。况且人花家大小姐也肯定看不上我！”

“你也知道人家看不上你！”林员外恨铁不成钢，“你可知道你爹我花了多少钱，才打点好这场宴会，你给我说溜就溜！”

“别说了爹——反正我就是不要娶她——也不要做官”林瑯坐相不端庄，几番言语之间竟把脚跷到了书桌上，摇头晃脑地自吹自擂起来，“我可是走过丝路的人！这么好的商场经历，那是要留着子承父业替您分忧的……做官多浪费啊！”

“士农工商里，从来都是商人最下贱！”林员外气得直咳嗽，“我当初就不该让你跟你那小舅去走什么丝绸之路，净学来一些洋派的鬼道理！花家在朝廷里是肱股大臣，我们要是能和人家攀上关系……”

“——停！”

林瑯此下才真正恼怒了起来：“既然是想攀关系，那要娶就你娶，要当官就你当！我有我自己的人生，不要把你的虚华大梦强加在我身上！”

这一顿堵让林员外半天缓不过气来，“……你”了半晌，最后眸子里失了神，连呵斥都弱掉几分力气，只似喃喃自语般骂了一句“竖子不可教”，却也不知道该说什么了。

老头子兀自转头，踏出门槛时才回魂了一般，朝屋里大喝一句：“不然就按我说的做！不然就别吃我林家一口饭，趁早收拾东西给我滚出林府！”

很有骨气地挨到子时，林瑯听到窗外顺儿捏着嗓子低呼的声音：“少爷……少爷……”

推开窗户便瞥见顺儿端着些饭菜，林瑯揉着饥饿的肚子低声道：“快进来快进来。”

“老爷也太心狠了……居然禁少爷食！”隔着暗灯，顺儿泪眼婆娑，脸上浓重的胭脂熠熠生辉：“实在不行……实在不行，少爷……您就娶了花小姐吧！”

林瑯一边狼吞虎咽一边道“不行”。

“少爷……”顺儿摸出一张锦绣帕子，像是怕蹭花了妆一般轻轻按压着眼拭泪，“顺儿知道少爷不想娶妻，其实是因为心疼我。怕娶来个少奶奶欺负我，鞭打我，毒死我……顺儿也舍不得少爷，但是……”

“停停停——”林瑯及时制止了顺儿的即兴发挥，“你这都是哪儿来的鬼话？”

顺儿梨花带雨：“戏文里都是这么唱的啊——您可听过《琉璃杯》？”遭到林瑯摇头后顺儿兀自解说道，“讲的就是一个公子娶了妻，但那毒妇嫉妒公子对自己丫鬟的爱，最终杀害了丫鬟的故事……那丫鬟喝毒酒后那段唱词最为悲戚了，顺儿唱给少爷您听……咳咳——清秋冷月，枯叶残菊，皆付了寒江东去……吁——”

林瑯急忙捂住哭到跑调的顺儿的嘴：“够了够了。”

好不容易哄住了这个现世宝，林瑯拍着饱足的肚子躺回床上去：“娘给我亲手缝的那件褂子——红色锦缎那件——可好生收着呢？”

“在柜子里，靠上边儿那层——您问这个做什么？”

“没什么，想娘了……”林瑯转了转眼珠盘算：继续追问会不会露出马脚？可顾虑了片刻还是问出了口：“那娘给我缝的那双靴子呢？——黑色麂皮那双。”

“也一并在柜子里收着。”好在顺儿脑子没那么机灵，并未起疑心，只顾着收拾残羹冷炙。余悲还未散，眼角挂着可怜的泪珠：“顺儿也想夫人了，哎……可光想念有什么用啊，所以只能不负所托——好生照顾少爷。”

林瑯听了这话心里渐暖：“还算有良心，平日里没白疼你。”

这句不打紧，哪知那厢顺儿听罢却又抽抽搭搭地哭了起来：“少爷，是您和夫人把我救回府里来的，予我吃穿免我流离，您的恩情，顺儿愿……”

“停停停——”林瑯再度制止顺儿的即兴发挥，清了两声嗓子之后正色道，“那少爷对你……有一事相求。”

顺儿收拾盘箸的手突然一抽，筷子落在了地上。只见那现世宝转过脸来，脸上的胭脂更浓重了几分，因错抱着期待却不得不隐忍激动，于是连声音都颤抖了起来：“……何、何事……”

想也知道这家伙又在脑子里排出了一场何等离奇的大戏，林瑯摸过手边折扇重重敲了一把顺儿的头：“想什么呢！我是要你以后学乖点儿，别再惹老爷生气！指不定哪天老爷把你赶出林府，我可护不住你！还有就是：照顾好……老爷。”

顺儿隐隐觉得不对劲，可脑中偏偏转不过来，只顾着一脸茫然地答应道：“这是当然……”

“好了出去吧，我要睡了……”

翌日顺儿醒来时才揣摩明白林瑯“有事相求”背后的意思。

从榻上惊坐起，连胭脂都没来得及涂，便冲去林瑯寝房中翻了一圈，随后便伏在院中号啕大哭了起来。

——“啊——少爷滚出林府啦！”

九月廿八。

下工回家差不多是酉时末。和门前日渐熟络起来的摊贩们挨个儿打了招呼，唐玉树随手掩上了宅门，边朝着自己住着的西厢房走去，边脱掉薄衫。

搬了一整日的货，发了一整日的汗，唐玉树觉得自己有点臭。

他蓦地想起昨天在屋子后面找到一个半人高的大木桶，一不做二不休——将它滚来了院中，烧了两桶热水，又摘了十来枝皂角，就着陈滩好看的夕阳，舒舒服服地泡起澡来。

“巴适。”

口中说着，可他心里却觉得空落落的——偌大的宅子里只有自己一个人住。

“不过都会变好的吧……”唐玉树喃喃道。

自迁来陈滩已经有二十余天了。

虽说乡音不通，唐玉树却还是凭着淳朴简单的性子渐渐融入了此地。又顺利地找了一份在码头上搬货的差事，也算是有了一个饭碗。闲暇时或帮孤老乡邻分担些力气活儿，或给童稚孩提讲讲当年战场杀敌的英勇旧事……一切总算是安生了起来。

至于以后的日子要怎么过……唐玉树从来都不敢细想。

“走一步看一步吧……”唐玉树喃喃着。

夕阳从宅门的缝隙中洒落一道细细的金线，落在他的脸上，阖着眼，也可以感受得到这条亮光的温柔。

满身的疲惫被桶中的热水蒸腾殆尽，混混沌沌之间，一声“吱呀——”传入耳道，于是眼睑上落定的细细光线恍然间变成了耀眼的一整片。

迷糊着的唐玉树睁开惺忪的眼，并无多虑地转头向声源处，只见一个脚踏乌黑麂皮长靴，身着殷红锦缎长褂的贵气少年，站在敞开着的宅门前。

一阵晚时风从其间穿梭而过，将少年额边两簇龙须发吹开，清冷桀骜的眉目也清晰了起来。

心底由衷萌生出“俊朗”二字，在几欲脱口之时却被迅速惊醒的神志生堵了回去。彻底醒转的唐玉树迅速从木桶中站了起来，拍了拍脑袋对不速之客大喝一声：

“你是谁啊？”倒是那红衣少年的喊声比自己早了须臾。

“干吗闯进我家？”这次两人的诘问达成了同步。

“这是我家！”这次也一样。

“别和我说一样的话！”这次也是。

接着空气寂静了良久。

而拥簇在锦衣少年身后摊贩们的数十双眼神，随着又一阵晚时风，穿过了大宅门一路呼啸而来，吹得下腹某处冰凉凉的。

唐玉树一惊，又迅速坐回水桶中去。

是夜，十余年没开张过的陈滩县衙，被唐玉树和林瑯二人敲开了大门。

贰

数些日子前，“财神归位”已然在陈滩镇上掀起了轩然大波。而为了洗脱自己“财神爷”身份的唐玉树，哭笑不得地辟谣了许久，才堪堪让此事翻过篇去。

今日却又突然冒出一个新的“财神爷”，声称这处宅子是他的。

两尊财神打架抢房子——如此事件在平淡如水乏善可陈的陈滩，无异于一场骇浪惊涛。

此刻虽是弯月高悬，可陈滩衙门口还是挤满了人。

简陋的公堂上。

只见那身着红锦长褂的少年自报家门：“小人林瑯，表字庭之，金陵人氏。继承下外祖父陈氏所赠陈滩镇别院一间，此别院位于陈滩七十二户。今日寻来，才发现里面早有不速之客，便是这位——口口声声说这房子是朝廷赏给他的！”

陈述完毕，林瑯从怀中摸出一只信封，甩开步子呈上证据的时候，还故意猛撩一把下摆，重重抽在身侧一脸茫然的唐玉树头上：“房契地契在此，请大人明断！”

县太爷将房契地契过目之后，转而看向唐玉树：“你呢？”

唐玉树揉了揉额头，端端正正地行了个礼，笨拙地学着林瑯的说辞自报家门道：“小人唐玉树，表字……好像没嘚……成都人氏。曾在西南蜀地平叛期间效力于锦阳军，因建功累累，战后朝廷赐了一处房产，位于陈滩七十二户。搬来已有二十来天，方才这位小兄弟贸然闯入，非说房子是他奶奶的……”

遭到林瑯痛骂：“你奶奶的！”

唐玉树赶忙摇头解释：“不是我奶奶的……”

林瑯倍感无力：“……我姥爷的！”

“哦，是嘞是嘞……”迷迷糊糊的唐玉树求饶似的向林瑯连连点头，也从袖中摸出一张纸，呈给了县太爷去，“这是盖有兵部大印的派遣令，请大人过目……”

县太爷将派遣令过目之后，一时间竟不知道该如何决断，只得在心底默默咒骂——这陈滩的案子不发则已，一发就如此棘手。

且说这房地契，横看竖看都是真的，断然是做不了假；可那派遣令上的兵部大印却也是非常清晰有力。

——若是伪造房地契强占他人房产，按律则判终身监禁。

——可若是伪造衙门官印，按律则当斩立决……

再看向阶下二人：一人衣着华贵气质脱俗，只怕那身上一套便可以在陈滩买下半户厢房了，定是富家子嗣，没有作奸犯科的动机和必要；另一个则老实巴交诚恳坦率，况且说来西南叛乱刚刚平定，就连朝廷都在忙着犒赏将士，若是此时一桩误判砍了这个退役军人的头，倒像是卸磨杀驴，不免会伤了这些浴血奋战的将士们的心……

犹疑良久，县太爷看向衙门口围观群众："圆芳，你怎么看？"

顺着县太爷的眼神，林瑯和唐玉树纷纷回头。人群中，胖姑站在最先前："爹，要我看呐——"

——原来胖姑是县太爷的女儿，原来她叫圆芳……从县太爷的年纪来推算，胖姑年纪约莫也就二十出头，可如此显老……自己平日里却也总以"孃孃"称呼她，若被她知道"孃孃"二字的意思，定会被她砍成一节一节的，连同河鱼一起焖了油锅当中。

唐玉树揉了揉发胀的太阳穴。

只听胖姑言之凿凿道："——断然是那林瑯在撒谎——你们可都见过财神爷的画像？是吧，都是黑红黑红的一张脸！多像唐小官人！谁可见过财神爷是白白净净的？更何况唐小官人长得浓眉大眼英武阳刚，这么俊的可人儿，绝对不会撒谎！"

胖姑那通有理有据的分析刚落，一阵声调百转千回的"呦！"又适时把话头接了过来。只见得人群中挤出一个骨瘦如柴的女人："我倒是觉得那林小官人不像是会撒谎的——"

县太爷道："扁芳，那你怎么看？"

——原来是瘦娘。唐玉树认识这个女人：和胖姑一样，平日都在财神府摆摊卖烧鱼。两人是竞争关系，几乎天天都在拌嘴。如今看来两人之间不只是绰号，就连名字都有着势不两立的意味。不过照"圆芳"和"扁芳"这俩名之间的微妙联系来看，说不准瘦娘也是县太爷的闺女……

唐玉树又揉了揉发胀的太阳穴。

果然不出所料，瘦娘扯开尖细的嗓子分析道："爹，你瞧——林公子这身打扮，珠光宝气的。仙家人物自然是富贵闲逸，养尊处优，不像我们这些劳苦命，天天面朝黄土背朝天的，说到底，财神爷还是白净些才合理吧！"

余光里似乎瞥见林瑯也揉起了太阳穴。

"骚蹄子，我看你是喜欢上林瑯了吧。"

"胖姑，你偷偷爱唐玉树，陈滩整个镇上的人早就知道了！"

于是姐妹两个便厮打在了一起。

约莫花了一刻钟时间才把与原案件无关的突发事故平息下去，县太爷在衙门里来回踱步了很久，直到林瑯打了一个深深的哈欠，而唐玉树已然入睡之时，才将右拳擂在左掌上，坐回椅子去，拍响了那块惊堂木。

最终县太爷决定将两方的证据暂时收起，送至京城去查验真伪。

但要去一趟京城，需得先进金陵，再乘船顺运河水路北上，来去耗时就要个把月。加之京城衙门事务繁多，办事也约莫需要个把月。林林总总，预计需要两个月。

——“这期间，你们两人就暂时都先住在这宅子里！”

显然林瑯对“暂时住一起”的决断十分不满，回到宅子里便摔门打碗地用各种声响来表达对唐玉树的厌恶。

那厢唐玉树把对方的作为看在眼里，却也因性子温和不愿生事，懒得多做纠缠。只是就着月色，兀自坐在西厢房前默默洗着自己的薄衫。

只见林瑯不知从哪里弄来一盒石灰，沿着宅门处一路撒到正堂前。

“公平吧？”

林瑯指着那条已然几乎要歪到唐玉树所住的西厢房檐下的白线。

“嗯。”唐玉树不想计较。

“以这条白线为界——东半边院以及东厢房归我，西半边院以及西厢房归你。至于正房，我讨厌爬楼梯，所以一层归我，二层归你。都标记好了线，不能越过半步，听懂了吗？”

“嗯。”唐玉树不想计较。

“是‘暂归’懂吗？等判决下来了，我会雇人将你住过的那一半彻彻底底地清洗一遍。”

“嗯。”唐玉树不想计较。

“这两个月里：不要随便搭话，更别想和我成为朋友，各自过各自的生活，互不干涉。明白吗？”

“要嘚要嘚。”唐玉树有点不耐烦了，但还是不想计较。

“要什么？”林瑯没听明白。

“……”

折腾了将近两个时辰，几乎已经可以看到东边天色泛起一线灰白，林瑯才将将把东厢房清理出一块栖身的角落，硬着头皮准备将就着睡下。床板翻来覆去地擦拭了十余次，可准备躺上去的时候还是觉得脏兮兮的。于是林瑯仔细地脱下了红锦褂子，好生收在一侧。

前日从府中出走得急，完全没有考虑到要带铺盖细软，所以此刻只能窝在硬硬的床板上。没有温软的被窝，没有好闻的熏香，更没有顺儿帮自己倒一杯热水，林瑯极度不适应地翻来覆去。

离开林府之前，林瑯早做好了一整套完备的打算。

——先来陈滩，将外祖父相赠的这处宅子出手卖掉，当作自己的事业启动资金。再去苏州或者杭州，盘个店面做个买卖。凭自己走过丝路的阅历和本就优越于碌碌之辈们的天资，待来日肯定能赚个钵满盆盈，再到衣锦还乡白日绣衣之时，站在父亲面前，端出千两黄金，摆出一副轻描淡写的态度，对他说：“儿子不孝，这点儿是给您买酒喝的。”

想到此，林瑯笑出了声。

可一发笑，便被坚硬的床板硌到了肩胛骨，这让林瑯的心情又迅速地低落了下去。

——算来算去，偏偏没算到会碰上“宅子被人强占”这种破事。

然而自己却也束手无策，还要等着两个月后才能有判决。可这两个月要怎么度过呢……若是去找舅舅，断然会被他拎回林府。若是直接去苏杭……自己走时身上只带了一百两的盘缠，虽说对付两个月绰绰有余，可世事难料——倘若宅子真的被判给那个穷酸武士，自己岂不是落得分毫不留？所以想到底，这钱都不能乱花。

眼皮已然酸胀无比，可脑中一直游走着千思万绪。如此翻来覆去地思索，直到窗外一片大白，林瑯还是无法顺利入睡。

窗外第一声鸡鸣的时候，林瑯终于顶着一头乱发坐起了身，疯也似的从床下摸起靴子就往脚上套：“受不了了！回金陵去！”

待他穿戴整齐顶着一双黑眼圈拉开东厢房的门时，清晨的阳光刺眼。

更刺眼的是正对面西厢房中一边从头上套着衣裳一边走了过来的唐玉树。

“你越界了！”林瑯一声怒吼。

这声怒吼把正套衣服的唐玉树吓了一跳，只见他迅速把头从领口穿了出来，睁着一双不知所措的眸子：“你……做啥子！”

对这句异乡口音林瑯半懵半懂的，只好指着唐玉树，一字一顿地重复道：“你越界了！”

唐玉树：“……可茅厕在东边嘛。”

林瑯坚持：“你就是不能过来！”

唐玉树：“……可我想尿尿嘛。”

林瑯继续坚持：“我不管！”

唐玉树：“那我就随地尿咯。”

林瑯还是坚持：“好！”

睡得迷迷糊糊的唐玉树于是一边打着哈欠一边松着裤腰带就要“随地解决”。

被吓一跳的林瑯终于不再坚持了：“停停停——茅厕给你用！”

唐玉树又继续打着哈欠往茅厕走去。

“真是倒了什么霉了……”林瑯觉得自己呼吸困难，“真是粗人一个！”

唐玉树倒莫名其妙地羞赧了起来：“谢谢嘿。”

“不是在夸你！”林瑯彻底呼吸不上来了。

重重地把东厢房的门摔上，林琊垂头丧气地坐回床上。

“算了……还是等吧。金陵我是回不去了……”

他一边躺下一边觉得眼眶有点发烫。

只能紧紧合上眼睛，攥着拳头强忍住急促起来的呼吸，对自己缓缓安慰：“眼前这些苦算什么？真以为我是什么娇气公子？——我可是走过丝路的人！更莫说我几年后事业有成，用一堆黄金亮瞎你的眼睛！让你知道我不靠你也可以拼出一片天地……”

一番喃喃自语也算是把自己给哄开心了，连日奔波的疲惫感终于有处落脚，林琊累得睡了过去。

叁

林琊醒来时还在发着抖，撑着乏力的身体坐起来虚弱地喊了一声“顺儿！倒杯热茶——”，也只得到了窗外两声鸦啼作为凄冷回应。

回忆起自己现状的林琊揉了揉太阳穴，想要揉散头昏脑涨的不适感。

昨日赶到陈滩已然是筋疲力尽，还折腾着跑了一趟公堂，回到宅子里时早已夜深。结果还要临时收拾东厢房——虽从表面上来看屋子早有被唐玉树收拾过的痕迹，可对干净要求极度严格的林琊还是亲力亲为地来来回回洗刷三遍，才安心住了下来。

——“还指望那个粗人能如何仔细？”

口中咒骂到“粗人”二字时，林琊想起一些不适的情节，忍不住又翻了个白眼。

走出院子里来日头正当，约莫是午时刚过，可气温却冷得吓人。

昨日赶到时，秋寒尚没这么浓重，只消一日天气便像是换了一张脸。

“这破地方果真是容不得我。”林琊愤慨地碎碎念道。

可容不得又能怎么样？本来一张“富贵公子不愿啃老，另谋大业震惊世人”的宏伟蓝图已经在脑海中描画了几百遍，可谁料出师未捷，在迈向成功的第一步就遇到阻碍呢？

这两月，反正是得耗下去……

捏了捏荷包，林琊决定出门购置点儿细琐。

这头心底的烦闷还无处排遣，那头刚推开大门出去，林琊就见家门前大片摊贩，熙熙攘攘地堵满了宅邸门前的空地。

而身为近期热门事件的当事人——跨出院门的林瑯本人，也迅速地吸引了财神府所有商贩和路人们的眼光。

被上百双眼睛盯着，林瑯的烦闷迅速翻倍，指着众人没好气道：“昨个不就说了吗——都不要在我家门前堵着！”

“唐小官人说让的！”胖姑扯着嗓子反驳林瑯。

“这宅子是我的，他说了不算！”林瑯听着‘唐小官人”这几个字就来气。

“这宅子是谁的那可说不准……”只听胖姑阴阳怪气道，“那都要等两个月后我爹爹敲了板儿，才作数儿！”

被胖姑这么重重一击，林瑯正想要发作，却听得旁边一个开着面摊的大叔说道：“林公子——我们是占了这块大空地来做买卖，可也没个大声叫卖的，也没堵着你的出路。况且说这财神府集市都成形十来年了，说到底，这空地是陈滩镇共有的地，也不独独是你家的，你断没有赶我们走的道理。”

大叔说得有理有据，引得众人随声附和。

林瑯自知理亏，心下劝说自己“强龙不压地头蛇”，也只好低了头从人群中跑了出来。

他一路打听着走了许久，才找到一处裁缝店。进了门儿去便见得一个阿婆走上前来，由上到下端详着林瑯全身：“林公子，买点儿什么？”

果然，自己竟然成了陈滩人尽皆知的风云人物。

“……被子。”

“这里是裁缝店，不卖被子。”阿婆的注意力显然不在买卖上，蹲下身来就捏林瑯的黑色麂皮靴，“这靴子做得好生精致，果然是大城市里的活计！”

“哪里卖被子？”林瑯退后几步。

“十里八村都没有——非要买的话,估计你得去金陵府一趟。”应付着答完林瑯的提问，阿婆牵起了林瑯的手，翻动着他的袖口，明显满腹心思都黏在了这身衣裳上面，“啧啧——这针脚，这剪裁，这料子——这一身要多少钱呀？”

“我娘给我做的……”林瑯又将手抽了回来，强行将阿婆的注意力扭转回来，“整个镇子都没有卖被子的店？”

“当然……便是开了也赚不到钱的。被子，谁会花钱买啊？陈滩家家都有手巧的娘子，自家纳了，盖着踏实又暖和。”说完，阿婆更是踮起了脚尖企图摸摸林瑯头上的朱樱绒簪。

林瑯心底下合计，也是这个道理：陈滩虽富裕，但一则人口不算多，对被子的需求量不够大；二则被子不属于消耗品，在有限的市场范围内，供求关系不能长久稳定——这些都是当年随舅舅一起走丝路学来的道理，如今竟也可以在柴米油盐的生活里被一一印证。

出身商贾之家的关系，林瑯对所有商业行为都习惯下意识地分析个中逻辑。

“总之谢谢了。”

林瑯垂头丧气地转身欲走，还被阿婆恋恋不舍地捏了一把：“这裤子的线条……啊！你娘真是高手！”

从裁缝店里走了出来，林瑯一抬头便被明晃晃的太阳刺到了眼睛：“阿嚏——”

——真是的，这种破地方，连太阳都生得让人不那么喜欢。

下工的时候差不多是酉时刚过，陈滩家家户户已然升起炊烟。

唐玉树解开扎在腰上的薄衫，当头抹了一把汗。

缓过方才劳作后的喘息，唐玉树起身走向工头。还差几步的距离，那工头看到唐玉树，便开口：“明儿给你结工钱，好吧？”

唐玉树欲言又止，伸展着酸痛的手脚离开了码头。

视野里出现了自家惹眼的绛红色大宅门时，唐玉树皱起了眉头。

这户老宅子面积过分阔大，光凭自己一个人潦草地收拾出来，已然花费了二十天。本以为这下可以舒舒服服地过日子了，昨日却突然闯来一个不速之客，声称他才是房子的主人。

唐玉树是个性格温暾不懂变通的人，遭遇这一连串的变故，他不知所措也无可奈何，只得静待县太爷的回音。

三个月前成都战事平息，那一夜那人走入军帐中来，欣喜地对自己说：“京中传来消息——皇上允许了我留在锦城半年，做些善后的差事。你来当我副手，半年后随我回京……”

对方兴冲冲地尚未说完的计划，却被唐玉树礼貌而冷漠地拒绝：“谢将军好意，但……我不想去当差，更不想留在成都……”

那人脸上的笑意在片刻间消散，隔着帐中昏黄的油灯，眼神藏在眉骨的阴影下，情绪不可捉摸：“……那你要去哪里？”

唐玉树左臂吊着绷带，右手抚在膝盖上，指间露出那朵绣花补丁：“我和人说好了……要去江南。”

“……这个倔强的臭小子。”那人重新抬起头，换回笑意，“罢了，随你。”

十日后的犒赏宴会，那人赫然立在帐前，新的副手宣读赏赐：“锦阳军甲字营先锋队伍长唐玉树，功勋卓越，杀敌无数，赐金陵府陈滩房产一户。”

“谢将军。”唐玉树低头行礼，刻意避过了那人眼神中的落寞。

从回忆里回神，唐玉树坐到面摊上：“王叔，还是一大碗阳春面。”

摊主王叔对常客的口味熟稔无比：“要辣椒对吧？”

唐玉树笑着点头。

“方才那个林公子也来吃面了。”王叔闲聊道：“抱着一堆新买的日常用物……不过看着面色不太好，惨白惨白的，是你们吵闹了？”

“没啊……”

“没有就好，横竖你也不理亏。但尽量也躲着点事儿……毕竟他手里也有房契地契。”王叔一边拉着面条，一边感叹道，“这说来也是奇案一桩了。”

“……”

“你是怎么打算的？”

唐玉树揉了揉眼睛：“判给我我就继续待着；不判给我，那朝廷总是会给我安排别的。”

“苦了你了，码头上工作还好？”

“还行。”

“别当王叔乱说——但那工长口碑的确不好，陈滩没人敢跟着他做。当时劝你你偏不听，要换作是跟了我——把我这做面的手艺交给你，好歹也够你以后讨生活了……”

这面摊王叔是个老鳏夫，膝下无子，估摸着也是想收个徒弟，传了手艺，也寻个人给自己养老送终。唐玉树笑了笑：“谢王叔照料了。但眼下我这房子又生了变数，万一日后又不得不离开陈滩，不是浪费您心血吗？都等两个月后再说吧……另外码头上的事儿，我自己注意着。”

热腾腾的阳春面端上来的时候，旁边还多了一壶酒。

唐玉树不明白：“王叔，我没得点酒撒。”

王叔笑了一声，头不动，只是挤眉弄眼地示意，小声道：“阿辞说送你的。”

顺着王叔眼神，唐玉树转头看去——面摊对面是酒摊，卖酒的阿辞正躲在一摞酒坛子后面偷偷看向这里。撞见唐玉树的眼神，只得涨红着一张脸赶紧埋头用勺子舀酒，不小心还把酒撒了一地。

王叔见状扑哧笑出了声：“喜欢你啊，傻小子！”

“噗……”唐玉树一口面条喷了出去。

“怎么着，你不喜欢阿辞？”王叔笑道，“得了吧！不喜欢人家你干吗帮忙。”

——所谓的帮忙，是指几日前下工回家时，路上撞见的一场小事故：当时阿辞在前走着，路过一户修葺旧院的人家时，差点被突然坍塌的脚架砸到。当时唐玉树见状，箭步冲上去，揽过对方的肩膀就地翻了几个滚儿。

“谁见了都要救人的！况且——当时我还以为阿辞是个男的，哪谈得上喜不喜欢。”唐玉树心疼地看着桌子上被自己喷出去的面条。

王叔则在一边笑出了茶壶烧开的声音。

吃饱喝足准备进家门时，唐玉树被胖姑拦下，对方又塞来一条烧鱼。

唐玉树连连拒绝：“自我来了陈滩，已经白吃了你三四条烧鱼了，可不能再收了。”

只见胖姑生生就掉下眼泪：“林公子今日给我们发难了，说不让我们在这儿摆摊。”

唐玉树皱了皱眉头，笑道："你们在这里摆摊多好，出门儿就能吃着好的……他为什么不让？"

胖姑用手背把眼泪和胭脂在脸上抹来抹去："性子这么跋扈，谁能容得下他？料想这林瑯也是处处为难你吧？"

唐玉树苦笑："照旧摆着就是了，回家我去和他说说……"

说罢便去推门，却发现门从里面反锁着。

唐玉树敲了几声后，依稀听得一声瓷杯落地的声音，得知人在里面，唐玉树便又敲了几声。

却还是无人应答。

"故意的！"胖姑花着脸在背后添油加醋。

唐玉树脸上还是挂着笑，心里却也不舒服了起来。如此站了半晌，还是没等来开门的人，唐玉树又重重地捶了几下，这次的敲门声中便带了一股怒意。

众人都察觉到唐玉树的情绪变化，眼巴巴看着也不敢作声。

"林瑯！"

唐玉树中气十足地喊了一声。

"开门！"

还是一阵安静。

唐玉树这下真正恼了。

只见他退后几步，然后向着门的方向冲了过去，借着力蹬了几脚便攀到了两人高的门檐上，然后虚空一个跟斗，就翻进了大院。

留下众人个个瞪着眼惊异，互相对望不敢吱声。

只听得门内稳稳的落地声，疾步走路声，一脚踹开厢房门声。

所有人都屏住了气，等着下个片刻即将一触即发的吵闹声时，却听得重重的脚步由远及近，门闩被慌张地打开，门从里面拉开，唐玉树喘着粗气扛着昏厥的林瑯。

"快——哪儿间有郎中？"

肆

"经查验——陈滩镇七十二户房产纠纷案中，由于原告人呈上的证据房地契系伪造，所以本官判定如下：宅子归唐玉树所有，而林瑯——你还是回金陵去吧！"

林瑯摸不着头脑："大人明察！这房地契白纸黑字，怎么可能是伪造的呢？"

而坐在堂上的县太爷始终保持着一个神秘微笑，像是看林瑯笑话一般，并不应答。

这种莫名其妙的反应让林瑯怒不可遏，于是破口大骂道：“你这糟老头！天理何在！”

正在发作，此时身后突然传来一个熟悉的声音：“大胆竖子！竟敢咆哮公堂！”

被怒意占据的头脑中又迅速滋生了一股错愕，林瑯回头，果然对上了料想到的那个身影：“爹？”

只见林员外逆着光站在那里，脸上横亘着阴鸷的表情：“你不仅敢忤逆父命，还敢在这里顶撞大人，看我不锯了你的狗腿！”说罢，便喊人道，“都给我上，今天我不好好教训一下这个不孝子，我的姓就倒过来写！”

随着林员外的话音落地，公堂上突然涌入十余个刽子手，有的磨着锯子，有的则扛着刑枷，有的上前架住了林瑯。三下五除二便团团把林瑯制服，用刑枷锁好了林瑯的双臂和脖颈，任林瑯如何挣扎都无法脱身。

接着，林瑯感觉得到右边的裤腿被卷过了膝上，小腿胫骨处，一阵切肤的冰凉袭来，于是一阵“呲呲呲呲——”的锯子声便响彻了公堂。

“不——”

林瑯倏然从床上坐起，一眼便看见了自己那条伸出了被子之外，完好无损细嫩如初的右腿，才意识到只是一场噩梦。

然而那阵刺耳的“呲呲呲呲——”声并没有因为逃脱梦境而一同消失。

林瑯一边揉着惺忪的睡眼一边怒气冲冲地下床，重重地推开厢房门扉，对着院子里正在用锯子锯木头的唐玉树大喊道：“你吵死啦！”

唐玉树被林瑯突如其来地怒喝吓了一跳，只得随口打招呼道：“风寒好多了？”

“用你管！别锯了吵死人了！”

唐玉树一时不知道该怎么办：“可我要做事啊。”

“我不管！”

唐玉树应付不过来林瑯的无理要求：“可这里是我家……我做啥子都行吧？”

“我家”二字将林瑯的起床气推向了最高峰：“这里是我家！我家！等两月后查出真伪，我看你这个骗子怎么办！”

“……我不是骗子。”

“你还不是骗子？真不知道你的家人会不会因你而羞耻！”

这下唐玉树被激怒了，从身侧迅速抄起一根棍子就向林瑯劈了过来。

林瑯其实是㞞了，也察觉到自己方才的咄咄逼人过分了许多，可面子上抹不过去，便强撑着不肯躲闪。视野之中棍子已然离自己仅有三寸距离时，林瑯吓得闭上了眼睛缩了脖子，预备好要承受唐玉树的暴怒一击。

惊心动魄地等了良久，还是没挨到那一棍儿。

林瑯睁开眼，对上近在咫尺的唐玉树的怒视。对方因愤怒而涨红着一张脸，眉头拧在一起，眼神中充斥着从未见过的愤怒。

俄而，紧促的呼吸渐渐平复了下去。

林瑯终究没站稳脚，向后跌了一步。

“我守规矩，不得打老百姓，不和你一般见识。我去上工了！”边说着，唐玉树边随手把棍子丢在了一旁。他走回自己的“领地”，小心翼翼地用布包好了方才锯了一半尚未完工的东西，便出门去了。

院子随着唐玉树的离开重新变得安静起来。

林瑯深深打了个哈欠，准备回屋子里继续睡个回笼觉，却突然对唐玉树锯的东西好奇了起来。上前去翻开用布包得仔仔细细的包裹，才发现里面是一块手掌宽的木牌。

“这是什么玩意儿……”林瑯研究了许久都得不出结论，索性重新放了回去。

拐到茅房撒了一泡尿，再回到厢房往被窝里一躺，林瑯才意识到——“我怎么有了被子？”

于是昨夜里恍恍惚惚的记忆开始浮出脑海。

——昨日外出购置什物归来之后，风寒之症便发作得严重，浑身发烫却又没有力气，于是就早早躺在了床上。约莫记得是酉时末，半昏半醒间听到了唐玉树的敲门声，本来准备撑着沉重的身体出去给烦人鬼开门时，却在下床的那一刹那全身力气像是被抽走了一般，接着便摔倒在地，陷入了无尽的黑暗之中。

依稀听得到唐玉树那难听的异乡口音：“醒醒，你怎么这么烫呦？”

最后的一丝求生意志让林瑯顾不得对唐玉树的偏见，昏迷间紧紧攥着一根救命稻草：“救救我——我还没活够呢……”

接着自己便被唐玉树扛了起来往外跑。能听得到对方向自己喊着“撑住”的声音，感受得到对方因焦急而急促的呼吸，可却偏偏就是醒不过来。

林瑯在松软的被子里伸展了一下渐渐恢复力气的手脚，突然察觉到自己方才似乎做错了什么。

睡一阵醒一阵地挨到了傍晚时分，林瑯终于爬出了被窝。

虽然烧已经退了，可大约是一直都没有进食的关系，身体还是有些虚弱。之所以一直躺着不出门，一是因为实在无事可做，二则也实在是不想出门面对有关于陈滩的一切。

可腹中空得难受，五脏六腑似乎都已经揪在了一起，林瑯只得穿好衣服出了宅邸。

一出门便被胖姑堵上，她伸手道：“十文钱！”

林瑯搞不懂状况："啥？"

"十文钱。你欠我的。"

"我怎么欠你了？"

胖姑环抱着手臂翻着白眼："你因为不盖被子染了风寒。昨夜玉树哥大半夜挨家挨户敲门替你找被子，刚刚好我有富余的，才能匀你一条——你可别不认账！"

林瑯眉头一皱，可也没话说。从腰间的钱囊中摸出十文给了胖姑，转身便走。

走了没几步，便又听到面摊王叔在向自己招呼："林公子，来吃面！"

林瑯没有心情也没有力气再去寻别的吃食，便走向了面摊。只见最外侧那张桌子前，坐着一个脏兮兮的小乞丐。

林瑯心生嫌弃，捏着鼻子绕到另一端，边向王叔抱怨道："怎么什么人都招待？"

林瑯这厢话音刚落，那小乞丐就抬起了头，露出额发下乌溜溜的眼睛，瞅了一眼林瑯。

"都是苦命人，能帮一顿就帮一顿。"王叔说着，先端上一碗乌漆漆的药："也到时间了——先把药喝了再吃面。"

林瑯皱着眉头："这是什么药？"

"昨天你病了，大夫给开的。玉树说家里没锅碗瓢盆儿，我就说先帮着你熬一下药。大夫叮嘱了每日酉时喝，这不时间也差不多了，正准备给你送过去，你自己就先来了。"

林瑯心里倒是暖和了起来，渐觉无论是那个偏爱着唐玉树的胖姑，还是眼前这个卖面的老鳏夫，都变得没那么讨厌；这镇子地方虽破，可人心其实都还挺好的。思索着，便趁热喝了药："谢王叔了……"

一服药下肚，身体也变得舒服了许多。

阳春面也适时被端了上来，只听王叔关切道："给你多加了姜丝，驱寒。年纪这么小，一个人出门在外的，没人照顾……都什么天气了还不晓得要盖被子？"

林瑯皱着眉头："买不着啊！这破陈滩，都没个卖被子的地方。"

"死脑筋！那玉树不就给你找着了？"王叔笑道，"看你也是没自己打理过日子的贵公子，咋不在家中享福，一个人跑出来了？"

林瑯吞下一口热腾腾的面，言简意赅地解释道："想做买卖，我爹不让，偏让我去读书考功名……前几日大闹了一场，就溜出门来了。"

"不能在金陵待，好歹也去个别的地方吧？姑苏，扬州，要做买卖，哪儿不比陈滩好？"

"你以为我愿意来这儿啊？"林瑯没好气地说道，"这不姥爷留给我一栋宅子吗？本是打算前来变卖了，当作生意的本儿，哪想却被一个骗子给占了？"

"别这么说玉树，事情可没拍板儿呢……"王叔知道林瑯和唐玉树两人看不对眼，便赶紧转了话题："你想做什么买卖？"

"没想好呢。"

"没想好？王叔告诉你，无论计划做什么，这营生总是要自己喜欢的。自己都不知道自己喜欢啥，咋做得成？"

“啰唆……”被王叔点到死穴的林瑯反呛一句，“还用你一开面摊的教我？我可是走过丝路的人！”

呛是这般呛过了，可心里却明白，自己着实是被王叔的教诲打着了痛点。

话说过了酉时，这厢正巧唐玉树也下工。

打远便看到林瑯坐在面摊上大快朵颐，唐玉树径直走了过来，先和王叔叫了一份阳春面，便坐在了林瑯同一张桌子旁：“今天早上的事是我不……”

“你不能在这里吃面！”林瑯下意识地抵触唐玉树。

唐玉树摸不着头脑：“……可是王叔这里便宜又好吃。”

“那你不能在这张桌子上吃！”

唐玉树觉得林瑯不可理喻，也不想多纠缠，站了起身换到了另外一张空桌上。瞅着桌上还剩的大半碗面，向王叔打趣道：“第一次见有人吃王叔做的面，还能剩下的。”

王叔听了夸奖，笑得开怀：“刚有个小乞丐来讨饭，我顺手给下了一碗面。许是吃不惯吧……”

“小乞丐还挑食？”唐玉树笑道。

林瑯那厢吃了个大饱，站起身来边说着“结账”，边摸自己的钱囊。

王叔伸手等了半天，却见林瑯突然脸色煞白瞳仁急缩：“我……钱囊呢？”

王叔还在那边安慰林瑯：“别急，一个囊子嘛……”

林瑯却近乎咆哮地喊了起来：“里面有一百两……”

“一百两”这三个字让整个喧闹的财神府市集突然安静了下来。

须臾之后，只听一声拍案。

唐玉树站了起身：“方才那小乞丐呢？”

伍

跟在唐玉树身后边大呼小叫着“站住别跑”，林瑯足足追了有一刻钟，终于在一个死胡同前停下了脚步。

他也顾不上平日里那副贵少爷的排面，一屁股坐在地上，靠着墙喘着气翻着白眼。

小乞丐已然无路可逃，躲在胡同最深处的柴火堆下铁着一张脸，冷冷地盯着步步逼近的唐玉树，一言不发。

“把钱囊交出来！”

小乞丐并不照做，攥着钱囊的手因紧紧用力而微微发着抖。

唐玉树左手抱右拳，捏得骨节“咯咯”作响，作势想要吓唬那孩子乖乖就范：“我就晓得事有蹊跷——讨来的饭都不肯吃完！”

哪知那小乞丐丝毫没有畏惧。

在唐玉树距他不到两丈远时，突然跃起身来，从身后的柴火堆里抽出一把镰刀，横在面前：“别过来了！我会武功，仔细伤到你！”

这个突然的举动和言辞自然没有吓到曾身经沙场的唐玉树，倒是生生让林瑯一阵激灵。

——虽说那镰刀上锈迹斑驳早已钝敝，可想也能想到那一把敲在脑袋上的后果。

方才剧烈追逐之后林瑯还没缓过来气力，过度喘气致使嗓子眼儿里一阵生疼，却还是连滚带爬地撑着墙站起来，扯着嗓子道：“别别别——别犯傻！你抢钱被抓最多只会被关而已，杀人却是要掉脑袋的！”

这番利害分析并没有撼动小乞丐的心思。

只见那比唐玉树矮了大半个头的孩子，眼中全无恐惧之色，反而背向绝路，迎着唐玉树缓缓地迈出了步子，姿态活像一场血腥猎捕前，谨慎度量算计的野狼。

从小生长在大院高墙之中的林瑯从未见过这等场面，被吓得只觉脚下发虚，顾不得被窃重金之恨，下意识地转身就开溜。溜出了半步又跌跌撞撞地转了回身，伸手想拉唐玉树的胳膊一起溜。

却不料扑了个空。

只见唐玉树迅速地冲了上去，在与小乞丐咫尺距离之时一侧身体，同时用极快的速度便欲牵制对方握着镰刀的手臂。可那小乞丐也身手高明，轻轻将身一躲，须臾间把镰刀换了只手，反握着刀头处用镰刀的木柄向唐玉树的右肩处猛然劈下。

猝不及防地见识了这几下你来我往的过招，林瑯魂儿都飞走了一半。往日里只在说书人口中听过的桥段，此刻竟上演在自己面前。

林瑯就地站着也不是逃开也不是，急得团团转。

焦急间，只见唐玉树伸手握住了那小乞丐劈下的木柄，脚下似打滑一般，整个身子向后倒去。林瑯一声惊呼将将从喉头发出时，却又见唐玉树脚下虚空一扫，重重踢在了小乞丐的胫骨处。

这一脚让小乞丐失了重心，跌倒在地。握着镰刀的手松懈了力气，被唐玉树迅速夺下。

接着唐玉树反身一个打挺站起，将镰刀逼在小乞丐面前三寸处：“把钱囊交出来！”

林瑯差点儿没忍住，要替唐玉树鼓掌助威。

接过唐玉树抛来的钱囊，林珋吊在胸口的那场气才顺利呼了出来。

见小乞丐已然受困在唐玉树的压制之下，林珋迅速藏起了方才手脚发软站不住身的尿样，整了整衣领阔步走上前来，壮着胆子道："年纪轻轻有手有脚，身手还这么麻利，为何要行窃？"

虽是战败，小乞丐依旧铁着一张脸，简短作答："缺钱。"

"谁不缺？"林珋把钱囊仔细地塞进了怀中："起来——随我去公堂！"

"不去！"小乞丐躺在地上一动不动。

"嘿——你这小孩！"林珋气不过，伸手便要去扯对方的肩膀，却被唐玉树拦下。

只见唐玉树将镰刀远远地丢回柴火堆里面去，蹲下身与那小乞丐四目相对："你方才没有用刀锋对付我，而是用木柄瞄准我的巨骨穴打下，为啥子？"

林珋实在不解唐玉树何必与一个小偷啰唆，正要发作却见那小乞丐扭过脸去："图钱不图命。"

"抢这一百两银子要做啥子用处？"

"一百两？唬我呢？那囊子总共也没二两的分量，里面拢共能有一两银子也算多了。"

"胡说什么？"林珋质问，"银票没见过吗？"

"我！"小乞丐急着辩解，于是第一个字还是中气十足地脱口而出，但接下来的话却因自己也羞于开口而语气微弱了下去，"……我是没见过。"

唐玉树倒是不解："既然你估摸里面拢共能有一两银子……你还那么拼命地抢？"

"就差一两……"小乞丐没好气道，"缺钱埋我娘。"

得知原因的唐玉树愣了一下，转头望了望林珋。只见林珋的眼色较先前少了几分怒意，却依旧是拧着眉毛板着脸："……不管什么原因，留着公堂上说吧！"

见林珋如此强硬，那小乞丐也不再撑着了，起身就地跪了下来磕了个头，虽是在求饶可语气却一如既往的生冷："钱已经还给您了，求您别再带我去见官了，如今我娘过身已有三日，尸身还在村头破庙里等着，再不埋……"

听罢林珋半天没说出话来。

隔了半晌的安静后，林珋从怀中将钱囊再度拿出来，摸了一两银子丢在了地下。

虽然心头不好受，可性格所致，即使是施舍恩惠也不肯摆出柔和的脸色。只斜睨着那小乞丐，高高昂着下巴："就姑且饶了你……这钱拿去。"

蒙受了意外的恩惠，那小乞丐激动地发着抖，十分郑重地磕了两个响头："小人是十三里外烟塘镇人，姓陈名逆——句句属实，两位公子皆可核查……只是今日小人行窃之事实属无奈，望两位公子顾我个体面，别向邻里声张——待我回乡葬了家母，日后定会来报答！"

说罢，捡起了那一两银子便起身迅速跑掉了。

这场震撼教育着实让这个养尊处优的贵公子一时间有些不知所措，望着那小乞丐跑走的背影，林瑯迟迟没办法回神。

倒是唐玉树长舒了一口气，像是解决了什么小麻烦一般，轻描淡写地拍着手掌上的灰，带着几分笑，对林瑯道：“看你明明就不像牙尖儿的人嘛！”

“牙尖儿？”林瑯应声转回头来，又迅速换上了一副平日里面对唐玉树时的怨怼表情，“什么意思？”

唐玉树翻来覆去才想到同义官话：“……刻薄。”

林瑯冷哼一声：“本来就不是。”

“要得要得，不是不是……”唐玉树苦笑着顺毛捋下，接着叮嘱道，“以后别随身带这么多银子了，下次再丢了我可就不……”

“不用了——”林瑯打断了唐玉树的啰唆。原本该有的一句“谢谢”本就死活说不出口，这下还以为遭到了唐玉树的抱怨，林瑯语气冷冷：‘下次再丢就是我自己活该，用不着你辛苦帮忙！”

“……不一定在你跟前”几个字被林瑯突然爆发的小性子生生堵回了肚子里，唐玉树挠了挠眉毛，却也觉得自己没多大必要为自己的本意做辩护。

哪知林瑯这厢越想越气——本来被偷银子的人是自己，事后被叮嘱被责怪的人也是自己，索性从钱囊里摸出几块碎银稀稀拉拉地丢在唐玉树脚边：“这些是你帮我追回银子的辛苦钱，别多话，拿了走人——被偷的是我，还轮不到你教育我——况且，偷就是偷！一分也罢，一栋房子也罢——没有区别。”

本来还以为这次事件之后，林瑯对自己的敌意会不再那么强烈。可听得他这言语之中的尖锐讽刺，唐玉树脸上的笑意却也渐渐消散。

他憋了半晌脸都红了，只小声辩出了一句：“……我没偷。”

“伪造官家派遣公文，入狱也是要杀头的。”

“……我没伪造。”

“那就等着瞧吧，反正两个月后见分晓。”

“要得。”

“要什么？”

“……”唐玉树没多解释，捏着吃痛的手，也没管林瑯丢在自己脚底下的银子，兀自默不作声地走开了。

林瑯站在原地望着这个宿敌离去的背影，恍惚间定睛才发现——唐玉树右手的虎口处，伤口的血红彤彤地流了一大片。

“……”

也意识到自己的乖戾已然过分得无以复加，于是一种不舒服的情绪在心头恣肆蔓延开来。

“……是他自己要多管闲事的！”林瑯小声嘀咕。

强行归罪在对方身上，心里果然又好受了些许。

等那个背影转出胡同，林瑯向后靠在墙上叹了一口气。明明四下无人，可还是硬把头别向了墙角，不知道是在怕谁看到自己涨得通红的眼睛。

“这孩子骄纵惯了——”

金陵城林府里，林员外眉头拧成一个“川”字，长吁短叹地坐在椅子上，对着年轻的小舅子哭诉：“看似整日里游手好闲胸无大志的，可其实我也知道，他心思深着呢……”

“年轻人，有自己的想法是好事……”小舅赔着笑，有一搭没一搭地安慰道。

“什么好事儿？这哪是好事儿！张谦！就是你——你就不是什么好东西！自己爱往西边儿跑不说，非要带着林瑯一起去走什么丝绸之路见什么世面！同音而已你还真把自己当张骞了！你瞧——这世面不见可好，一见心便野到了爪哇岛。你这外甥儿说什么都不肯好好读书考功名，非要学你我，做买卖！”

“我的错我的错……”名叫张谦的小舅子继续赔着笑。

“也不能全怪你，到头来还是怪我——早些年我忙着做买卖一直南来北往地跑，没看住他，才让这臭小子傍上了你们这些奇奇怪怪的人！”

林员外口中骂着，眼神还顺带着瞥了一下站在门口的顺儿。

顺儿性子夸张，被老爷瞅这么一眼，当即就哭了起来。

陆

“哎……是我不好。到前年你姐去世——整整十六年，我只见过林瑯五次面。你姐走了之后我便回了金陵，长居府上再也不出远门，就想好好地照拂着他长大成人，成家立业。可是这么多年来这孩子吃的苦受的罪，我这个当爹的从来都没听过……也怪不住他生成这种孤僻的性子。”

听到此处，顺儿号啕得更凶了，连茶水都几乎端不住，索性往桌子上重重一放，解了腰带往梁上抛去，就寻死觅活地要上吊：“少爷不见了，顺儿也活不成了——清秋冷月，枯叶残菊，皆付了寒江东去……吁——”

对这个浮夸的小厮，无论是林员外还是张谦都早已是见怪不怪。

这厢张谦正好差个摆脱姐夫教训的契机，见顺儿突然闹成这样，抓住这个空隙，张谦便一边起身一边道："我已经差了人在打听了，不日定会有林瑯的消息——我先带顺儿下去……"一边便揽了顺儿的肩膀："走，咱出去再哭……"

哄着顺儿一路回到了林瑯之前所住的寝房，张谦才松了口气："哇！你们老爷真唠叨……"

"可不嘛！"顺儿翻着白眼儿："舅爷你说——少爷现在在外面，会不会饿着？会不会饿死？冻死？你说少爷生得白净俊朗，会不会被人贩子卖去当小官儿？若是当小官儿，少爷应该还挺有天分的，之前我教少爷唱曲儿啊，少爷一学一个准儿。可别说——少爷心气儿高，脾气又差，别人容不下他，把他给打了怎么办？打死了怎么办……"

"你闭嘴！"张谦觉得脑袋万分沉重，及时制止了顺儿的即兴发挥，"别看你家少爷平日里什么都不懂，却也是跟着我走过丝路见过世面的人。该有的手段和学识都比同龄人高去不知道多少了，你尽管放心！"

桌旁的兽纹鸟杆上的锦毛鹦鹉也在旁边帮衬着："我可是走过丝路的人！"

"连鹦哥都记住了，看来你们少爷平时没少炫耀！"张谦没忍住笑了出来，片刻后，又悠悠地感叹了一句，"其实林瑯选择了这条路，也挺好的……"

"什么？"顺儿目瞪口呆。

张谦解释道："锦衣玉食的确是高枕无忧，可一辈子这么糊弄过去了，便也是过去了；如今他有自己的打算并且愿意去做，日子虽然可能会苦点累点，但好歹是真真切切地活过……你说呢？"

顺儿摇头，今日脸上擦的胭脂里许是掺了金粉，晃得张谦眼睛疼："我听不懂这些道理……只怕少爷过得不开心……"

张谦起身逗起了鹦鹉："不会的……他可有大本钱呢，不用你来苦恼这些事，静候佳音就可以……"

"嗯……那就好。"顺儿懵懂地点点头，可是却有一种熟悉的异样感觉油然而生——这感觉仿佛与那晚少爷出走林府前对自己说的话所带来的感觉有几分类似，顺儿隐隐觉得不对劲……可是这次脑袋转得比较快了几分。

只见顺儿疾步上前，扯住张谦的袖子："舅爷……关于少爷失踪，你是不是知道什么？"

"……这……"张谦笑得尴尬。

自钱囊被窃一事之后，足足有三五日，唐玉枨一句话都没再向林瑯说过了。

其实也没什么赌气的意思。

自打一开始，他也没怀疑过林瑯的房地契是假的，当然也心知肚明自己的派遣令是真的，想着约莫是上面的人弄错了什么。

只是觉得同处一方屋檐下，互不打扰可以做到，可路见不平时，自己却都没忍得住拔了刀去相助。这是性子使然，断然是没有做小伏低去讨好的意思。

可这林瑯倒偏偏像是一把冰刀成精——任你如何都捂不化，时不时还要来划拉你一把。

每每都吃瘪，便也晓得对方是真的讨厌自己。

唐玉树索性绕得远远的，免得给人添堵。

有的时候唐玉树也会想：大约再过个把月，房子归属终究会有定夺。

届时不是自己离开这个没来得及熟悉的小镇，便是林瑯搬离此地——横竖不用整日共处一方屋檐下，四目相对还要装作没看见。

不过每每思索到此，唐玉树竟也有点怕。

怕最后留下空荡荡的大宅子，自己孤身一人住着。

这场突如其来的无妄之争从此便像没入河塘的一滴水，在往后漫长且平淡的日子里，激不起分毫波澜。

有那么一幕，近日里屡屡在唐玉树脑海里翻来覆去，总也忘不掉。

——“救救我——我还没活够呢……”

那是林瑯重病昏迷之间，紧紧拽着自己不肯放手时的言辞。

与记忆重叠了起来。

“——我还没活够呢……”

榻上的少女紧攥着自己的衣摆。惨白着一张脸，便可知她病痛之重。

让人心疼的是她却偏偏懂事地撑出一副笑脸来：“所以不会死的，哥哥就安心去打仗吧！等战事平定，你就要——”故意拖长了尾音等哥哥来接话。

唐玉树将汤药在两个碗间来回倒，借以降温，挑起了眉毛看向榻上的人：“就要带青秧去江南！”

换来少女一张笑颜：“说到做到！”

“说到做到！”唐玉树重重点头。

这是兄妹之间玩不腻的游戏。

——“救救我——我还没活够呢……”

两只牢牢攥紧自己衣摆的手，一只终究失落于不可回转的时空里，一只则在面前触手可及。

“烧糊涂了你——这种小病不会死的！”

颤抖地安慰着初次见面便针锋相对的陌生人，唐玉树失了魂一般扛起他便向外冲去。

傍晚时分的凉意被风灌入薄衫与脊背之间，唐玉树打了一个寒战从回忆里抽回神志。

将最后一包货物扎扎实实地码在推车上，蹲在码头边用冰凉的河水洗了一把脸。该添置些过冬的衣服了。

“大哥……一个月了，工钱你结一下子嘛……”唐玉树用毛巾抹着脸，向工头走去。

那工头一边起身装作忙别的事，一边搬出老话不耐烦地糊弄唐玉树：“明天结。”

赶上唐玉树心情不好，也早已被耗得没了耐心，上前一步堵住了工头的去路：“行不嘚。每次都说明天，你是不是诳我？”

那工头脸上不悦，口中骂骂咧咧地摸出了五个铜钱往唐玉树手里一塞，嘟囔着：“瞧你那样子，不给你似的……”

唐玉树点了一下：“我上工一个月，才这么点儿，和说好的不一样撒？”

“说好的什么？什么说好的？”那工头耍赖起来，推搡着唐玉树：“哎——你这外乡人，怎么这么说话？”

见对方动手动脚，唐玉树本就没有好颜色的脸上露出了一阵怒意：“再动我试试？”

听闻过此人是退役下来的士兵，工头心底有几分忌惮，脚步下意识地向后退去，可嘴上还是讨着嫌：“就推你了，你想怎么着？”

“不怎么着，讨工钱！”

谁知那工头心头有怯，一边嚷嚷着“这不给你了吗？”一边兀自向后退，却不料脚下一绊，向后重重摔倒在了地上。

还没等唐玉树上前，便自己先扯开了嗓子：“来人啊！外乡人打人啦——”

唐玉树一向不会对付无赖，此刻见状，也皱起眉头有几分不知所措。

那工头察觉到自己的法子奏了效，立刻威胁道：“拿着钱走吧！现在算是你伤我，闹到衙门去，你这工钱一分都别想要了！”

其实前些时日王叔就叮嘱过自己要提防这个工头。

可一来对陈滩人生地不熟，唐玉树不愿惹是生非；二来想想：距案子出个明确的结果，还有一个多月……若此刻彻底和这个工头闹掰了，接下来的时日里窝在宅中无所事事地度日吗？

犹豫良久，唐玉树拳头捏紧了又放下，只得转身走了。

十月已进中旬，陈滩天气渐冷，接连几日来都没有太阳。

于是唐玉树的心情也跟着一并阴霾了起来。

一路沉着脸走回财神府，便又看到一众人围着宅邸的外墙吵吵嚷嚷。仔细了看去，似乎见那墙上贴着东西。

由远及近走了上前，才发现那是一张字迹娟秀的告示。

见宅子主人之一的唐玉树回来，众人们纷纷噤声，数十双眼睛望着唐玉树，而唐玉树则望着那告示眨都不眨一下眼。

隔过了大段的安静，才见唐玉树回了头，用食指的关节敲了敲那告示："我不识字……这写了啥子？"

众人你推我搡地，皆不敢声张。

胖姑见状，也不敢直说，只是上前一步双手叉腰，义愤填膺地对着那告示骂了起来："凭什么？他可做不了主，我爹还没回来拍板儿呢！"

瘦娘听罢，从人群中扭了出来，在一侧回呛道："这宅子到底是谁的，大家心里也八九不离十了吧。人家林小官人早做打算，又何错之有？"

"骚蹄子，你可别瞎指望了！就算房子归了林瑯，人家也没打算娶你过门儿！"

"胖姑，那我也劝你早日掐断了念想！你就算再爱那唐玉树身上的腱子肉，也怕是这辈子都摸不着啊！"

于是姐妹两个便又厮打在了一起。

这下也不需要问了，唐玉树彻底明白了告示里的内容。

没心思拉架，只是用着不必要的沉重力道，伸手将那告示恶狠狠地撕了下来，回头对着围观的人群招呼道："都散都散了——不卖！"

说完便气势汹汹地回了宅子里，重重关上了宅门。

·第二回·

消愁恨沸鍋三坛酒
訴心事冷夜一衾人

壹

唐玉树个性温和体贴，其实对林瑯的处境也能感同身受，偶尔在街头听到有人背地里嚼林瑯舌根，他都几乎快忍不住想要帮林瑯说句话——“换作是你家祖宅被一个陌生人占了——这事儿摊在你身上，你能对我客气成什么样子？”

于是，偶尔面对林瑯不成气候的幼稚挤兑，唐玉树通常都让着他罢了。

只是今日林瑯不等县衙的宣判就张贴出卖宅子的告示，这个举动给本就不悦的唐玉树火上浇了油。

一进了宅门，唐玉树便径直走到东厢房，也没敲门，直接用力地推开了门扇。

把正坐在桌案前书写着什么的林瑯吓得一哆嗦。

唐玉树全然看不懂文字，也没心思看，只把手里的告示重重地拍在他的桌上。

林瑯扬起头：“哎？你怎么给我撕了……”

话还没说完，便被唐玉树揪着领口从椅子上扯了起来。

又一次近距离望着唐玉树眼里的怒火，林瑯吓得厉害，却还是努力克制了一下恐惧感，硬着嘴道：“房子是我的，你不能不让我卖！让你这个骗子住两个月已经很宽容了！”

语音刚落就被唐玉树一把撂倒，摁在了地上。

对方粗壮的手肘死死抵着自己的锁骨处，压迫得自己有些呼吸困难。林瑯屁股疼得龇牙咧嘴，涨红了一张脸，提醒道：“你得守规矩，不得打老百姓……是不是？”

唐玉树俯身撑着林瑯上方，因盛怒眼中布满了通红的血丝，近似怒吼地：“我不是骗子！”

林瑯试图把唐玉树揪着自己衣领的手掰开，却发现自己根本拧不动他分毫。只得一面挣扎一面向上对压制着自己的唐玉吼道：“可你就是强占了我的房子，你知不知道这个房子对我有多……”

突然掉落在脸上的温热触感，打断了自己歇斯底里的质问，接着那滴温热从耳侧划开，淌出一条冰凉。

接下来说出的“重要”二字随之被冲散了力气。

只见唐玉树拧着眉毛闭着眼睛，很用力地隐忍着崩溃。

可接连落在自己脸上的泪水还是让林瑯不知所措。

“你们才都是骗子……”他开了口，声音沙沙的，“你们才都是骗子！”

“她那么喜欢江南……她以为江南人们性情如水，她还说江南少年温柔可人……她断然不知道我在江南——被人骗工钱，被人抢房子 ……”

抵着林瑯胸口的手肘终于撤去了力气，可此刻的林瑯却也不敢妄动。

只见人高马大的唐玉树，用小臂努力地堵着眼泪，哭得像个小孩子：“她没能来，是好事吧……”

接下来的良久时间里，林瑯就保持着被摁倒的姿势，看着唐玉树在自己上方压抑地哭泣。

方才掉落在自己脸上的眼泪蒸发而去，顺带着抽离了一部分皮肤的温度，于是凉意便随着渗入心里去。

直到唐玉树肩膀的颤抖渐渐平息下来，林瑯才缓缓举起了手，可手的走势在半空中游离了许久，最终只得落在对方冰凉的上臂，轻轻拍了两下以示安慰。

咬了咬牙，似乎是在自己执拗地角力一般，最后林瑯长叹了一口气。

——“被骗工钱……的事……和我说说看？”

陈滩码头上，工头正蹲在那边记点着账目，余光里遥遥见得一个身着红锦褂子头带朱樱绒簪的少年向这边走了过来。只觉得许是过路的贵公子，横竖与自己这种人扯不上关系，便也没多想。

却不料那人由远及近，脚步终究站定在了自己身侧。

晚间的风吹动起那公子的衣摆，翻飞而起拍在了自己脸上。

那工头向一侧躲闪着站起身来，因不知来者底细却也不敢贸然抱怨，正皱着眉，却对上来者的一脸笑容：“久仰啊，刘工头！”

没等得及发问，对方便开口自报家门：“在下金陵织造府林家之子——林瑯。”

随着对方话音落，工头也瞧见了那公子腰间挂着的明晃晃的腰牌，上面赫赫然写着“和衷共济”——这四个字便是谦合水运司的司训——而这谦合水运司，便是自己效力之处。再想到金陵织造府与谦合水运司两家结有姻亲，便迅速明白，眼前这个贵公子，便是自家主子——谦合水运司掌柜张谦的亲侄子。

如此贵重的身份，措辞中却用及“久仰”与“在下”，这工头感觉到自己得了抬举，于是周身舒畅了起来，谄媚地冲林瑯笑道：“原来是林公子！金陵织造是我们的大客户啊，水路上的兄弟们都仰仗贵坊赏饭呢！”

却不料这温婉少年又来一个长揖：“刘工头别这么客气。我坊能保持商货的通路流畅，全都仰仗水路上个个兄弟了。”

“哪里哪里……”工头已然是笑得合不拢嘴，“林少爷前来有何事？尽管跟我说！”

“倒没什么要紧的事……只是早听闻陈滩风景好，所以得空溜出来逗留几日。可来是来了，偏偏不知道这陈滩有什么好玩儿的地方。正打算向人打听呢，碰巧路过这码头，看到谦合水运司的船，便知道是自家兄弟，就过来打个招呼——刘工头对这陈滩可熟悉？”

得了效力尽忠的机会，这工头自然是不啰唆，洋洋洒洒地讲了大段旅行攻略。

林珋其实并不熟练于和这种“惯于见人眼色行事”的庸人打交道，此刻在这个工头面前努力保持着端庄从容的气魄，其实也是硬着头皮撑门面的纸老虎罢了。

可一想起唐玉树那个家伙哭的样子，林珋又难免心软了起来。

本身自己就如同唐玉树所说——“明明就不像牙尖儿的人”，只是当自己好不容易下了莫大的狠心逃出府邸，打算靠着这户宅子一展宏图的第一步上，就被唐玉树绊了个趔趄，着实意难平。

可唐玉树哭了，这也太让人揪……难堪了。

出于一种补偿心理，林珋决定冒着“败露行踪”的风险，也要帮唐玉树出个头。

——别搞得倒像是我欺负了你一般。

与这工头几番你来我往的客套寒暄之后，林珋佯作道别，那工头鞍前马后地招呼着，送林珋上了大路。已然迈开步子演出离开的戏码，林珋却又顿下脚步，回头道：“哦对了——刘工头？”

“您说您说！”

终于切入了主题：“我见刘工头性情爽快，自然和底下的兄弟们……没有什么过节吧？”

“……这。”

“没有最为好。”不消对方回答，林珋便兀自说道：“我前几日听舅舅说过，自从之前有几处码头上欠了人的工钱，闹得很是不愉快，水运司里就辞了好多不规矩的人……舅舅还说，近日会安插一些稽核人员，暗中排查各个通路上的人事关系是否和谐——既然是朋友，我便偷偷提个醒给你。”

“谢……谢少爷提醒！”那工头连连作揖。

林珋笑着挥别。走出了几步却又顿下脚步，回头道：“对了——刘工头？”

“您说您说！”

“我是偷偷溜出来玩儿的，不想被打扰了好兴致，所以……”林珋使了个眼神。

那工头八面玲珑，早明白了林珋的意思：“我懂我懂——我从没见着过少爷！”

林航一笑：“聪明人！”

为个八竿子打不着的唐玉树暴露自己的行踪可不好……

但是林珋说到底还是不想对他不起。

对这个工头，叮嘱是叮嘱了，能不能真的保了密，林珋还是心有余悸。

林珋的一招“狐假虎威”果然有效——翌日一大早，那工头便亲自赶来了财神府。一面好言好语地向唐玉树赔笑脸："昨天算糊涂账了！"一面将缺漏的工钱全数补上。

送走工头离开之后，唐玉树转过身望向东厢房，只见窗边冒出来一颗红球球。

唐玉树掂着手中的铜板儿乐不可支，冲着那红球球射恩："谢谢撒！"

闻声那红球球便缩了回去。

不过隔了片刻，想了想估摸着自己暗中观察的行踪早已被唐玉树发现，林瑯索性也就不藏了。

环抱着手臂摆出一脸冷淡的态度，他站到了窗边："这也不能代表我们就是朋友了。你之前帮过我，我如今再帮回你来——一场买卖而已。"

唐玉树早熟悉了林瑯的德行，没计较他的小性子："真厉害！哎，说起来，你是怎么做到的？"

得了夸奖，林瑯的架子端得也更高了起来："你不懂——对付这种人啊……就要把他捧到半空中，再让他清楚摔下去有多惨……他自然就怕了。"

"哇！你轻功这么好？"

唐玉树完全会错意。

"……我不想跟你讲话！"

林瑯翻着白眼将窗户关了起来。

贰

"酒要在阿辞姑娘那里买。不过别买贵的，三文钱一两的那个散酒就很好喝了。"

"阿辞姑娘……"

循着唐玉树的交代，林瑯在财神府市集上绕了半天，愣是没有找到一个卖酒的女子。

今日傍晚时囤积在陈滩上空的浓云忽而散去，天气似乎有了转晴的迹象。

出了厢房就见下工回来的唐玉树，在院子里张罗着一堆不知道是炉灶还是什么的东西，非说晚上要请自己吃顿好的。还像酒馆小二一样，拿了个黑石笔在掌心里一边问一边记："卤水豆腐，要嘚……河虾，要嘚……火腿是啥子？要嘚要嘚……"

扒开唐玉树的手探头看去，只见他那布满老茧的手掌上，歪歪扭扭画着一堆方块弯钩圆圈圈……林瑯没忍住笑了起来。

唐玉树羞红了脸："我自个儿瞧得明白撒！"

问唐玉树乱七八糟记了这么多，是打算做什么好吃的，他还卖着关子不肯说，攥紧了手心就径直出门儿去了，只叮嘱了林瑯一句过会儿闲了去买酒。

"……也不知道一个大老粗能折腾出什么东西。"

林瑯皱着眉头猜了半天，还是猜不透那家伙的心思。

出了宅门，迎面而来财神府市集浓重的烟火气息，让林瑯心里莫名觉得舒服了起来。

每日清晨开始，各路商贩便会陆陆续续铺张开自己的买卖，在方寸大小的地界里各司其职。

于是整个市集上便蒸腾起烧鱼焦酥的烟火，莲子羹香糯的蒸汽。晶莹剔透的珍珠冻被风吹过时还会激灵一颤，折射出隔壁摊上橙黄色的橘子糕。脱去水分的豆酥整整齐齐地码在案上，不远处包着生脆糖衣的果子串成一串，在明晃晃的天光下，璀璨得如同琳琅珠宝。

林瑯想起，金陵城里的小吃街也比比皆是——各路吃食都有着排场的店面，挂着自家的招牌；可与这儿的小集市相较，少了些许淳朴风味。

即便如此，往日闲暇时，林瑯便会带着顺儿去大快朵颐。

但是断然不能被家父知道。若是知道了，定会又遭得一通啰唆和责骂："都不干净的，府里厨子可是御膳房退下来的，还糊不了你那刁蛮的嘴？"

的确糊不了。

林瑯可是走过丝路的人。从江南秦淮畔一路吃到西域高昌国，京城的酱鸭，关外的饺子，戈壁滩上的烤全羊，中原花样繁多的面食，若要细细罗列便可以写出一本厚厚的《食雅》来。

可一切都是往日的回忆了。

自迈出林府那一刻，林瑯就做好了心理准备，曾经逍遥自在的日子再快活，都不打算回头了。

久寻阿辞无果之后，林瑯只得绕到面摊去向王叔求助："王叔，这集市上可有卖酒的阿辞姑娘？"

"有啊。"王叔指了指面摊对面。林瑯顺着方向瞧了过去，只见一个身着粗布麻衫，头发利索地绑在脑后的俊朗少年。

"……姑娘！"林瑯转回头啧了一声，重重强调了一次性别，"唐玉树指了名，说要喝她卖的酒。"

"那就是阿辞姑娘啊！"王叔也将性别重重强调了一次，手里忙着的活计却在瞬间一顿，“等等——”抬起头把眉毛撅得老高，眼里写满了不可置信，“你替玉树打酒？——太阳打西边儿出来了！”

“……”林瑯措辞了半晌却还是不知道该怎么回答，摆着一副惯常的不耐烦脸孔向王叔丢去一个白眼和一句“要你管！”便转身去了阿辞的酒摊。

“阿辞……姑娘？”林瑯还是不肯相信，“花雕怎么卖？最好的那种！”

阿辞抬头见了来者，语气冷淡地回应道：“二钱银子一坛。”

二钱银子一坛花雕……林瑯默默重复了一遍价钱，捏了捏钱囊：这么贵……站在原地想了又想，最后还是一咬牙：算了，三文一两的酒我可喝不下，就当让这个穷酸粗人沾我的光，尝尝江南的特色酒吧。

“来三坛！”

报了数儿之后林瑯顿觉自己可悲得紧——曾经挥金如土的阔少爷，如今二钱银子一坛的酒都开始嫌贵了……

那阿辞身手利落地搬出三坛酒到面前的桌案上，脸色绯红得莫名其妙：“不用给钱……这些是送你喝的。”

“这么好？”林瑯瞪大了眼睛，嘴角牵起一丝笑，情不自禁地整理了一下额前的龙须发，“敢问姑娘……为什么？”

阿辞低下了头去避开林瑯的眼神：“以后别欺负玉树哥，我还会请你……”

本还在心头暗自数着小九九，猜想这阿辞姑娘是被自己的魅力所折服——到头来竟是唐玉树那等粗人？

林瑯将嘴一撇，照数儿把钱排在了阿辞面前：“不答应不答应！”说罢便伸手去端酒坛子。

本也是玩笑话，却没料到那阿辞把酒坛先手一夺：“那我不卖了！”

“嘿——”林瑯横眉竖眼着，“……我钱一个子儿没差你的，哪有不卖的道理？”

阿辞板着脸：“酒是我的，说不卖就不卖。”

见阿辞不好对付，林瑯只得让步：“……好好好，不欺负不欺负了！成了吗？”

看穿林瑯的缓兵之计，阿辞抱着酒坛的手臂并不松开。

“我发誓！发誓好吧？”见阿辞性子刚烈，林瑯无奈，只得拇指摁着食指，竖起手掌道：“我，林瑯，往后绝不欺负唐玉树！否则被狗咬——这下可行？”

阿辞这才允了，伸手把酒坛抱给了林瑯。

正欲接过酒坛，视线却被阿辞手腕处的银镯子吸引，林瑯眯起眼睛将镯子上的字一一念出——“白……恕辞……”念罢将视线又转向了阿辞，“你的名字？”

阿辞并不想多话，不耐烦地横起脸来：“你还要不要了？”

“要要要……”林瑯只得抱过酒坛子，告辞转身去了。

这天底下的姑娘，便也真是千姿百态。

“白恕辞……”倒像是个男子的名讳，不过人也像极了男子。若不是她开口说话时的声音还算清澈动人，林瑯真不敢相信那身手利索身着粗布衫的少年，竟是女儿身。

想到这里，另一个身影又飘飘忽忽地出现在了林瑯的脑海——

那夜金陵花府中，借口出恭，带着顺儿跑出拘谨的宴席，躲在院子里透气的林瑯遭遇了人生最重要的挫败——

笑靥嫣然的少女走上前来，繁复的盛装之下，脚步却依旧轻盈端庄，与四仰八叉斜坐在庭院石凳上的自己对比鲜明：“林公子也是嫌宴上拘束，所以才跑出来吗？”

来者便是父亲有意让自己迎娶的人——“良叙姑娘……”林瑯客气地作揖。

“我也觉得十分拘束呢。毕竟……我爹看好你，可我却不。”言语里尽是轻蔑之辞，可脸上的笑容偏偏宛若春风。

这便是大家闺秀们的气质吧？林瑯心里嘀咕。

只听那大小姐继续说道：“罢了，我爹也并不尽是看好你——他看好的是林家的富可敌国，看好的是雕梁画栋的府邸，看好的是铜椽铁轮的车架，看好的是珠光宝气满目琳琅——可公子想必知道的——这琳琅，并不是你。”

——不是我。

林瑯拍了拍脑门儿，让自己回过神来。

宅子门虚掩着。走进来时，唐玉树已然买菜回来，在那边忙活得不亦乐乎，并没察觉到自己。林瑯便顺势悄声止步，偷偷看着，想探知一下唐玉树所谓的“好吃的”到底真相如何。

只见一口不知道是他从哪里弄来的石锅下，架着一盘碳火，四周放着的盘中是一堆已经洗净却没有做任何处理的食材。那锅中蒸腾而起的热气将上方的空气扭曲，肆无忌惮地散发来一股浓香。

“……嗯？”林瑯嗅了嗅，不禁道：“什么味道？好香……”

“酒买到了吗？”唐玉树听到了动静，回过头来发现了林瑯。

颠了颠怀中三坛酒作为回应，林瑯一边走上前用下巴指了指那锅，问道：“……这是什么？”

唐玉树早已把碗筷备好，介绍道：“你要是怕辣，就放在这个油碟子里面涮一下——你爱吃的都买好了，想吃啥子，尽管往里面下——锅里的羊肉已经好了，你先尝尝！”

望着那石锅里沸腾起的细密气泡，林瑯心里打着鼓：“……好吃吗？这个……”

只见唐玉树夹起一片熟透的羊肉，放在自己碗里鼓动道：“快尝尝啊，尝尝就知道了！”

这从未见过的食物，卖相略显粗暴。虽然味道闻起来浓香四溢，可林瑯心里还是有几分忌惮，不过实在难辞唐玉树的盛情，于是小心翼翼地夹起了那片羊肉，放进了嘴里。

片刻后，财神府市集上空响彻起林瑯的一声惊呼。

“这……这也太好吃了吧！”

叁

林瑯初次吃到火锅，入口便喜不自胜。

唐玉树还有点不可置信——精致的大少爷居然会这般称赞自己煮的东西：“真的吗？”

林瑯觉得此刻空出嘴巴来说一个字简直都是浪费时间，一边往嘴里塞着煮好的羊肉，一边大叫着：“太！太！太好吃了！”

“这叫火锅……”满足了贵公子的口舌之欲，唐三树有点小虚荣，“我们那间儿都爱吃。”

“好吃好吃！”

“好吃就多吃点。”见林瑯狼吞虎咽，免得他腥膻入腹失了胃口，唐玉树又往锅里下了一些菜，然后便倒了两碗酒。

这厢林瑯嘴里塞满了羊肉，却还是拿筷子尖指着火锅一直晃，口齿不清道：“我跟着舅舅吃过各路山珍海味——可这火锅，不输任何珍馐美馔！”

“慢点儿吃……”虽然听不懂他嘴里的成语，但林瑯的夸张反应也让唐玉树不由地胸脯都挺高了几分，“本来还怕你吃不惯。”

“这里面也可以煮火腿和河虾吗？”

“可以撒，啥子都可以煮。”

“啊——”林瑯把口中的美味吞入腹，张着嘴快速地喘着气来缓解火辣辣的舌头，咋咋呼呼地端起酒碗朝向唐玉树：“来来——碰一碗！”

唐玉树端起酒来，与他一碰，酒到唇边却突然停了下来，嗅了嗅，唐玉树道：“好香。”

“二钱银子一坛呢——这叫花雕，是江南特色。”

唐玉树心疼得紧：“太贵了太贵了，你这人不会过日子。”

“我是不会，但好歹会做人——你都用这么好吃的火锅招待我了，三坛花雕我还是请得起的。”

话题至此，唐玉树夹了一片肉，闲聊道：“你家里那么有钱，做啥子要来出来受罪？”

林瑯盯着锅里刚煮下的火腿移不开眼睛，只是冷哼一声，苦笑道：“过得舒服的话，你以为我愿意跑出来啊——被我爹赶出来的！”

“赶出来的？”

“对啊……不想娶美娇娘，不想从仕当官，不想听他安排我的生活……那你呢？人人都说锦官城安逸闲适，你怎么也大老远跑来这地儿？”

“我啊……”唐玉树也苦笑了起来：“我答应要带妹妹来的……”说罢，想起什么似的，“你读过书，识得字，我想求你一件事儿！”说完，就睁着乌黑的眼睛，满抱期待地看着林瑯。

吃人的嘴软，林瑯嚼着肉：“什么事？”

“帮我写三个字！”说完唐玉树起身跑回厢房里拿出一罐早已研好的朱墨、一支不知道从哪里得来的，毫尖都已脱落的笔、和一块裹着布的东西，摊在林瑯面前小心翼翼地打开：“写——唐、青、秧，唐青秧——好写吗？”

哦，原来那日他大清早锯来锯去的木板便是做这个用的……

“好写吗？”这个问题确实是不识字的人才问得出来的蠢话。

林瑯听罢本想取笑唐玉树，抬眼却见他的笑里有几分谄媚，小心翼翼地生怕被拒绝一般。锅底的烧炭发出红色的光，落在唐玉树乌黑的眼底，发出亮晶晶的光。

那瞬间脑林瑯海里走过了诸多画面：

“她那么喜欢江南……”

“她以为江南人们性情如水，她还说江南少年温柔可人……”

“她断然不知道我在江南——被人骗工钱，被人抢房子……”

林瑯放下筷子：“成——”

回到厢房从自己行囊中摸出一支舅舅送的，从没舍得用过的雕花玉杆狼毫。

其实唐玉树不识字，可那掺了金粉的朱墨一笔一划在木牌上扎扎实实地落笔，唐玉树觉得格外好看。

许是一坛下肚有几分醉意了，只见唐玉树望着牌子反复啰里啰唆道：“记住了——这个帮你写了名字的哥哥叫林瑯。”

林瑯看着有些鼻酸，只得硬咳了一声：“喂——炭火不够了吧！”

“我去加！”唐玉树将木牌仔仔细细地收好，殷勤地添起了碳。

足足吃了有一个时辰，林瑯意犹未尽，可肚子早已撑得难受。

酒坛也空了。没料到这个大老粗居然酒量差得出奇，早在那厢把舌头打了结，满口囔囔着的是林瑯完全听不懂的蜀地乡音。

直到被林瑯拖拽回西厢房时还对着四周一通乱指，满口卮言着什么“月亮咋子歪了花花咋子斜了……”

“闭嘴，哪里来的花花！”

吃力地打发唐玉树睡下，林瑯才回了东厢房。

洗漱完毕关起门，林瑯钻进被窝。

……或许真的是朝廷弄错了，林瑯想：那家伙怎么看都不像个骗子。

“怪可怜的……”

看着比自己大不了两三岁，可老天爷却并不公平：自己在画舫上吟诗作对的年纪，他却在城墙下浴血厮杀；自己只是偶感风寒于是整个林府便乱作一团时，他却忍着无眼刀枪刺出的伤口照顾年幼的妹妹——成都战火，金陵不闻。一方狼烟四起饿殍遍野，一方歌舞升平纸醉金迷……

躺在床上翻来覆去，林瑯深深叹了一口气。

火锅的余辣尚在自己舌尖上耀武扬威，原本满足的心情此刻却渐渐莫名地低落了起来。

林瑯一直记得那日是十月十五。

子时初晴半日的天色又被浓云薄雾包裹了起来，迎来了最后一场秋雨，陈滩就要入冬了。

雨声在寅时把林瑯吵醒后，迷迷糊糊之间他只觉身下一片冰凉。

吓了一跳便迅速清醒了过来，林瑯第一反应是……自己喝多尿床了？

冷静下来才发现，床铺的正上方，椽子嗒嗒地往下漏着雨水，导致被子吸饱了冰雨，沉重地黏在了身上。

林瑯恼怒又无奈，只得爬起来换了一件干净的里衣。望着泡水的被窝，酒劲也早已散去了七八分。傻站在床头瑟瑟发抖了片刻，林瑯跑出了东厢房。

“叩叩叩”

“唐玉树！”

迷蒙的声音传了出来：“啥子事？”

“我……”

唐玉树拉开了门，光着膀子揉着惺忪的睡眼，把站在雨中的林瑯放进了屋子里：“啥子嘛？”

“我冷……”

“不是给你找到被子了吗？”

“房顶又漏雨了……”

一边抱怨着一边向唐玉树的床上瞟了一眼，只见那床厚实的被子摊着，光是看着就感觉一团暖和。林瑯开价道：“二十文，买你那床被子！”

唐玉树打着哈欠：“不卖。”

“五十文。”

“不卖。”

“五钱银子！你剪一半给我。”林瑯咬着牙关开出了天价。

“不剪……这是我娘留给我唯一的遗物。”

林瑯不依不饶：“可你这被子长得离奇啊！”

“我娘说娶了媳妇儿能一起盖。”

“……”林瑯被冻疯了，别无选择之下突破了天价，“五两，别啰唆！”

可唐玉树软硬不吃："不卖撒！"

"……"林瑯觉得自己倒霉透了，不免心生悲哀——大半夜的屋顶漏雨，泡了整条被子，实在想不到别的法子。焦急之下竟然有些想哭："可我冷……"

唐玉树："……"

躺进被窝好一阵子，冷意才从身体里消散掉。

侧过头看见唐玉树靠在枕头上环抱着手臂，在黑夜里睁着乌溜溜的眼睛望着某处出神。林瑯这时才注意到，浓重的夜色里，他裎赤的身体上横亘着诸多触目惊心的伤疤。

林瑯倒吸了一口凉气，话在喉头彳亍了良久，又吞了下去，只问出了一句："怎么还不睡？"

"……酒好像醒了。"唐玉树在黑暗里转过头来，对自己笑了一下。

林瑯也困意全无："那……说说话？"

"摆吧。"

林瑯："……"

是故意的。唐玉树看着林瑯茫然的神色，得逞后笑道："摆哈儿龙门阵——就是说会儿话的意思。"

林瑯无视了唐玉树无聊的恶趣味："以后计划怎么办，还要去码头吗？"

"要……"

"别去了吧……那工头不是什么好人。你身法好，找个什么活计都容易。"

"说不准撒……等房子最后拍了板儿，又把我派遣到哪间儿去……就先做着吧。你嘞？以后计划咋子办？"

林瑯将两只手交错着套在一起，枕在头下，叹了一口气："做个买卖吧。"

"做啥子买卖？"

"我也不知道……"又被问起同样的话，林瑯还是无法回答，只是兀自说道，"没出来之前我以为我能统理家业，我以为我无所不能……出来后才知道我其实什么都不是。"

唐玉树沉默，在黑暗里眨着眼认真听林瑯倾诉。

"唉……我也不知道离开林府是不是对的选择——可我知道，留在那里一定是不对的……"

"你怕吗？唐玉树。"林瑯闭上了眼睛，"……怕看不清的前途，也怕回不去的来路……怕花光银子的那一天，怕终究有一日，意识到自己真如父亲说的那样——离了我你什么都不是……"

"你是很厉害的人啊。"

林瑯睁开眼睛。

唐玉树看着身侧的少年——夜色里他褪去了平日张牙舞爪的蛮横嘴脸，袒露出他的恐惧和羸弱。唐玉树开口道："你又聪明又见识多；会和人打交道，还能把坏人耍得团团转；还读过书，会写字，知道一堆我从没听过的成语……就是脾气坏了一点。"

最后一句话刚说完，左腿上就受到重重一踢。

"没嘚没嘚！"唐玉树边嬉笑边求饶，继续道，"最重要的是——你知道日子要咋子过……"

"我却不晓得——以前做一切都是为了青秧：为了赚粮饷给她治病，我才入了伍；为了拿军功去换更多银子，我就拼命杀敌。可谁知道后来打完仗了，青秧也不在了……只剩我一个人的时候，突然就不知道日子要咋子过，为啥子而过……"

"你以前不肯信，但这宅子真的是将军赏我的，不是我骗你的——约莫是上面搞错了……你外祖父留给你的宅子，便一定是你的。等案子办了板儿，定是上面安顿我一处新的屋子——不过也会在江南，到时候我迁了地方，你也可以找我来玩儿。"

"玉树哥，最近……谢谢你。"

"啥子事？"突然亲切的称呼和道谢让唐玉树没反应过来。

"……所有事。"林瑯别过头去不肯看唐玉树，он不喜欢面对此类矫情的时刻。该说的话说罢了，便迅速换过话题，用后脑勺发问道："哎——房子的事拍板儿那天，无论谁走，你再请我吃一顿火锅好不？"

"这么喜欢吃啊？"

"真的很好吃！"

"要嘚要嘚！"

林瑯笑了起来，这次换他故意地问："啥？要什么？"

窗外的天色已然转成了一片灰白，有鸡鸣声传了过来。

林瑯好像已经入睡了，均匀的呼吸声轻轻地响着。唐玉树蹑手蹑脚地爬起床，跨开腿准备小心翼翼地越过熟睡的林瑯，打算要去上工了。

可前脚还没落地，却被突然喊着"唐玉树"坐起来的林瑯撞到，瞬间失了重心的唐玉树滚到了床下。

揉着剧痛的胳膊肘站起了身起来，唐玉树龇牙咧嘴着："你做啥子嘛……"

只见林瑯一脸兴奋地拍着床："回来睡回来睡！"

第一次见林瑯这么开心，唐玉树心头居然有些发毛："我……我得去上工了。"

"我想到了，我终于想到了！"显然林瑯并没有听进去唐玉树的话，自顾自开心地嚷嚷起来："码头不要去了——以后咱俩一起干！"

"干啥子？"唐玉树在想林瑯是不是在发梦魇，走上前去轻轻敲了敲林瑯的脑门儿。

林瑯拨开了唐玉树的手："你看——你会做这么好吃的火锅，而我又精通商贾经营之道，咱俩还有这么大个院子；我那儿还有一百两银子正好当我们的事业启动资金——开个店吧！”

“干啥子？”唐玉树一时没能顺利消化林瑯这一通计划。

林瑯拽着唐玉树的胳膊重重一晃：“开个火锅店吧！”

·第三回·

闯金陵雨结金兰义
归陈滩同挂绛唇牌

壹

翌日，陈滩。

雨虽然已经停了，但浓重的乌云依旧没散。早已辰时末尾，可天色还是灰得像是凌晨。

林瑯在唐玉树如雷的鼾声中起了床。

回到东厢房，昨夜晾在椅子上的被子丝毫没变干，倒是浸在其中的雨水洇得越发均匀，沉甸甸如同千斤重担。

从来没遭过这等罪的贵公子在原地来来回回转了十来圈儿，实在不知道该如何处理这摊狼藉。索性便不管了，只从桌案上拿了纸笔就计划回温暖的西厢房去。

脚步在走到院子中央时却停了下来。

林瑯又转回身，从中央向东厢房一步一步迈得仔细。如此反复好几次之后，口中小声记下：东西来去约莫五丈。同样的方法，测得南北来去七丈。

量完之后林瑯站在原地思索良久，掏出房地契来仔细看，又总觉得哪里怪怪的。

巳时唐玉树才醒了过来。

揉着因宿醉而胀痛的脑袋从床上坐起来，一转眼便瞧见床边上铺开着笔墨纸张，那纸上横横竖竖地画了一堆，中间还有好几个圈圈。再看去，那纸上还趴着一个人，脸上印着墨痕，正在冥思苦想着，时而在纸张上再添几笔。

唐玉树喊了一声："林瑯？"

"哎……"应答是应答了，可林瑯书写的手丝毫没有停顿，头也未曾抬起，只有那颗通红的绒球微微晃了晃，明显全数心思尽黏在了那纸上。

唐玉树伸出手指戳了一下那颗球："你在干吗？"

"哎？你醒了……"林瑯这才停下笔，小心翼翼地拎起纸张，"这是咱俩的火锅馆子的初步方案！来来来，你来看看——"

"我不识字，看不懂撒。"

"那我念给你听——紫檀楠木桌，十二张；椅子，四十八张；铜炉子，十二个；铜锅，十二个；景德镇白瓷碗，两百四十只……"

"这些都是啥子？"

"我们开火锅馆子需要的清单啊！"林瑯眉毛挑得老高，似乎是在抱怨唐玉树"怎么会问这么蠢的问题"。

唐玉树倒是如梦初醒了一般：“真要开啊？”

“啧！不然还能有假？”林瑯不耐烦地敦促道：“利索点儿，去把自己收拾干净。我刚才去镇头上定了午时的马车，从陈滩到金陵大约三个多时辰，我们得在今晚赶过去。”

“去金陵干什么？”唐玉树惺忪的眼睛一下子亮了起来。

“购置这清单上的物件儿。顺道儿……带你去金陵玩儿一把！”

唐玉树乐了，迅速从被窝里钻了出来。

一路上林瑯都在身旁讲着关于火锅馆子的规划，那态度神情——宛如运筹帷幄中的将军一样，说得是口沫横飞眉飞色舞，倒像是这馆子已然活生生开成了一般。

太多的商业词汇唐玉树一知半解，却也只在旁边默默听着。

不知怎么的，唐玉树看着林瑯眸子里闪闪发亮的样子，又想起了青秧。

从前每次提到江南时，青秧脸上的表情，和此刻喋喋不休的林瑯一个样儿。

唐玉树生性优哉温和。关于要在哪里生活，他并不挑剔，也并没有选择——只要有活计可做，能赚个糊口的钱，安安生生地过着日子，便足够了。

几年前蜀地战火燃起，失了家园的流民们纷纷向外逃难而去。可青秧却一病不起，经不得颠沛流离。

那时候卧病在床的她，经常会向唐玉树提起那些与她作别的玩伴——“二丫他们要随沱江向东去，去投靠渝州的亲戚……”“大黄他们家往北去了汉中。大黄说汉中有好吃的肉夹馍……”

“那青秧呢？想去哪里？等青秧病好了，哥哥带你去。”

“真的吗？”

“真的啊。”

“那我们去……江南！——我听人说过，那里可美呢！”

若问及江南美在何处，其实年幼的青秧也说不出个所以然来。小孩子哪懂这些？只是听过些许零零碎碎的传闻，编制串联在一起，虚构出一个寄情之处，抱了一份幻想而已。

唐玉树对此透彻地明白，却还是为了青秧的那份幻想，筹谋出一份真实的计划来——“哥哥现在杀敌无数，建了许多功，连将军都总夸我！等仗打完了，我去求将军安置我去江南。”

青秧不住地点头，眼里闪着亮亮的光：“嗯嗯！”

“听到了没？”林瑯横眉竖眼地揪起了唐玉树的耳朵，“我跟你说话呢！”

注意力被拉扯回现实中来的唐玉树连连求饶：“疼疼疼——你刚说啥子呦？”

“叫‘点绛唇’怎么样啊，我们的火锅馆子！”

“我没读过书，你觉得好就好。”唐玉树一味点着头配合林瑯。

“‘点绛唇’是个词牌名——原意是说女子用朱红色口脂晕染嘴唇。”林瑯越想越开心，眸光熠熠闪烁，“我曲伸其意，用来比拟人吃完火锅之后嘴被辣得通红的样子！更暗喻我们的火锅入腹后唇齿留香——你就说，精不精妙？”

唐玉树想要努力逢迎林瑯的欣喜，便不住地点头：“精妙！”可脸上那丝掩盖不掉的茫然还是让林瑯泄了气。

“唉算了，我和你一个粗人说这些做什么？自讨没趣……”

抱怨着，林瑯别过脸去。

到达金陵城比预计时间晚了些许，大约戌时初，唐玉树随着林瑯同在一处精致的客栈落了脚。

被跑堂小厮一路带到一间“上好的厢房”，只消朝里面看了一眼精致的陈设，唐玉树拽起林瑯便往外走。

唐玉树劲儿大，林瑯生生挣扎了半天才松开对方拽着自己的手：“怎么了怎么了，这屋子不好吗？”

“不是不好——是太好了！”唐玉树囊中羞涩：“这屋子睡一晚要好多钱吗？”

“八钱一日啊，很便宜的！”

“八钱？”唐玉树的眼睛瞪得老大，“便宜个锤子哟！不住不住！”

“什么锤子斧子的，你说什么呢？”

“走走走，咱换家别的，八钱——够我上二十天的工了！”

“我不走，我就住这儿！”林瑯比唐玉树更坚持，“我钱囊里零散就有七八两！还有一百两银票呢，等明儿兑了银两出来，不就有钱了吗？”

“有钱也遭不住乱花啊！”

“烦死了别啰唆！”林瑯白了唐玉树一眼，转头向跑堂小厮道，“就这间了！”

躺在松软的榻上舒展了半天腿脚，劳顿之意才缓解了些许。

林瑯感觉到肚子里传来阵阵咕噜声，于是坐起身来，准备叫着唐玉树一并出去找些吃食。

却见唐玉树在那边站也不是坐也不是，就地绕着圈圈。

“房钱都付了！”林瑯摆出一副“木已成舟，你奈我何”的表情，“你就安心住吧！”

“咋个安心嘛！”只见唐玉树眉头打了个死结，板着一张脸，“这里的物件儿样样都这般精致，我粗手粗脚的，碰坏了咋个办哟？”

林瑯不由从鼻子里喷出一阵气息，本想取笑唐玉树：我往日在金陵的那些朋友随我出去玩儿时，都巴不得让我花钱；你倒好，我花钱你替我心疼什么？真是活生生的冤大头……

取笑的话过了心头没来得及脱口，却又被林瑯吞回了腹中。

——毕竟仔细盘算下来，好像自己更像个“冤大头”……吧？

顺利摸清了自己的人物设定后，林瑯又抬眼看了看许在那边生闷气的唐玉树。

不知怎的，嘴角却莫名扬了起来。

唐玉树看到了林瑯细微的表情，还在怒目而视着：“你就尽管笑我吧！”

林瑯摇了摇脑袋，从床上站了起来：“走，我们去吃好的！”

听到吃好的，唐玉树的眉头才松开了几分。

于是二人一并出了客栈来。

贰

“都快进子夜了……能有吃的吗？”

“这是金陵城，不是陈滩。”回到这熟稔无比的地头上，林瑯自觉地生出一副地主做派，“子时才是金陵盛夜的开始……”

果然如林瑯所说——走出了客栈，唐玉树便看到了金陵这座不夜城中辉煌的灯火。虽已夜深，街衢之间却依旧商旅辐辏，摩肩接踵。

一路逛了下去，两边皆是酒馆食肆，天南海北各色品类都有，五颜六色的招牌重重叠叠几欲迷人眼，完全没有重样。

“偏偏没有火锅！”林瑯洋洋得意：“我们这就是抢占了先机！”

唐玉树挠了挠眉毛：“川渝地界靠水过活，湿气重，所以人们才喜欢吃火锅……若是放到江南来，真的会有人喜欢吃吗？”

“别那么没信心嘛！食物在最初被发明时，受到了特定地域的气候环境，和人文风俗共同的作用。可这些作用力并非是一种限制，而是专属于这个食物的独特风情。就比如这间店——”

随着林瑯手指之处，两人的脚步停在了一个客流熙攘的店前。唐玉树抬头看向招牌，只见上面除了自己看不懂的汉字之外，还有些看不懂的外族文字。

便听林瑯介绍道：“这间店在金陵算是有名的店铺，我也曾来吃过好多次。这是一间面馆——和王叔卖的阳春面不一样，他们经营的是陇右的面食。陇右那边地势高且尽是沙漠戈壁，精致的谷物不好生养，于是那边的人便种麦子磨面粉，遂以面食为主——面食种类也多，比如拉条子、面片……这些为了应对地势气候而被发明出来的食物，来了金陵却还是备受喜爱。”

“……哦。”唐玉树摸着鼻头，神色茫然。

林瑯知道他似懂非懂，又举例论证道：“这陇右面食之中有一样最为神奇——叫‘馕’，有点像被烤干的烧饼。最初是因为陇右的百姓习惯在荒野中长途跋涉，作为便于携带的口粮，馕便被发明出来。这么听来你定会觉得这馕原是迁就口舌之物，怎么配被称作是美食呢？可这种食物相较江南的烧饼，虽没了韧性口感，却多出了一番粗犷风味。所以一旦引入金陵，便迅速成了一道特色菜品——我最喜欢另点一例羊肉汤，把馕掰碎了泡在其中吃。”

听罢林瑯的大段分析之后，唐玉树面露佩服的神色：“你懂得好多！”

“那是自然，我可是走过丝路的人！”林瑯洋洋得意地看着唐玉树吞口水时翻动的喉结，“怎么样……是想吃？”

“想！”被看穿心思的唐玉树脸挂羞笑，挠着后脑勺点头如捣蒜。

林瑯也“扑哧”一声笑了出来：“不吃！既然来了金陵，那自然要带你吃金陵的特色。”

于是唐玉树被林瑯绕来绕去，带到了一处精致的民宅前。

光从外面看，只像是寻常的人家。可随着林瑯一起从偏门进去了，唐玉树才发现院中其中别有一番天地——檐下廊前都布置着桌椅，几乎座无虚席，人们推杯换盏悠然自得地享受着美酒佳肴。

没有理会唐玉树在旁边大呼小叫着“太多了，好贵撒！”，林瑯兀自点了七八道菜，打发小二出去了，便开始向唐玉树讲解这个私人食肆：“这家店是我很喜欢的一个，正宗的金陵风味。掌柜的原是京城王侯之后，因偏爱金陵美食而养了一票厨子，开起了金陵食肆。”

唐玉树在意的事情显然并不是这食肆的身家背景，直奔主题道：“多少钱？”

“刚刚一共也就点了二两银子的酒食。”

唐玉树差点儿从凳子上掉下去。

“好歹我在陈滩过了那么多天苦日子，二两的饭菜，你就别嫌我挥霍了。”林瑯显然对自己的生意点子抱着非常自信的态度，“——况且，我们的火锅馆子一开，还愁赚不到银子吗？”

唐玉树苦着一张脸：“我从没开过店，赚不赚可不好说。”

“我不也没有吗？”林瑯对两人都全无经验这个状况则似乎并不在乎，轻描淡写地应对过去。反问道唐玉树，“怎么了？你是不是在担心……怕做不好？”

“……我那火锅真有那么好吃吗？”

看得出唐玉树对开火锅馆的计划并没什么劲头，林瑯有些愠怒：“真的很好吃！我说了好吃就是好吃！”

即使被鼓舞了唐玉树也无法顺利提起劲儿，沉默了半晌，结结巴巴道：“其实……我……我不……”

林瑯听不下去他的支支吾吾，强压着性子应付道：“好啦先别想啦！既然带你来玩，你就只消好好享受一下这大城市的世面！”

唐玉树嘀咕了一声："我们成都没打仗前，可不比你们金陵差……"

虽然刚入冬，隔间里早早备好的暖炉却烧得旺盛，唐玉树背上渗起一片薄汗。因为心疼那些被林大公子如泼水般花出去的银子，唐玉树臭着一张脸，将袖口高高地卷到了肩膀处。

有个狰狞的疤痕露了出来。

意识到林瑯的视线停留在了那里，唐玉树用手挡了过去，不自然地挠了挠："这里中过箭，箭头是用刀子挖出来的。"

被抓包的林瑯立刻把视线收了回来，一时间却又不知道该看哪里。半晌只丢出一句："……打仗很可怕吧？"

"可怕。"

"刀枪无眼，你怎么敢的……"

"功劳多犒赏就多……所以也就硬着头皮上了撒。"

林瑯沉默了片刻，俄而，却又抬起了头，直视着唐玉树的眼睛，发问道："可是开个馆子哪有打仗可怕？"

"不一样……"

虽然收到的答案早在预料之中，可林瑯还是没有足够时间，来克制自己莫名生出的脾气："不一样就在于有没有青秧？"

唐玉树被林瑯的气场吓了一跳，摸不着头脑，也没有作答。

只见林瑯冷笑了一声，孤傲眼神一瞬间变得更加尖锐了起来："我也有不想辜负的人，我也知道至亲之人离开的痛苦，可因此而变得缩手缩脚，值得吗？"

"我不想聊这个……"唐玉树低下头去闪避了林瑯的眼神。

"总是要面对的，人活着是被撵着向前走！所有停在过去的都已经成为过去的一部分，这辈子都不会再回来了！青秧若是在天有灵，得知自己成为一块石头，绊住她哥哥的脚步无法向前走，你说她会怎么想？"

"……"林瑯的言辞字字尖锐。唐玉树万万想不到能够轻易应对得了刀光剑影的自己，却偏偏在一个手无缚鸡之力少年的几句诘问前，无力招架。

唐玉树的头低着，眼神藏在眉骨的阴影下，以至于林瑯无法辨识他此刻的情绪。

片刻后，在意识到自己可能又一次触碰到唐玉树不容侵犯的底线时，也见唐玉树默默地站起了身，丢下自己走了出去。

虽然对方的反应也早在预料之中，可林瑯还是没有足够时间，来让自己做好低头道歉的心理建设。

唐玉树的脚步渐远，最后与外面的笑声，闹声，推杯换盏声，混成一片。

“……是我自己一厢情愿罢了。”林瑯叹了口气揉了揉太阳穴，“他的生活里本就没有什么开店赚钱的打算——每个人想要的东西不一样，我却把自己的意愿强加在他身上……和我爹的嘴脸也别无二致。”

吃喝玩乐的兴致也消散得不知所踪。

但想着既然钱都花出去了，那索性待会儿吧……此刻即使跟上去，怕是也只会讨得唐玉树的不快。

深深换了一口气，也并未把胸口中的沉闷感消解半分：“我这臭脾气……什么时候能改改啊……”

外面不知发生了什么，突然扬起好几个尖锐的女声，吵吵嚷嚷地一通混乱。烦躁不已的林瑯正准备起身去把隔间的门关上，第一盘菜端了上。

林瑯随口丢出一句：“怎么这么吵？”

“好像是有两个客人吵起来了。”小二赔笑道，“不过已经在劝了，少爷担待一下。”

本只是随口一抱怨，林瑯并没有想要弄清争端始末的八卦心情。却模模糊糊听到那小二嘟囔了一句：“惹谁不好，惹花大小姐。”

“谁？”林瑯大惊失色，“哪个花大姐……啊不，花大小姐？”

“金陵还有哪个花大小姐？”小二见客人似乎起了兴致，眉飞色舞地讲了起来，“今日花大小姐定了隔间——就在楼下——伙同一众官宦权贵家的千金们办什么赏花宴。都入冬了，哪来的花？还不是找个名目闹腾着玩儿而已——就方才，不知道哪个不知死活的，突然闯进人家隔间，和人家吵了起来……”

窗外此刻一阵叫嚣响起，林瑯立刻走向窗边，只从窗缝儿里偷偷看了去。

先是那熟悉的身影——花府千金花良叙。

她摆着一张端庄恬静的笑颜，立身于事件之中。而喋喋不休地替她向对手发起攻势的，则是她身侧别家千金大小姐们。其中不乏几个面熟的人物。

林瑯正好奇是何等人物，能与那个八面玲珑的花大小姐起争执？索性将窗缝开得更大了一些。

只见另一个熟悉的身影，站在这群女子对面。因生气而涨红着脸，却也不知道如何反驳那些伶牙俐齿的女子，说是吵架，场面倒像是他在挨骂。

——“唐玉树？”

心底的惊讶没收敛好，随着下意识涌出丹田的有力气息呼喊了出来。

待林瑯回神急急用双手捂了嘴巴，已然于事无补。

于是楼下众多双眼睛齐齐转了过来。

林瑯确定自己没看错——那花良叙万年不变的玲珑笑颜，在与自己目光触及的刹那，突然凝结了起来。

叁

“听说你……失踪了？”

周到地安排那群闺中密友们先行回席，待再无他人聒噪之后，花良叙幽幽地开了口，脸上始终保持着一抹淡淡的笑，像极了画卷上巧笑嫣然却纹丝不动的美人。

“……嗯。”林瑯面无表情，转过脸去并不看她。

林瑯一向不喜欢花良叙的眼神——那双明眸看似温婉妩媚，可林瑯总感觉其中尽是机关。

自从花府与林家互相有了来往，两人相见拢共也不出三五次。

林瑯生性傲气，不愿在外落下个“攀附官宦门第”的名声，所以对父亲的安排格外排斥。可花良叙毕竟长得好看，性格似乎又温驯亲切，说自己不曾动心分毫，是假的。

直到双方父亲已然开始挑明谈及两人婚事的那次宴会，摇摆于“娶”和“不娶”之间的林瑯，寻了借口躲了出去散心，却在花府院中遇到同样离席的花良叙。

——“我爹看好你，可我却不。”

——“我爹也并不尽是看好你——他看好的是林家的富可敌国。”

——“并不是你。”

轻蔑的言辞款款脱口时，脸上却挂着温婉的笑意。这让林瑯觉得这个女子复杂得可怕。

“哈……”却见女子倒是轻声笑了出来，“坊间都说，是因为你不想娶我的缘故。”

林瑯依旧面无表情，可唐玉树却惊异无比，瞪大了眼睛。

虽说出“金陵府的贵胄富贾间早已传开了”，可这位“被林瑯拒绝”的绝色美人却并未因此展露出分毫不悦。只见她嘴角的笑靥依旧浅浅，语音婉转动听，亲昵地称呼起林瑯的表字：“不过庭之兄，我还是想要当面问问你——果真是因此？”

虽说当日在花府园中，曾遭过她的奚落。可对方毕竟是个女孩子，林瑯也不想让她在别人面前难堪——别人当然是指站在旁边的唐玉树。

于是林瑯还是继续用面无表情来招架：“不是。”

“那便好了。”万年不改的一款温柔笑意依旧在花良叙的脸上挂着，此刻却微微蹙了眉头，似乎像是过意不去一般，她道，“今夜之事全然是误会——方才席间那些姐妹们也是听信了坊间讹传，所以才替我打抱不平，说了些……无中生有的浑话。偏不巧被路过的这位公子听去了，他急于为你出头争辩，于是便生出了这么一桩乌龙——这位公子，可是庭之兄的……”

“……是我……我们店的另一位掌柜——唐玉树！”

机灵的林琊在片刻间就为唐玉树安排好了一顶高帽。

“怪不得，兄弟情深啊……”花良叙向面前这个身着粗布衣衫的男子微微欠身低头，以示歉意，“唐公子大度——方才是姐妹们失言，你别见怪。”

“……哦……没得事。”替友出头结果挨了一顿骂的唐玉树，见状也只好默默收下了道歉。另一边，与花良叙周旋应对之间，林琊找了个空隙向唐玉树丢来一个“够义气”的眼神。

“这么说来——庭之兄有自己的店？”捕捉到林琊方才言语中透露的关键信息，花良叙一面用余光里打量着这个身着粗布衣衫的“另一位东家”，一面语带犹疑地发问。

林琊料定她心头疑问，立刻辩道：“他……可厉害呢！以前蜀地有叛乱时，他从属锦阳军，建功赫赫。战后拒绝了皇上赏的高官厚禄，偏要来和我一起经营这火锅馆子！”

“……”这话真一半假一半，性子老实从不撒谎的唐玉树听去了，便把脸一红，额边还渗出几滴虚汗。

花良叙却似乎并未对林琊的话生出疑心，只是笑弯着一双眼：“哦，火锅？……这是什么食物，我从未听闻……”

“一种蜀地的美食。”林琊见自己吹的牛似乎唬住了花良叙，不由下巴都抬高几分，“我眼光长远，决定将这种美食引入江南来。”

“哦？店在哪里——待日后闲暇，我定要去捧个场。”

“……在……在陈滩。”地点说完，林琊心里又发了虚，立刻为自己补充道，“咳……毕竟是引入一个新的美食，尚不明前途如何……从小地方起步嘛！成本不高，有个万一尚能及时止损！”有理有据，林琊说完恨不得给自己鼓个掌！

听罢林琊一通像模像样的介绍，花良叙抬了抬眉毛不惜夸赞之词：“庭之兄倒是让我另眼相看了……”

这厢林琊得了认可，转瞬间便又骄傲起来：“过奖——若是来日到陈滩，我定招待你。”

花良叙优雅地点了点头：“那林府这边……”

不计后果地吹完了牛，听到花良叙提及林府，林琊不由自主地惊呼着收场：“可别说出去！连我父亲都不行！”

“……哎？”花良叙被他突然高亢起来的语气吓了一跳。

林琊克制了一下惊慌，演出一副神秘兮兮的样子：“你知道……呃……我做买卖嘛，不鸣则已，一鸣必得惊人——今日，你权当没看见我。”

花良叙听罢默不作声了半晌，才点了点头：“明白了……放心，我不会说出去——我那些姐妹也不会说出去的。”

“那就好。”想必花良叙是个言出必行的君子，林瑯放心了下来，作了个揖，“先告辞……”

“告辞。”花良叙礼数周到地还两人礼。

目送着两位渐渐远去转出门后，花良叙才没忍住，嗤笑了一声。

下意识地抬起袖口遮住了自己的失态，回过神来却又觉得着实有趣。

“以前只当这人和那些寻常公子无异，却从没料到他竟会逃了指婚违逆父命，离开府邸，还要自立门户。看来也是个自有打算的执拗性子……”

自己在笑什么呢？

约莫是在嘲笑他逃出府邸太莽撞；约莫是在觉得他方才装蒜充大头的滑稽模样太傻；约莫是……有些羡慕呢？

那抹招牌笑容在背对灯火无人察觉的夜色旦消释而去，须臾后，又重新挂回那精致的脸孔上，花良叙转过身若无其事地向隔间走回去。

仿佛那片刻的面无表情，是一阵忙里偷闲似的。

且说隔日，金陵城中依旧是熙熙攘攘。万千人们的呼吸吞吐，将整个初冬呵得暖洋洋的。

瓷器店里，伙计鞍前马后地绕着林瑯和唐玉树转：“景德镇白瓷不算上品。您瞧这个——这碗儿是湘南贞窑的，好看且不说，主要是结实耐摔！”

林瑯接过那伙计递上来的样品，在手里把玩起来。

“耐摔吗？”

“当然耐——哎公子您怎么砸碎我们家碗呢您？”

“记我账上。”林瑯翻着白眼儿，“我要真结实的，别拿烂货糊弄我！”

“……好咧！”

满目都是各省名窑出胎的瓷器，唐玉树从没见过这么多花样儿的碗碟，却没有一件能勾起他此刻的注意力。

“姑娘长得那么乖，你为啥子不娶人家？”

林瑯对着陈列的碗碟挑挑拣拣，含糊地应付着唐玉树：“我不喜欢她。”

“笑盈盈的，像朵花儿。”唐玉树夸起人来毫不含糊。

“全金陵城的公子哥都会被她那张笑脸骗得五迷三道，我偏不！”林瑯哼一声冷气，“她啊，原是花家的庶女。她亲娘是画舫上唱曲儿的歌伎，所以我估计花良叙那笑脸逢迎的本事，也都是遗传下来的！”

“听着越发可怜了。”

“你可怜她做什么？他是花府大千金，全金陵城的公子哥都可怜她心疼她爱慕她——倒不瞧瞧你是谁？”林瑯因唐玉树尽把胳膊肘往外拐而生气，“还真当自己是个东家了？快好好挑碗碟，盘算一下自己的营生！日后你买卖做起来了，爱心疼哪家姑娘我横竖也管不着！”

“哦……”唐玉树呆呆地应了一声。

“昨晚的事……对不起啊。”道歉是道歉，高昂的下巴却不肯扭过来。

“……啥子事？”唐玉树这厢却早淡忘了。

挑选了足有半日，林瑯才选好了让自己心满意足的碗碟。

“两百四十个苏窑碎玉瓷——连您方才砸了的，抹个零头，拢共十两二钱！”

“好多！”听瓷器铺伙计报完价，唐玉树立刻扯着林瑯到一边儿，“你疯了！两百个碗就十两，一只碗儿五十文？不买了！陈滩上就有卖碗碟的，五十文能买十几二十个！”

这两日来也看惯了唐玉树这个穷家伙没出息的样子，林瑯白眼都懒得翻完一整圈。

“这是品质问题——要做买卖，就要先投资。碗儿不够精致，就招待不了精致的客人——你不懂，信我没问题，我可是走过丝路的人！”

教育完唐玉树，便吩咐他先在此稍后，从钱囊里摸出一张银票，林瑯对伙计道：“我去前面钱庄，把银票兑了去。”

“哎，您去！”眼见做成一单大生意的伙计喜上眉梢。

肆

且说这厢唐玉树在瓷器铺里候着，无事可做便思虑了些许：林瑯的性子咋咋呼呼——开什么火锅馆子的主意是昨儿凌晨想的，一大早便在那写写画画了一堆“清单”，中午坐车晚上便赶来了金陵城。

而自己此刻却还在犹疑：开这馆子……行得通吗？

——林瑯说到底，是个家底殷实的阔少爷。开个店，做个买卖，百两银子的本儿伸手即来……可自己不同，码头上赚的本来也不多……工头不克扣的情况下，这百两银子也得自己上个八九年的工。

索性阖了眼，唐玉树觉得无比苦恼。

青秧，给哥哥一个暗示吧：若这馆子开得成——不求门庭若市，不亏本就算成——你就……你今日就让你林瑯哥哥哭给我看……

想到这里，唐玉树才从苦闷的情绪里笑出了声。

——还没见过这家伙哭呢……

这个阔少爷，平日看着总是桀骜不驯张牙舞爪，笑过怒过，却从没有过示弱的情绪……

倒是有几分像——他……

回忆里这个“他”的轮廓，模模糊糊地浮出了脑海。

单薄的身形被束缚在金甲之下，坐立在马上的背影看着力不从心却又无比坚定。

“唐玉树。”他温柔地唤道自己的名字。

“嗯，我在。”隔着时空，此刻的唐玉树应答了一声。

“唐玉树——”另一声呼喊却换了一条声线与语气，“唐玉树！”

一个激灵睁开眼，就见林瑯风风火火地跑了进来，拉起自己的胳膊就从瓷器铺的另一扇门外跑了出去。

留下瓷器铺的伙计才将将回过神儿来：反悔的客人见过，买卖不做便罢了，但——“砸了的碗你先给我结了账啊！”

这厢唐玉树被满头大汗的林瑯拉着，在人潮拥挤的金陵城里慌不择路地蹿。

事发突然，他一脸茫然：“怎么啦？跑啥子跑？”

“别说话，快跑！”

唐玉树空隙间回头，穿着钱庄杂役衣服的人们还在身后不远处穷追不舍。一面随着林瑯的脚步跑，唐玉树一面凭借目前的状况揣测出一份缘由：“你把钱庄给抢了？”

“别说话，快跑！”

满头的疑虑看来在这种情况下是无法获得解答，索性不再追究，唐玉树决心先解决目前困境：“在前面右拐，拐进那个小巷子！”

林瑯倒是听话，几步之后闪身一蹿，在一片摊贩重叠的掩映下，蹿进了巷子里。

头也不回地跑了好几步，那些钱庄杂役们“站住——”的呼喊声果然由远及近再向远处去了。林瑯放慢了脚步，说着“甩开他们了……”回过头去——唐玉树却不在自己身后。

“……哎？”林瑯停在了原地搞不清楚状况。

且说这下摆脱了林瑯这个“累赘”，唐玉树立刻换上了快很多的脚程，片刻间就把这些穷追不舍的钱庄杂役们全部甩开了。

只是匆促间，右腿膝盖处的裤子不知何时被撕裂了一道口子，裂口横斜，几乎要贯穿那朵青秧绣的花。唐玉树看着心疼极了。

藏身在一家店铺里静观片刻外面的动静，直到确认状况再无他恙，唐玉树才出来，小心翼翼地原路返回，到方才林瑯拐进去的小巷子里，顺利找到了那个蹲在地下，将脸埋进臂弯，肩膀随着急促的呼吸微微起伏的锦衣少爷。

“你到底做了啥子啊！”

唐玉树走上前去，以为对方是因没缓过剧烈地逃跑而呼吸不顺，轻轻拍了拍他的背帮他顺气：“我裤子都破了……”

林瑯保持着蹲着的姿势，头都不抬，瓮声瓮气地回答前因后果：“我爹那个老奸巨猾的贼人——居然知道我带了银票出来……我一去到钱庄兑银子，钱庄的人上来便把我团团围住，问我是不是林家少爷，要捉我回去……”

唐玉树听罢，一时不知道该说什么，半天只憋出两个字：“……可怕。”

“我跑得急，把银票落在钱庄了……”

唐玉树还是不知道该说什么，半天又只憋出两个字“……没事。”

“没事什么？什么叫没事！”

林瑯突然大喊大叫着站了起身，背向唐玉树，只顾用自己的拳头重重地擂起了石墙。吓得唐玉树上去按住他的胳膊：“你疯啦！”

只见林瑯的肩膀依旧发着抖，转回脸来，已然是泪流满面。

从来只见过他嘲笑、欺负、羞辱自己时，那一脸骄傲的样子。唐突地撞见他哭泣，唐玉树反倒不知所措起来了。

“怎么这么难！我想做点事情怎么这么难！”林瑯甩开了被唐玉树按住的手臂，因情绪崩溃而歇斯底里地怒吼，“房子不知道归了谁！银票兑不出来！怎么这么难！”

“……”唐玉树连两个字都憋不出来了。

索性放弃了克制，林瑯任由着溃堤的情绪，号啕了起来。

“……”唐玉树不知道怎么安慰林瑯，只好站在旁边等他哭。

很久之后林瑯终于渐渐平息下来了情绪，抹干净了眼泪，抬头看向唐玉树。

唐玉树本是苦着一张脸，见林瑯似乎好了，于是立刻摆出一副笑；“好受点了吗？”刚想脱口，只听林瑯冷冷地丢来一句：“你走吧。”

唐玉树发现自己面对林瑯，总是一脸茫然：“啥？”

林瑯重复了一遍：“你走吧……回陈滩去吧。”

“……你呢？”唐玉树有点害怕。

林瑯正了正衣领，寻着方才逃跑时身上蹭脏的地方，拍打着尘土：“本公子自然是回林府去，用得着你操心？”

“……不是开店呢吗？”

“开啥？”

“……开店啊。”

“……”听着自己的梦想在另一个人口中说出，林瑯只觉得自己像是被谁打了一个无声的巴掌一般。不知怎么地，林瑯突然格外厌恶此刻纠缠不清的唐玉树：“你走吧。”

可被讨厌者却不自知，还是努力地挤出一点笑容，讨好似的："走吧，一起走啊。"

"滚啊！"

"……"

"我什么都没有了——房子、银子——凭什么开店？就凭你？"理智线再次断掉。只留下最尖酸刻薄的那个自己，拼命地口出恶言，想要让对方死心。

对方却还不死心："还有你啊。"

"我算啥！"

"你……你走过丝路！"

"我走过丝路，是啊……我十三岁走丝路，我十岁把《商略经》倒背如流，我五岁珠算快过宫廷老账房，我三个月抓周抱着白玉算盘不肯撒手……可都是因为我是林瑯，我是金陵织造林家少爷——没了这些，我算什么东西？"

"……"

"去吧去吧。"唯一的一丝理智告诉自己，不要把分别变得太难看，"日后路过陈滩，我还会云找你玩儿。"

"好了好了别气了，不就是没了银子吗……先回家。"唐玉树轻轻拽起林瑯的胳膊。

林瑯想甩开唐玉树抓着自己的手，用了三分力却发现对方更攥紧了七分，只得用冷冷的语气道："放手！"

唐玉树却像没听见一样，重复了一遍那三个字："先回家。"

"放手！"

"先回家。"

"我说放手！"林瑯挣扎不开，盛怒之下挥着拳头向唐玉树肩上擂了过去。

"我说先回家！"唐玉树没有躲闪林瑯那丧失了理智的攻击，脸色也一片阴翳，再也没了挤笑脸的心情。

只等林瑯一通乱捶之后，终于又平静了下来。

"打完了？"唐玉树淡淡地开口。

"……嗯。"林瑯只抬眼与唐玉树对视了一瞬，便不自然地转过脸去。

那是林瑯第一次从唐玉树脸上看到那种复杂的表情——藏于平静之下有盛怒，有无奈，有恐惧，还有一丝卑微的乞求。

那种复杂的表情，让林瑯不敢直视唐玉树的眼睛，却又莫名地让林瑯心安起来。

"那就回家。"唐玉树一面说着一面转过身走开，于是自己也被牵着一起迈开了脚步。

林瑯这时候才发现，无论方才失控的自己如何不计后果地将拳头砸在了他身上，唐玉树攥着自己胳膊的那只手，却自始至终都没有松开分毫。

伍

“事情办妥了吗？”城郊驿站里，林瑯呆呆地发问道。

察觉到这个少年的颓唐情绪尚未彻底平复，唐玉树拍了拍胸脯尽力想让气氛变好一些：“办妥了——你就别多想了哈，我算了一笔账：陈滩有家小的瓷器铺子，那天做火锅，我用的碗碟都是在那里买的，买两百多个也就一钱。还有个铁匠，锅和炉子都是在那里打的，拢共也不过二钱。还有桌子——你看我自己打的桌子，可比你们有钱人家用的差？十张桌子的木料不到一两银子也下来了——有我在，啥子不能做？”

无精打采的林瑯将脸枕在桌面上，苦笑了一声。

虽然和想象中精致堂皇的食馆完全不一样，可是……目前也只能先凑合了。合着到头来，所有事情还是要唐玉树一人包办，也不知道目前身无分文的自己，空有那些所谓“丰富的经商经验”能值几个钱？

心情一时无法顺利好起来，可那厢唐玉树却热着头脑不知道在高兴什么，突然神秘兮兮地凑上来：“咋个不开腔嘛！我跟你说——我们的馆子一定能开成！”

“我们的馆子……”

“一定能开成！”

“为什么？”林瑯倒是终于坐起了身，看着唐玉树问道。

鉴于“打赌林瑯会哭”这种事情，说出来定会遭他毒打一顿，想了想，老实巴交的唐玉树咬紧了牙关，只是笑得神秘兮兮的却不知道拿什么话去搪塞。

却听得林瑯反问道：“你就这么信任我？”

“嗯！”唐玉树点头点得无比坚定。

“我是贵公子。开个什么店，就算玩砸了一百两，一千两都算是小事，我随时都能回头，去继续过挥金如土的日子。你呢，你就不怕赔吗？你就不怕这馆子本就是我一阵心血来潮，过了劲头就会丢开吗？”

“怕。”唐玉树老实回答。

“那你凭什么相信我？”

“没啥子能凭的，就信你……不会诓了我。”

林瑯“扑哧”笑出声来：“你真是傻子啊……你要是遇着一个心眼儿多的骗子，把你房子拐跑了，你估计都回不过神儿来。”

被下了“傻子”定义的唐玉树也不知道要说什么，只顾一个劲儿陪他笑。

“可惜我不能给你个保证——因为我也不知道这店能不能开成。我唯一能保证的就是我不会辜负这个店，不会失信于你。”林瑯吞了一口驿站简陋苦涩的茶水，“我很羡慕青秧——她有你这么好的一个哥哥。为了她你有了不怕死的勇气，却也有了怕死的求生意志。我啊——虽然含着金汤匙出生的，从小身侧拥趸无数，有求必应，但却偏偏不知道该怎么求得一份人心……”

驿站外匆促来往的车马声此起彼伏。

灌入堂中的风将林瑯的两簇龙须发吹动起来，露出那双单薄且清冷的眼睛。恍惚之间，唐玉树总觉得有什么无形的东西正在从眼前这个锦衣少年的身体中消散——稚气，或骄傲。

即使知道这种变化终是必然会发生的——无可奈何的——成长。可唐玉树莫名地想要做点什么，好让这种成长慢一点，再慢一点……

——“我们拜把子吧！”

林瑯：“啊？”

金陵城入夜，华灯初放，林府内。

“林瑯还没给我找到，你去成都又要干什么？”

“放心，林瑯肯定好着呢——这不昨日就发现他的踪迹了吗？说明此刻应该也在城中，横竖都是在姐夫掌中，不出几日定能寻到他。”面对盛怒的姐夫，张谦赔着一脸笑。

“肯定是那臭小子没钱花了，所以才去兑银票——你说，这么一吓唬，会不会把他逼得更活不下去啊……”恨是恨，可亲儿子也是心头肉，林员外皱起眉头来，叹气一声接一声，“还是你——说到头来还是你！林瑯真是学了你一身臭毛病！”

“是我是我……”

“当初你便也是不听你爹的话，不好好读个书，非要经营个什么水运司！结果呢？结果——”本来想举个反例论证，言辞顺口说到此处，林员外却卡了壳——谦合水运司不仅硬掰不成什么反例，更应算是近年来最适合立为商界标杆的典范。

气氛陷入尴尬。

张谦机敏，立刻把话茬子推向了一边去：“明明是随了我姐——当年我姐不也是不听我爹的话，才嫁给你的吗？”

“怎的？”林员外听罢扬起一张脸来，“你这话外之意是说你姐错付了人？”

“扑哧——”张谦望着姐夫高高昂起的下巴，没忍住笑出了声：“我可没这意思！姐夫你也索性别乱怪了——瞧瞧你现在这表情这眉目，非说林瑯不是随了你，那可没人信。”

遭小舅子一通嘲笑，林员外吹胡子瞪眼也找不到反驳之词，索性换了话题：“……你此去成都有何事？”

“成都平叛后，我有个义弟留在那边做战事的善后，前些日子传了信想让我过去看看。我此去一是会会他；二则亲自勘察一下成都那边的情况——现在正值战后安顿，老百姓缺钱，亟须贸易买卖把银子流进锦城去。”张谦抿了一口茶，继续道，“锦城素以蜀绣闻名，我看能不能帮姐夫，把金陵织造的业务打通过去。另外，战后许多遣散下来的士兵们无事可做，水运司这边正好可以卖朝廷一个人情，提供数百来人的活计，替朝廷分担安顿之忧。”

林员外冷笑一声：“‘替朝廷分担安顿之忧’？——真是会说。”

被看穿了心思的张谦讪笑：“因各种复杂的关系，水运司一直以来苦于向上游拓展……如今供给一些职务出来，一则协助我义弟安稳成都；二则也是水运司背靠朝廷，打通整条长江运输的好时机啊。”

告了辞出府的时候，张谦遇到了顺儿，只见那小孩脸上的腮红涂得乱七八糟。

张谦招呼了一声。

且说这顺儿，虽是林府的一个下人，却是当年被夫人亲自买回来的小官儿。打小儿跟着林瑯，地位高的倒像是半个少爷。自林瑯失踪以来，终日坐在林府门前宽阔的大台阶上，翘首等待。

只见顺儿白了自己一眼，并不作回应，就径自往里走。

上次被顺儿发现自己其实了解林瑯的去向，却在顺儿盘问之下闭口不言。从那以后便屡屡被顺儿耍小性子不理会，张谦苦笑着摇了摇头。

——可那顺儿毕竟年纪小，头脑也不算机敏。若真把林瑯的去向告知了他，万一说漏了嘴也不好。

不过张谦其实心底也明白：那顺儿自幼跟着姐姐和林瑯长大，对这母子俩的忠心日月可鉴。当年姐姐过世的时候，这小孩子有好几日滴水不沾。后来林瑯随自己去了丝路，没带上他，回来后便终日骂张谦：“拐了少爷跑的坏舅爷！”

张谦叹了一口气。自己闭口不肯透露分毫，对这孩子的确是残忍了一些。

思索间，只见候在林府前的自家的小厮上了前来，递过一张纸。

就着林府门前透亮的灯笼下，看了半晌，张谦瞪大了眼睛：“这……谁给你的？”

小厮回答：“一个路过的人——高高的，说话带些不知哪儿的口音，说是他受人所托，指名要给少爷您。”

“去——你先回府里把收拾好的行囊带上，一会儿直接去码头与我碰面，我有急事要处理。”

那下人听了命令便走了。

张谦正要迈开步子赶赴纸条上的地址，却想起了什么，回过头向尚未走远的小身影喊了一句：“顺儿！”

那身影站住了，却并不回头。

“过来——”

不为所动。

“过来呀！舅爷找你有事儿。”

依旧不为所动。

“舅爷带你去见你想见的人。”张谦尽量打着含糊，眼神瞟着林府下人，所幸那些下人似乎都没听出什么不妥。

只见顺儿转回了身，脸上的神情有七分期待，却又被三分怨怼压抑着。

张谦心头焦急：“你不来，那舅爷自己走了。”

话落，顺儿要命似的跑了上来，途中还被门槛绊了个趔趄。

驿站简陋的茶桌前，顺儿扑在林琊怀里，哭得上气不接下气。

张谦则和唐玉树坐在另一侧，两人各自挂着虚汗蹙着眉苦笑，看着一场“久别重逢”的戏码，坐立不安。

方才听罢林琊一通讲述，张谦含含糊糊地对事情的来龙去脉了解了个大概。

“主仆情深”的剧场一时不好打断，只好尴尬地和身侧那个青年礼貌地笑道：“所以说，你是李犷麾下的人？”

听到这个无比熟悉的名字，唐玉树先是怔了半晌，才点头道：“……是嘞。”

“哦……缘分啊……”嘴上应对着，心底却突然似乎对“陈滩房产案”的发生有了模模糊糊的猜想，张谦不由倒吸一口气。

外面已然传来催促出发的声音。

见林琊还在被八爪鱼一般的顺儿抱着，努力说服顺儿“先回林府去，免得惊动老爷”，张谦站起身，拉着唐玉树：“你先安慰着顺儿，我和唐小公子先出去……看看。”

林琊苦笑着点头。

走出驿站，张谦便突然掏出一张银票塞给唐玉树：“这些日子托你照顾，林琊没添什么麻烦吧？”

“没嘚没嘚……”唐玉树并不敢接那钱，“您这是……做啥子？”

张谦礼貌地笑了笑：“我也出来得急，身上没多带钱，只有一百两银子，算是定金。那宅子确是我爹生前留给林琊的没错。后几日我会遣人再补四百两给你送过去……虽不知明确的情况，但陈滩宅子这桩乌龙，大概和我那迷糊的义弟——就是你们李犷将军，脱不了干系。你可不必推脱，尽管拿着就是了。不过，待县太爷结案后，你就离开吧……”

唐玉树后退了一步，离那递过来的钱更远些：“可林琊说想要和我一起开火锅馆子！”

张谦的笑依旧礼貌：“方才林琊说得眉飞色舞，我不忍心打断他。但是毕竟——做任何买卖都不容易。他年纪小，什么事情都想得过于简单。我不指望他能闯出什么天地，我只希望他可以想怎么过就怎么过。”

“可林瑯说想要和我一起开火锅馆子！”唐玉树把方才的话又笨拙地重复了一遍。

这份偏执倒让张谦收起了笑脸：“恕我失礼——往日林瑯身边簇拥着的人就不少，图他钱图他利，可是只要不伤害他，我都无所谓。但他现在已然身无分文，你还想图他什么？”

“图啥子？”唐玉树把头低了下去，“我也不晓得。”

张谦收回了举得酸痛的手。第一次遇到钱死活给不出去的状况，竟也有些尴尬。

“我本来不愿意陪他一起做——我就是个战场上捡回命来的普通人，没见过啥子世面，也没啥子梦想啊、规划啊……朝廷赏了我房子我就住着，随便找一份工做着，苟且偷生而已。也没啥苦恼，不图啥利益……”

“可就算我这种小人物，有的时候也会可怜林瑯这样的贵公子——他明明有自己的打算，你们却都不相信、不赞同……他不应该被花大小姐瞧不起，他不应该被他爹逼着去做官，他不应该被你用钱买出一个金丝笼子，关在里面又安全又可悲。”

“你知道吗？林瑯一提起火锅馆子，眼睛里会发亮亮的光。”

“我妹妹活着的时候，每每提到江南，眼睛里也会发亮亮的光。”

“我们已经拜把子了。若是只一个贵公子的小打小闹，那我陪他玩。他没见过世事丑陋，那我会挡在他前面替他扛。他住的屋子漏雨了，我会帮他补好。他受了冻，我会分一半被子给他。就算有朝一日我俩赔光了本儿流落街头，我有一口，就不会让他饿肚子。”

“如果非要问我图他什么，我图他眼里的光。那是我曾经想要守护，却眼睁睁看着……熄灭的光。”

说完所有的话，唐玉树也没等张谦的回应，便兀自转身坐上了车。

林瑯那厢似乎还没把顺儿哄好，顺儿还哭着闹着要跟林瑯一起走，过一阵又是林瑯和张谦告别互相叮嘱的话语声。

唐玉树揉了揉沉重的眼皮，阖上了眼睛。

是年十月二十七日夜。

“你仔细点儿别摔下来！”林瑯扶着梯子在下面叮咛着，却还是保持着一贯“不肯好好说话”的风格补充了一句，“摔坏了我可出不起钱给你瞧病！”

确认匾额挂稳妥了，唐玉树探头向下看去，只见张罗了一整天开业事宜的林瑯，在灯笼下，脸上黑一处灰一抹的。

唐玉树忍不住大笑了起来：“你像个大花猫。”

“你才像大花猫，本公……本掌柜是大老虎！”

“要得要得！你说啥子就是啥子。”

唐玉树爬下梯子，昂起头来和林瑯一起端详着挂上匾额的老宅。

“虽然和想象中的差别有点大，但是……就先这么凑合吧！”虽言辞扫兴，可林瑯脸上的笑意不减分毫。

“是嘞。”唐玉树应和道。

“啊——剪彩的红花球准备好了吗？”

“胖姑和瘦娘各自做了一朵。”

“好的。等会儿你去把明儿要放的爆竹再清点一遍。记得不要放在墙根下——这边天气湿，明天都受潮了，成哑炮了多不吉利！”

“……要嘚。”

“锅碗瓢盆我都洗了干净——肉和菜明儿一早咱们去采买。火锅的底料你可炒好了？”

“……好了好了。”

“哦对了……”

唐玉树实在受够了唠叨：“都弄好了撒！”

“嫌我事儿多？还不是你这个粗人笨手笨脚的！”林瑯翻了个白眼。

“我们的店叫啥子来着？”唐玉树望着自己亲手刻出来的匾额，“我粗人，不识字，记不得……”

“多久了还记不住？叫点绛唇！点——绛——唇——”林瑯说着，佯装要动拳头给唐玉树长长记性。

唐玉树便配合着他逃开。

回过头去，只见张牙舞爪向自己追来的林瑯，眼睛旦映着牌匾两旁红彤彤的灯笼，那些灯火落进少年眼底，流转成一片亮晶晶的光。

于是唐玉树笑了起来。

·第四回·

讹传讹小馆成轶事
心交心少年惜恩情

壹

雕花窗上蒙着的竹青色烟罗纱，被风吹拂着，摩挲出“簌簌”的细小响声。
院子里，顺儿在“咿咿呀呀”地吊着嗓子练着戏文。
再远些，金陵繁盛鼎沸的喧阗声被高墙大院削弱，抵达耳道的时候，变得微小却又清晰。

低了头，自己正伏在桌案前画着画——铺开的宣纸上，是一个身着黑色布衣、额上绑着绛红色头巾的青年男子轮廓。却空下了脸上的五官，似乎是因为自己无从下笔。
苦苦思索间，一阵暗香盈来，随之是一阵无比熟稔的声音，唤道：“瑯儿。”
林瑯回头，对上那双温柔的眼眸：“娘。”
“瑯儿是在画谁呢？”
“画玉树。”
“玉树？”女子轻轻地挑了眉，问道，“是瑯儿新交到的朋友吗？”
“是拜过把子的兄弟！”幼小的林瑯抬起下巴，得意却又稚气地回答道。
“那定要好好画呀！”女子笑起来的时候，有神的眼睛会变得迷离几分，重睑因微合的眼牵动，而变得更深邃些许。
林瑯苦恼地低回头去：“可我不知道该怎么画他的脸……”

“娘教你呀。”女子说话总是温柔的，于是林瑯皱紧的眉头便被她款款的言辞揉平。
“先来画眼睛——玉树的眼睛长什么样子呢？”
林瑯抬眼：“和娘的眼睛一样，大大圆圆的，瞳仁乌黑的。”
“那鼻子呢？”
“高高的。”
“那嘴巴呢？”
“笑笑的！”

于是他顺着回想，努力地画了下来。搁置笔墨细细端详画作，片刻后幼小的林瑯却还是皱起了眉头，“不像……”
“想想看——”女子笑着，挑了挑眉毛试图暗示：“瑯儿忘记画什么了？”
“眼睛，鼻子，嘴巴……都画了呀！”林瑯苦恼着，挠了挠头上的朱樱绒簪。
女子从他手中接过笔，在画中人物右眼的上方，画了一笔淡淡的眉毛。
“哦对！”找到问题的症结所在，林瑯接回了笔来，蘸了饱饱的墨，用力地在那抹淡淡的眉毛上来回又涂了几笔，“娘你画错了——玉树的眉毛，可粗可黑呢！”

方涂完，窗外不合时宜地传来了鸡鸣声。

于是虚幻的温暖场景开始褪色，这让林琊匆忙便放下笔，再顾不得画作。只是抬起头来：“娘，琊儿要走了。”

女子不紧不慢地帮林琊整了整衣领：“玉树还缺一条眉毛呢……琊儿画完再走吧。”

“来不及了！”身材尚小的林琊从高高的椅子上，小心翼翼地跳下了地，“琊儿要去开火锅馆子啦！琊儿要开个……让爹见了都馋得流口水的馆子！”

女子笑得温婉：“和玉树一起吗？”

“对！”林琊用力地点头，拽着女子的袖口，“娘，给琊儿一个暗示吧——若是这馆子开得成，就让……你就让……”

思索了良久，终于在梦醒前一分，稚气的林琊高高地昂起下巴，说出了赌注。

只见女子“扑哧”笑出了声，揉了揉林琊的脸蛋。

——“去吧。玉树在喊你呢。”

点绛唇火锅馆开业礼办在午时初，地址就在财神府大门前，人来人往的市集上。

财神府宅子高高的大门上方，飞檐底下，悬挂着的是林琊亲手所写，唐玉树亲手雕刻涂漆的“点绛唇”牌匾。此刻正被鲜艳的大红绸子遮盖着。

时有风过，将绸子的下摆胡乱拨动，像是迫不及待要掀开盖头一睹芳容一般。撩动了不少过路人的好奇心。

大门前的台阶上，从左至右依次是：穿着大码红布袄的胖姑，胸前戴着大红花的唐玉树，胸前同样带着大红花的林琊，以及穿着朱红色绸裙的瘦娘。

唐玉树倒是站的挺拔，直直的像是军帐前等候听令的小兵。

可林琊却不同，总觉得这个场面有什么不太对的地方，却一时半刻也想不明白缘由，只顾着将那平日里总是高昂着的下巴，不住地往回收。

就在此刻，只听得有来凑热闹的过路人上前向人打听：“这……到底是谁和谁结亲？”

随着人群中一团哄笑，林琊才终于察觉到尴尬之由，唐玉树也瞬间红了脸。

一阵夸张的笑声起，司仪胖姑迈上前去一步，娇嗔道：“这位客人可真会开玩笑——着急吃喜糖的话，你倒是替我问问我们唐小官人，打算什么时候娶我过门儿？”

人群中又是一团哄笑，这次连林琊都没忍住。

“人家问得可是我和林大公子的事儿，你掺和什么？”看不惯胖姑占嘴上便宜，司仪瘦娘也上前一步道，“今儿是十月廿八，我们林大公子的火锅馆子——点绛唇——开业啦！”

人群很捧场地一阵叫好声。

见输了风头，胖姑也不依不饶起来：“这馆子的东家可不是你林大公子一人啊——来！”转过头对财神府市集上拥堵着的众人们道，“给我们家唐小官人也鼓个掌！”

人群又是很捧场地一阵叫好声。

牙尖嘴利的瘦娘可不能忍受胖姑再把风头抢回去，立刻上前一步道："呦胖姑，人还没要娶你过门儿呢，你就知道要护着啦？别哪日人家娶了别的姑娘，你就自个儿抹眼泪吧！"

胖姑哪能受得了这种气，索性把手里捏着的一叠传单往地下一摔，一手叉腰一手指着瘦娘回骂道："你个骚蹄子，光说我罢了！倒像是人家林大公子会娶你一样！"

于是姐妹两个便厮打在了一起。

眼见好不容易聚拢起来的注意力，就这么被转移开来。

林瑯急得跑上前去，也顾不得拉架，只像是不要命一般，从扭打着地姐妹俩脚底下，抢着捡回那一摞自己写了大半夜的传单。然后大叫着："开业前五日酬宾——饭菜酒水一律对折！欢迎大家捧场！"一面把救下来的传单往凑热闹的路人手里塞去。

可哪知还没来得及剪彩，林瑯忘了自己胸前的大红花花还绑着唐玉树胸前的大红花花，以至于唐玉树本想去劝架，却突然被四下乱跑生怕丢了客人的林瑯，拉着一同在偌大的集市上来回乱窜。

见场面意外地乱成一团，负责剪彩的王叔，想着先把被拴在一起的两人分开。于是一面追着唐玉树和林瑯在人群中来回跑，一面举着剪刀："剪彩——剪彩了先！"却不料这下，本就混乱的人群也愈发乱成了一锅粥——都生怕王叔一个不小心扎到人，于是纷纷四下流窜了起来。

人群流窜得越快，林瑯也追得越快，唐玉树也跟得越快，王叔也撵得越快……

只听一阵混乱之中，突然几声窜天炮炸响在财神府市集的上空。

瘦娘胖姑被唬得停了手，林瑯唐玉树也都站住了脚，王叔也放下了剪子，人群也安静了下来。

原是一群皮孩子蹲在那边，趁乱玩儿起了开业礼准备的炮仗。

只见着几个小身影儿捂着耳朵嬉笑着流窜开来，接着便是点燃的鞭炮在门前炸响，将遮着牌匾的大红绸子震得当空乱舞。

于是，在预示着吉祥旺盛的"噼里啪啦"的响声里，陈滩迎来了最大的一场……

"火灾啊！"

人群重回混乱。

只见那被鞭炮引着的大红绸子在风中猛烈燃起，顷刻间便烧上檐头，直把绛红色门檐熏成一片乌黑。

方才追着客人发传单时用的殷勤笑脸还没来得及收敛下去，眉头却已经开始抽搐着皱起……诸多复杂的情绪在林瑯脸上集合，最终呈现一种宿便未清的别扭感。

唐玉树晃了晃林瑯："你咋啦？"

这才从震惊里回过神来："你才咋啦！快去救火啊！"

"哦！"唐玉树得令迅速跑了开来。

刹那后与林瑯一并重重跌在了地上。

折腾到未时，日头已然偏了西，已经过了吃午饭的点儿。

众人围着桌子坐了一圈儿，每人面前各被王叔摆上了一碗热腾腾的面条，却没人敢动筷子。

原本满心期待开业头天中午就有个好生意的林瑯，此刻内心复杂地环抱着手臂，坐在那边发怔；旁边是熏得黑一片红一片，一张大花脸的唐玉树，手里抱着抢救下来的牌匾，一声不吭；瘦娘抽抽搭搭着用手绢掩着面；胖姑则捂着被撕开口子的布袄，以免棉絮掉出来。

王叔将视线从每个人脸上扫了一圈，先动了筷子："先趁热吃吧，都别发呆了！"

众人这才都慢吞吞地拿起了筷子，有的胆战心惊，有的梨花带雨，有的满脸杀气，有的小心翼翼。

瞟了一眼显然是被这一场意外事故折腾到蒙的林瑯，王叔悄声叹了一口气，然后换上一幅厉声强调："多大的姑娘了，天天就会拌嘴吵架，吵个没完没了！现在倒好，连场合都不会分了！你们爹去了京城还没回来，你俩倒真不让他省心！等他一回来了，我定把所有事儿一并去告诉了你们爹才好！"

挨了王叔一顿骂，胖姑和瘦娘头都不敢抬起来，只是互相偷偷翻了个白眼，默默地继续吃面，连声音都不敢发出来分毫。

这顿骂之后，王叔又偷偷瞟了一眼林瑯的表情。

只见那小子神色有几分呆滞，似乎还是没从方才的劲儿里缓过来。

清了清嗓子，王叔便又继续骂两姐妹道："倒是会闹事儿！这下可好了，整个陈滩，甚至十里八村都知道——财神府新开了个点绛唇，开业当天就闹了多大一场笑话！要没脸姐妹俩往一处儿没脸，倒是团结！"

骂完这一顿，王叔又偷偷瞟了一眼林瑯。

却见他此刻眼里才回了神儿，吸溜完一口面条，深深地换了一口气："罢了罢了……王叔，人俩是我们请来帮忙的……"

看来林瑯已然平静了心气，王叔才偷偷擦了一把冷汗。

——依林瑯这种大少爷性子，王叔本是生怕他对姐妹俩发脾气，所以自己这厢骂得凶一点，林瑯便也不好再对她们为难。

——另外，故意在骂胖姑和瘦娘的同时提到“整个陈滩，甚至十里八村都知道——财神府新开了个点绛唇”也是想透漏给林瑯听：即使开业礼办得不太顺遂，但至少也算是风风火火……便当作个无伤大雅的笑谈，口口相传出去，并非坏事。

既然话术达到了预期效果，连面带汤一碗下肚抹了一把嘴，王叔便离了席，招呼面摊上的客人去了。

王叔走开以后，桌子上的气氛便变得愈加可怕。

俩姐妹只管把头低了去，假装吃着面，眼神却不时在除自己外其余三人身上来回偷瞄；唐玉树则早已吃完了面，却是坐着一动不动，头是不敢明目张胆地转过去，但眼神却一直鬼鬼祟祟地向林瑯所在的方向偷偷瞄，如同身旁坐着一只随时会爆炸的炮仗。

忽然，只听林瑯从喉头发出一声奇怪的声音，然后便顺势低头到桌下去。

一开始唐玉树还以为是林瑯吃面卡住了喉咙，于是伸手过去准备帮他拍背顺顺气。手方伸到半途，却见林瑯的肩膀剧烈地抖动了起来，将整张桌子都带着一起颤。

唐玉树吓了一跳：看来卡得还不轻。于是迅速站起身。

可在他起身的同时，却又听到林瑯那急促的呼吸声渐渐变成了似笑非笑的声音。

这阵怪声把两姐妹握着筷子的手唬得一顿，唐玉树更是满心戒备。

——难不成不是卡住了，而是被今日之事给气……疯了？

自他离了林府准备干自己的一番事业以来，一路都各种不顺遂。桩桩件件日积月累，凭他再心胸宽广的铁血大汉都要气到吐血而亡了，更别提身边这个本就心高气傲的小公子……一时间唐玉树竟悲从中来。

却听那笑声由弱渐强，低头在桌下的林瑯突然直直地坐了起来，然后拍着桌子前仰后合甚是癫狂。

唐玉树看着如此疯魔的林瑯，几乎快要吓哭了：“你……你莫要这样子嘛……”

林瑯那厢笑得眼泪都要流出来了，伸过手来扯着唐玉树的胳膊想说什么，可是又笑得说不出话来。

唐玉树转过头，苦着脸想向胖姑瘦娘求救，却见她俩早就溜得没影儿了。

再转回头来，只听林瑯笑得上气不接下气："昨夜……哈哈哈！昨夜我……哈哈哈！"

"你到底要说啥子嘛！"唐玉树又急又怕，发了一身冷汗。

"昨夜我梦到我娘了……哈哈哈！我和我娘打赌——如果我们能把这馆子开成，就……哈哈哈……就……哈哈哈！就让你……哈哈哈！"

唐玉树有点心慌："……"

林瑯捶着桌子又笑了好半晌，才笑累了，揉了揉眼角笑出来的泪水，伸手过来捧住唐玉树的脸，用大拇指搓了搓他高高的左边眉骨，然后摊手给唐玉树看——指尖一片白。

唐玉树向后跌退一步，迅速伸手摸了摸右边的眉毛，还在。他又摸了摸左边的眉毛，搓下一手臭臭的灰。

林瑯终于在歇斯底里的笑声里缓了一口气，说出了赌注："啊——哈哈哈！就让你，少一条眉毛！"

贰

"不是说都打架打到了公堂上吗？怎么现在还合起伙来了？"

"你不知道，我讲给你……"说话者喝下一口面汤，为即将铺陈开来的传说故事润润喉头："自那次公案之后啊，这二人一直都不睦，天天打架……直到有一天，那个唐小军爷在自己屋子里煮那个……叫什么——火锅，对火锅来吃。都说那火锅来自蜀地，稀奇得紧，别说咱们还没吃过，就那金陵城来的贵公子也没吃过！所以那林大公子就闻香而来，躲在唐小军爷的窗下，用口水濡湿了窗纸，往里面偷瞧。"

"可瞧见了什么？"

"只见唐小军爷从怀中掏出一个巴掌大的小瓶子，往锅中滴了一滴，登时香气浓郁四溢。这香气透过窗纸上的孔，飘进林大公子的鼻子里，任他平日里再厌恶唐小军爷，一时间却也活生生被那香味儿勾引得五迷三道，飘飘乎不知人间几何……"

听客双目圆睁："这么香？那唐小军爷往里面滴了啥？"

"……滴了……那叫什么来着……"道听途说这个故事时，可没记得有这么一段——不知道为什么说着说着头脑发热，竟把故事又添油加醋到了如此地步。说话者心下灵机一动，只由自己面不改色地信口胡诌："哦！叫'绛油'！"

"酱油？还料酒呢！"听客嗤之以鼻。

“嗱……不懂了吧？此‘绛油’非彼‘酱油’，绛是点绛唇的绛，意思是绛红色。”欣慰自己把扯的谎圆得如此自然，说话者摇头晃脑地继续道，“那绛油，可是天上的仙女用来涂在嘴上的神物，只消一滴便可让人口齿留香，三日不绝啊！”

“哦……”听客将信将疑。

说者迅速举例论证：“不信你可去打听——那火锅的汤底是不是绛红色的？那吃完火锅的人是不是各个嘴唇鲜红，口齿留香？”

“……那……那照你这么说——唐小军爷还果真是财神了？”

“……当然。他偷了仙女的口脂，犯了天条，被打下凡间来赎罪——要赚够千万两黄金才能回天庭！”

“你这故事是不是抄的？”

“胡说！”

“那林大公子便不是财神了？”

“……也是。前世他们俩财神是拜过把子的兄弟，那白脸财神怕黑脸财神一个人赚不够那么多钱，所以自愿下凡来帮他的！”

“……哦。”

“……”

“不可尽信……”

“……爱信不信。”说者翻了个白眼，轻拍着满足的肚子站起身，“结账！”

“好嘞！”王叔将手在围裙上一擦，接过客人递来的铜钱。

送走客人后王叔一边收拾着碗筷，一边回想着方才听来的那段浑话，乐不可支。

——林瑯和唐玉树俩兄弟竟成了人们口中编排出的白脸财神和黑脸财神。关于两人合伙开火锅馆子的动机，更是被讹传成如此荒唐可笑却又有理有据的神话。

说起来，点绛唇火锅馆子开业这几日，生意一直都不错。

每天早早就见林瑯和推着木牛车的唐玉树，去西市采买这一日的食材。买回去后再清洗切菜分装，一直忙到中午。从午时开始会迎来一大波客人，陆陆续续直到未时末才能全部送走。送走午食的客人之后也并不能好好休息一顿，洗锅刷碗擦桌子，等着他们的还有从酉时末就会开始陆续前来寻夜食的客人……

客流这么大，其实也不难想到原因。

一则是新鲜感：火锅这种美食，是陈滩所未曾听闻过的；其二则地段实在精妙：财神府市集成型已有十余年，卖的也全都是各种糕点酒食，饮食类区域集中型的模式直接为这个火锅馆子提供了客观的人群；其三则是故事营销：“里面住着财神爷”的风闻早在陈滩以及四邻八村之间传闻久矣，“白脸财神和黑脸财神”的故事更是辗转遍了悠悠之口，这些谈资产生了极好的广告效应，如今有幸能踏进门槛，一窥个中风貌，何人不愿？

思索至此，王叔笑了起来，阖了眼窝进了铺着羊毛毯的椅子里。

日头已然西偏，看来是午时过去已久。随着面摊上最后一桌客人离开，财神府市集也迎来了一片闲适的午后时光。

刚坐下屁股还没有捂热乎，就听到林瑯的声音：‘王叔，两碗面！”

“好嘞——刚忙完？”睁开眼就看见林瑯坐在桌前，撑着头生着闷气。唐玉树则在一旁不安地坐着，时不时还瞄一眼林瑯，像做错了什么事。

“开业这几天买卖这么旺，生气什么呢？”

林瑯不耐烦地“啧”了一声：“你问他。”

自开业已经有四天，每天的翻台率都极高。

只是出生于富贾之家，衣来伸手饭来张口的林大少爷，始终低不下心气儿去接待客人，于是自然就由唐玉树负责堂倌之职。

可是每每听到唐玉树在那边吃力地报菜名:“肚丝丝,粉坨坨,翅膀尖尖,牛肉片片……”就活生生让林瑯呼吸不顺畅。

刚才有两家人各自带了儿女来馆子里，约莫是要给儿女们相亲。男孩儿表示谦让将菜谱交给女孩去点，女孩借机想展示自己料理琐事的能力，于是像模像样地点了几样菜。

唐玉树却一面记着一面对人家姑娘说：“牛肉你吃好多哦！”

直把那姑娘给气哭了：“你笑话我吃得多是不是？”

“没嘚没嘚……我是说你要吃好多，好多……就是好多的意思！”

要不是被林瑯及时掐着脖子拖回后厨，唐玉树还会继续站在那边笨拙地解释。

听罢来龙去脉王叔笑到握不稳笊篱，捞了半天才把两碗面澄出来：“玉树的口音一时半会儿改不了，那是情有可原的事。那就换换——林瑯你去接待客人，正好让玉树专心忙后厨。”

林瑯接过面来，习惯性地多舀两勺辣椒油：“后厨有什么可忙得——底料前一晚唐玉树就都炒好了，菜也在每天一大早就买回来也洗好了——客人点了之后，我们直接端过去就是了。没什么忙不过来的！”

将两碗热腾腾的面端上桌，王叔也落座：“呀！林瑯还挺能干的，还会洗菜？”

林瑯纠正时声音却因心虚而弱下去了几分：“……是玉树洗的。”

王叔瞟了一眼身旁愁眉苦脸吃着面的唐三树，又将眼神转回林瑯身上：“那你都干什么？”

为了遮掩心虚，林瑯又重新把弱下去的语气变得强硬起来：“哎你什么意思啊！我记账算账也很辛苦的好不好！”

虽长林瑯二十多岁，可王叔也着实害怕这个性子尖锐的少年，只得一面应承着“好好好……”一边从怀中摸出一个小包，抛给林瑯：“这个给你。”

林瑯好奇的眼睛睁得很大，放下筷子仔细地展开：“什么啊——朱樱绒簪？哎王叔你怎么会扎这个？”

“我当然会扎……谁还没个年轻爱臭美的年纪。”王叔昂了昂下巴，“怎么样？好看吧？这可是我用掺了金丝的上好绒线扎的，和真的朱樱花没啥两样。你瞧你头上那朵，前几日开业时被火燎得乱七八糟的……”

“别提了……”林瑯垂头丧气道，“这是小时候我娘给的，我从小戴到大……竟然烧成这样，我可心疼坏了。”

“那就收好。以后想戴，就带我给你扎的这一朵吧——你且仔细瞧瞧，可比你娘给你的差？”

“自然是差远了……”嘴上不肯承认，但手已经诚实地伸过头顶，把王叔给的新簪花戴好了。

“我说……你也别生玉树的气了。”见林瑯原本低迷的情绪因为得了新的绒簪而变得缓和了几分，王叔适时提起，“你瞧他眉毛……幸亏火苗没把眼睛给蹿了！”

被点了名，唐玉树抬眼看向身侧两人。

那两双视线也齐齐聚集在自己的脸上，这让唐玉树一时不知所措。

见状，林瑯终究也没忍住，又笑出了声：“算了算了——以后这堂倌，还是我来当吧。你尽管把厨房里的事情处理好就行。”

唐玉树连连点头：“要嘚要嘚。”

林瑯听罢又气不过，横眉竖眼地看向王叔：“你听……你听听他说话！”

谈及这蜀地口音给江南少爷带来的困扰，张谦这厢却完全是另一副态度。自打入蜀地境内，模仿蜀地口音成了他最大的乐趣。

“真够慢的……驿站的书信早在半个月前就收到了，在路上磨蹭什么呢？”

“慢可不能怪我——实在是蜀地风貌太有趣了，一路吃吃喝喝都没能把这边的美食享受个遍，加之又在渝州逗留了几日……”张谦辩解一番后，望着义弟，怪腔怪调地，“急个锤子呦？”

“一别三五年，你倒是没变。”李犷抿了一口茶，望着嬉皮笑脸的张谦，“不过好像矮了一些。”

“是你长高了！”张谦急忙为自己辩护：“父亲临终还一直担心你：‘长不高在军营里不好服人！’”

“他老人家可以放心了。”谈及义父，李犷声音有几分颤抖，却还是克制着情绪，摆出一副淡然的面目，“别怪我不流泪……战火里走了这么久，生离死别看得寻常。”

“那……你计划什么时候回京去？”

“戎都战后安置已经妥当了不少……遣散的兵如今也有了你提供的活计，民心安稳。差不多也是时候离开了。”李犷深吸了一口气，“只是一时间竟不知道回京要做什么。”

“……”

“当年不顾你们阻挠，接下这一道平叛的军令，无非就是想替家门重新争一分光。可如今叛乱也平了，封侯了领赏了，可倒像是这一辈子的指望也都解了……以后要去哪呢？”

“那就随我回金陵吧！以后都不去京城了，哪里也不去了，就在金陵。”

李犷垂下了眼，并未作答。

空气安静了片刻后，李犷先行开口道：“我寻了成都的大师傅，一会儿煮了火锅替你接风……你该是不知道火锅这东西，是一种蜀地特色。”

“我知道。”张谦将眉毛一挑，“我那亲外甥，开了一间火锅馆子。”

“林瑯？”倒换成是李犷一脸茫然了，“他怎么……”

话题谈及这林瑯的火锅馆子时，张谦一拍脑门儿：“你可知道唐玉树？”

“他？”听到这个熟悉的名字，李犷掩饰不住几分急切，“他怎么了？你还有他消息？你们怎么认识的？”

见到李犷有些失态的反应，张谦思忖了片刻：“……哦，其实也没什么。父亲名下在陈滩有一处宅子，是你送给唐玉树的吗？”

“对啊，小时候义父带我去玩过，见我喜欢就说送给我了。”李犷解释了一下归属问题，便又迅速急切地打听，“唐玉树住过去了吗？他过得如何？你何时见他的？”

“……是这样，父亲老了糊涂了，他可能忘了已经把宅子送了你，后来又把那宅子送给了林瑯。你喜欢的话，我再送你一处，那间宅子对林瑯来说很重要……”

“……再送我一处？不可能。义父最后一次给我的书信里说了要把宅子送给我，只是找不到房地契了。那信件我已经拿去公证，并且在转赠给唐玉树的时候补了房地契，料想再过些时日就会送到他手里去的。”

“现在林瑯和唐玉树，在为那间宅子相争。”

“哦？你可管好你的外甥！他为难唐玉树，就是为难我。”

一个义弟一个外甥，两个性子都倔强地比牛还可怕。张谦叹了一口气：“都怪父亲迷糊……罢了，也没为难谁，那两人合伙在那里开起了火锅馆子。”

“开火锅馆子？唐玉树？”李犷笑了起来。张谦发现，每在谈及唐玉树的时候，李犷那端庄淡然的做派都会被收起来，难以克制地露出他小孩子一般的情绪：“你什么时候回金陵，且带我去看看！”

虽见得李犷提及唐玉树时脸上的笑意分外不悦，但好歹是答应与自己一同走了。

张谦抿了一口酒，笑了一下：“好。”

是夜子时，陈滩镇点绛唇火锅馆内。

“小崽子，再添些酒！”

“嘿——叫我什么？”坐在后厨门前打盹儿的林瑯听得客人呼唤，顶着一双黑眼圈兀自站起身来，就想要骂过去，幸亏被唐玉树手忙脚乱地拉住了。

“他叫我‘小崽子’你听见没？我这辈子第一次被人叫‘小崽子’！”

“别气了，昨天不还有人叫你小屁孩儿吗？”唐玉树举了个更差劲的例子，试图让林瑯心里变得舒服些。

林瑯听罢却半口气吊在那边呼不出来：“你这是安慰人吗？”

“是嘞是嘞……”按着林瑯纤瘦的肩膀让他重新坐回门槛上：“你好生坐着，我去给他们端上……”

对付完客人，唐玉树又跑了回来继续洗碗。瞟见林瑯坐在那边撑着头又怒又困的：“不然你先去睡吧，这桌有我招呼着就行了。”

“不！我非得看看这些人要待到什么时候！明明早就吃完了，生生在这里多坐了一个时辰！”林瑯揉着已经乱糟糟的头发，“现在都子时了！”

“你不晓得……”唐玉树看着此刻崩溃的林瑯笑了起来，“我小时候——成都还没打仗，那时候人们都喜欢大夜里聚在街上吃火锅，喝酒，打麻将。哎——你们金陵不也一样吗？”

“那怎么能一样——以前是我们去玩儿，现在可是伺候人。”林瑯越想越气，恶狠狠地向檐下那桌还在推杯换盏嬉笑闲聊的人们丢去一个白眼，“你说说——想当年我还是林府大少爷，这类人见了我都点头哈腰的！”

“生意好你还不高兴了。”唐玉树安慰道，“不然你先去睡。就这一桌了，我一个人忙得过来。”

“不用，道高一尺魔高一丈，对付这种无赖客人，我自然有我的办法！”说着，林瑯站起了身，阴笑着抓起抹布，走向了那桌客人。

生怕这位大少爷做出什么出格的事情来，唐玉树探头出去紧紧盯着林瑯的一举一动——却见林瑯先是殷勤地上前去，将客人桌上的骨头残渣一并拢在手里，丢进了泔水桶中，然后便立在其侧寸步不离，倒酒添茶，毕恭毕敬。

“……没事就好。”唐玉树才安心下来，继续洗刷着堆成小山的碗碟。

且说吃饱喝足却恋恋不肯走的这桌客人，本来闲聊得痛快，可是身边突然来了一个小堂倌，聊些什么都总觉得有所忌惮无法舒展。加之那堂倌殷勤得紧，倒酒添茶，也不好对其呵斥……如此之下，果然这桌客人也就潦草地结了账，离了馆子。

好不容易“逼走”客人，终于不需要再出演勤快戏码的林瑯愤愤地将抹布往旁边一丢，走到了后厨往椅子里一窝，摆出一副山大王的姿态洋洋得意：“我厉害吧？他们走了！”

唐玉树抬头看了看他又看了看空荡荡的院子：“那就去睡吧。”

疲惫到丝毫不客气，林瑯伸了个懒腰站起来，正要回东厢房，院子里却又吵吵嚷嚷起来。

“打烊了打烊了！”林瑯走出院子，对来者们下逐客令。定睛一看却发现是方才刚送走的客人："哎？……什么事？"

"我们丢东西了！"只见其中一人在摆满食物残渣的桌上来回翻找。

"丢了什么？"

"扳指！"

"扳指？"

"就刚才放在桌边上的，犀角扳指。"

林瑯瞳孔一缩："犀角扳指……可能被我当成骨头收到泔水桶里了。"

客人勃然大怒："什么？"

听闻动静，唐玉树从后厨跑出院子里来，刚好看到的一幕就是——那客人把桌上还没来得及收拾的半碗剩酒，泼到了林瑯的脸上。

叁

且说林瑯被人当头泼了一脸酒，简直不啻人生第一奇耻大辱。当下被酒水辣得睁不开眼睛，就准备要破口大骂。

各种火力十足的侮辱性言辞已然在喉头拉紧了弦，正呼之欲出之时，却被从身后跑上前来的唐玉树用袖子堵了口，把一堆脏话瞬间擦成了一团不知所云的乱喃。

被生生堵回肚子里的怒火越烧越旺，此刻的林瑯几乎像个燃尽引线的炮仗，马上就要到了爆炸的临界点。被唐玉树用袖子擦净了眼周辛辣的酒水后，林瑯睁开了双眼，在一瞬间，就着院里的灯火，看到了明晃晃的一片刀刃。

林瑯才明白了唐玉树阻止自己发飙的用意。

炮仗浸了水，火力一瞬间蒸发得不知所踪。

檐下穿过的夜风将后背发出的冷汗吹得冰凉，林瑯连呼吸都不敢。

挡在自己身前的唐玉树开了口："你们做啥子？"

林瑯的视线越过唐玉树的肩膀，落在了满脸横肉的客人和他同行之人的身上。他猜测，对方一定是有什么来头的人物，而那些同行之人，似乎也都是他私养的打手。

只见那大腹便便的客人冷笑了一声，向这个突然跑来出头的青年发问："你是掌柜的吗？"

"是嘞。"唐玉树倒是不怯场，果然是战场上走出来的。

"你这是从哪儿招的伙计——把我的犀角扳指倒进了泔水桶里。"

"他也是掌柜的！"唐玉树替林瑯澄清身份，接着道，"给你找出来就是了，你泼他做啥子？”

那客人倒一挑眉毛：“哦？两个掌柜的？”

“是嘞。我做火锅，他……记账！”

只见这客人似乎像是听了什么笑话一般：“记账？你雇个账房不就行了，还分一半馆子给他？明明应该是你当掌柜的啊！你得知道：在江南，会做火锅的没几个。”

“……你管那么多干什么！”唐玉树没理会那客人的话，只想着赶紧解决事情，送客关门：“扳指还要不要了？”

“要。”那客人点了点头，昂起下巴将视线从唐玉树脸上转移至其后林瑯的脸上：“我要他——亲自给我从泔水桶里捞出来。”

唐玉树转过头看林瑯，却见林瑯早吓得失神了，却还板着脸孔强装镇定。

实在熟悉林瑯的脾性，让他像个堂倌一样招呼客人，本就十分为难。从方才被泼一脸酒，再到此刻这个客人对林瑯刻意羞辱，自矜又执拗的林瑯怕是宁可选择死都不会顺从。

唐玉树转回头来，望着客人的脸：“我来。”

“你来？”那客人冷哼一声。

只见身侧一个打手几步走上前来，手中拿着刀比画在唐玉树的脸旁，轻蔑地拍了几下：“我们当家的说了让他捞就他捞，你再废话信不信……”

后面的话还没说出来，就见唐玉树一手扭住那人的胳膊，腕部施力一掰，伸脚再向那人膝盖处重重一踢。那人向后跌退了好几步，而刀已然落在了唐玉树的脚下，却又被唐玉树踢了回去，以示自己没有夺刃开打的意思。

然后抬起头来继续望着客人的脸：“我说，我来。”

那客人眼见了这一幕，倒是笑了出来，扬了扬手示意打手们放下刀：“好，那就你来。”

唐玉树见对方已经放下敌意，这才松了一口气。

跑到旁边的泔水桶前，蹲下来卷起袖子在里面抓了好久才将那扳指抓出来，就着水井清洗干净，交还回那客人手里：“还给你，两不相欠了。”

那客人接过扳指带回手上，从怀中掏出一锭二十两的银子来，敲在桌上：“赏你的。”

“谢了。”

“你跟我走，我给你砸千两万两供你开馆子用。赚钱了，三七分——我三你七，做吗？”

“不做。”唐玉树拒绝得果断。

“我二你八？”

“不做。”唐玉树还是丝毫不动心，“他比你有钱多了——他家可是金陵城里数一数二的有钱人！”

“哦？”那客人笑道，“金陵城里数一数二的有钱人，在这里开店？”

“我们……小本起步，及时止损！”学着林瑯平日里的口吻，唐玉树几乎把肚子搜刮一空才说出来这几个字。

“有见地。”那客人点了点头：“看来这位掌柜有大野心啊。”

“那当然，他还走过丝路呢！”唐玉树像是炫耀自己一般，不自觉地挺起了胸脯。

“行了。我只奉劝你最后再考虑一下。”那客人整了整衣襟，“狼狈为奸听说过吗？狼就是狼，是该睥睨天下的，何必要背着个累赘走呢？”

唐玉树听不明白那成语，只模模糊糊地觉得那人在骂林瑯，便将头摇得像只拨浪鼓：“不做不做！没什么事了就走吧。今天的事我们道歉，以后两不相欠了！”

“行，有义气。”那客人的眼神越过唐玉树的肩头，看向林瑯，“还挺有本事。”

说罢，转身走掉了。

终于打发走了这一伙人，唐玉树把门反锁后又检查好几遍，念叨着“不晓得这伙子人是不是山贼”，一面向林瑯站脚的方向走了过去。

却见林瑯像是生气了一样，转回身去，摔摔打打地回到了自己的屋子里。

本以为是他受了委屈情绪不高，所以迟钝的唐玉树并没有多想。

只跟瞅着林瑯把自己关回屋子里后，唐玉树就回了后厨继续收拾完剩下的碗筷，忙到丑时将近才了结了所有琐碎，然后就打着哈欠回自己厢房里睡去了。

翌日大早是被院子里的动静吵醒的。

从被窝里爬出来，唐玉树揉着眼睛将窗户开了一道缝，随声往外看去：只见林瑯正一个人笨拙地试图推起那辆木牛车，看来是打算出门去采买今天的食材。

“怎么没来喊起我？”唐玉树私心揣度，他那小身板儿，哪能做得了这种力气活儿？

那辆木牛车是点绛唇开业前几日，两人从西市上花五十文淘来的——买回来时推手断了一大截，车轴也有点问题。被唐玉树洗刷干净了，敲敲打打了好一番。现在早上去买菜时推着，能省不少力气。

把衣服潦草地套在身上时，唐玉树突然把脸一红：“会不会是觉得我太忙了，所以想让我多睡会儿？”

自以为被关怀于是怀揣着一腔窝心的暖，忍不住一脸乐意走出到院子里来。唐玉树一边系着头巾一边上前到：“我来吧！你这小胳膊小腿儿的……”

话还没说完，就遭到林瑯一记冷冷的白眼和一句冷冷的“我来！”。

这种冷冷的反应着实打消了唐玉树心口莫名萌生的温暖，吓得唐玉树打了一个冷战。

只见林瑯埋下头去，跟一动不动的木牛车较着劲儿。

虽然不知道自己做错了什么而得罪了林瑯，可是在这个关头“毫不犹豫地替林瑯分担”应该才是正确方式，于是唐玉树眼疾手快地伸去胳膊准备拿住推手。

却在还没碰到木牛车之前，被林瑯“啪！”一声拍了开来。

黝黑的胳膊上出现了五道更黝黑的印记。

再抬头——林瑯憋着一股劲儿，那白皙的脸蛋儿此刻涨得通红，喉头间发出一阵一阵闷声，牙关咬得紧紧，几乎要把全身力气都使在车子上。

唐玉树有点不知道怎么办了，总觉得似乎再碰林瑯一下，那咬紧的牙关就会猛然张开，咆哮着咬向自己。

而木牛车比一头真实的牛都执拗冥顽，纹丝不动，似乎是在和林瑯过招。

唐玉树低头看去，才发现这木牛车推不动的原因——原是闸棍还卡在后轮子里没抽出来。正胆怯着思索要不要提醒林瑯时，只听到一声清脆的“咔叽——”，紧紧攥着推手的林瑯，与推手一起重重向前扑倒了，而木牛车依旧纹丝不动……

赶忙上前扶林瑯起来时又被推开，唐玉树才回神过来：

是不是在生我的气？

应该是……

可是……为什么生我的气？

一面修理着木牛车，唐玉树一面反复拷问着自己这三个问题。

可始终都没想明白答案。

中午的生意还不错，两人忙到申时过半。

按前几日的经验来看，酉时基本就会有陆陆续续前来夜食的客人；于是收拾午食客人留下的碗碟和筹备夜食的食材，就被压缩在短短半个时辰内。

平日这个时候，本来是林瑯算账自己洗碗。同样按前几日的经验来看，今天林瑯也本应该兴致勃勃地要求唐玉树讲一些“打仗的故事”，然后在闲聊笑语之间不知不觉地做完手中的活计。

可林瑯今天并没有。

林瑯所在的方向温度极低，吓得唐玉树连洗碗的动静都不敢过大，于是束手束脚地不知该如何自处。

好在如此安静得可怕的场面不消片刻，院子里就响起阿辞的呼喊声来：“玉树哥！还要酒吗？”

点绛唇馆子里的酒水都是由阿辞供应。唐玉树正感激阿辞的到来终于打破了诡异的气氛，赶紧用抹布擦干净手准备起身出去招呼阿辞时，却见林瑯大步流星地先行去到院子里：“我来！”

“你？玉树哥呢？”阿辞并不想搭理林瑯。

林瑯却继续坚持：“我来！”

“……”阿辞失语半晌，将视线绕过林瑯，对上唐玉树那张“我也不知道他今天咋了”的表情，又将视线重新落回写满“偏执”的林瑯的脸上：“那好，那你要几坛？”

林瑯态度坚决地给出答案：“随便！”

阿辞皱起了眉头，再度将视线绕过林瑯，只见唐玉树在其后悄悄比了个“五”。

“好的，五坛。”阿辞冲唐玉树点了点头。

同时林瑯转了头，向迅速正襟危坐假装无事发生的唐玉树丢来一个白眼。

俄而，院子里便传来了酒坛子摔碎的声音。

以及阿辞的咆哮：“你能干得了什么事啊！”

唐玉树跑出院子里来，赶紧打圆场，顺便替阿辞结钱。林瑯则默默地回了后厨。

“这大少爷今天哪根筋不对了？”

“我也不知道！”唐玉树愁眉苦脸：“好像是生我的气了……可是问他也不肯说。”

送走阿辞后唐玉树回了后厨，一进屋就见林瑯臭着脸在那边洗碗。

唐玉树走了过去，有几分紧张：“我洗就可以了……”

林瑯冷冷地：“我来！”

唐玉树只好：“那你洗……你洗……”

话音刚落，只见林瑯手中一滑，盘子落在地上，碎了。

唐玉树愁眉苦脸：“你看你……我就说我来……”

林瑯冷冷地：“闭嘴！”

唐玉树只好：“好，不说……不说……”

转身正要找扫帚准备清理那些碎片，只见林瑯伸手去捡。唐玉树还没来得及开口制止，林瑯的手就被割破了。

唐玉树倍感无力：“怎么可以用手……”

林瑯冷冷地：“够了！”

唐玉树只好：“我错了……错了……”

这边唐玉树正四处找包扎用的药酒，林瑯却将身一起，怒气冲冲地走到算账的桌前，随便扯起一张宣纸，把流血的手指胡乱一擦，转身出了后厨回了厢房。

唐玉树呆呆地站在原地，想了很久都想不明白林瑯到底怎么了。

“怎么了？”王叔摇着头用关切的眼神看着唐玉树，“你是真傻还是假傻？”

“真傻。”唐玉树回答，片刻后又觉得不妥，“……不不不，我的意思是我真不知道他怎么了。”

“林瑯脸皮薄。你想想他一直抢在你前面说‘我来！’是为了什么？”

“为了什么？”

“为了证明他自己可以做很多事啊！”

“为什么要证明？”

“因为那客人，阿辞，甚至你……都有意无意地说他‘很多事都不会做’啊！”

“……哦。”唐玉树还是搞不太明白，“可是他会算账啊。昨夜里我起来尿尿，还见到他房间灯亮着在清账呢。”

“除了算账，别的事他都不会做啊。”

“我不在乎啊。”

“他分你一半钱你也不在乎吗？”

“不在乎啊！”唐玉树急着替林瑯向王叔申辩，“他有做买卖的头脑，还见过世面，他还……反正会做很多事情；要没有他，这馆子也开不起来。王叔，以前我不晓得自己以后的日子怎么过。要不是林瑯出现，我只晓得得过且过，哪里能像现在这样，有个盼头？”

“可是林瑯不知道你这些想法啊——他只怕你听了别人的话，觉得自己亏了，觉得林瑯成了你的拖累了……是不是？”

“当然不是！”唐玉树急得脸通红。

王叔突然提高了音量：“你明白了吧？”

“明白啥子？”唐玉树不解，反应了片刻，才觉得王叔这话似乎不是对自己说的。顺着王叔抬起的视线，唐玉树转头向后上方看去，只见林瑯站在高高的房顶向下看着。

隔壁摊子的瘦娘也在此刻看到了林瑯，殷勤地喊道：“林小官人！”

林瑯惨白着一张脸，牵强地挤出笑容作回应。

虽然表面上风轻云淡，但唐玉树还是看出了林瑯胆怯的情绪：“你爬那么高做啥子？”

方才听到了唐玉树和王叔全程对话，并不再生闷气的林瑯也终于愿意开口说话了：“腊肠没了，我上来剪几串……”

唐玉树知道林瑯有惧高的毛病：“告诉我就可以，你怎么能做得了……”剩下没来得及说出口的抱怨言辞在林瑯怒吼的“唐玉树！”之下，自动消了音。

“你什么意思！”盛怒之下林瑯对高度的恐惧感被冲散了大半，“你又暗指我什么都做不了是不是？”

“没嘚没嘚！”唐玉树赶紧否认。

“你明明就是这个意——”林瑯没站住脚，腿一软失了重心，从房檐上落了下来。

“——嘶！”

财神府市集上的喧阗随林瑯的坠落而顷刻间安静。

只见唐玉树几步跃上前去，蹬着墙一个反身准备接住林瑯，却与林瑯落下的轨迹偏离了分毫，然后自己便重重摔在了地上打了几个滚儿。

林琊这厢本以为自己要去见阎王爷，绝望地闭上眼睛时，却重重地掉入了一个——柔软的怀抱？

大难不死的林琊在一片惊呼声中睁开了眼——只见一张双颊因年少而尚未褪去婴儿肥的脸庞，眉宇间神色却有着不同于年龄的坚毅。

“啊……谢了谢了！”林琊说着，从少年这边正欲脱身去查看唐玉树是否安好。

却发现对方似乎并没有要让他走的意思。

林琊带着疑问又重新看了一遍这个少年，一瞬间觉得有几分眼熟：“……谢谢你了小弟弟，能不能先松开手？”

“哦……抱歉！”这少年听话地松开了手。

只见唐玉树坐在不远处的地上看向这边，似乎并无大碍，而自己辛苦摘下的腊肠早就摔得脏兮兮的。懊悔之间，林琊指着不远处的唐玉树：“看你这身手，关键时候就没用了！”

一场虚惊后王叔抹着额边冷汗：“以后让玉树做就可以，你瞧你笨的！有没有摔伤？”

林琊将胸脯一挺：“我又不是做不了！”

“你就逞强吧！”王叔呵斥道，转而向身侧那个接住落下的林琊的少年千恩万谢：“您的救命之恩我们无以为报！”

“您客气了……”那少年礼数周到地还了三叔一个揖。然后便走开去扶坐在地上的唐玉树。

唐玉树推开那少年的手，兀自站了起来，并没有搭理林琊，一瘸一拐地走回了馆子里。

“他怎么了？”林琊看着唐玉树的背影不明就里，转回头来看着那少年，“——哎，我怎么觉得你……有点眼熟？”

王叔点了点头：“我也觉得有点眼熟……”

那少年似乎是在刻意躲闪王叔的视线，只给了这边半张侧脸，眼神不知落向何处：“小人……小人烟塘人，姓陈名逆。”

肆

听罢姓名，林琊才将其与记忆中那个脏兮兮的小乞丐的身影对了起来。

且说这厢林琊带着陈逆回到馆子里：“你来做什么？”

那少年脸上没什么表情，只有眼神里几分澄明与期许，望着林琊：“回来找您。”

“找我何事？”林琊打心里并不喜欢这个家伙，毕竟曾偷过自己的钱囊。只是方才又被他所救，只得硬着头皮招待他一杯茶。

陈逆取下斗笠，作了个揖："当日偷……啊，借您三两银子葬母，如今来偿。"

听得陈逆叙述旧事时不自然的改口，林瑯笑了一声："刚才你救了我，这下我们就两厢抵消了……你可以走了。"

被下逐客令之后，陈逆的眼神黯淡几分。看得出其实并不愿意离开，可少年也不作争取，只应了一声"好……"，然后道："那……另一位公子何在，小人去拜别一下。"

要求合情合理，林瑯只好允了，准备带他去到后厨见一下唐玉树。

刚准备前去，此刻院子里却来了客人。林瑯上前招呼片刻，陈逆就默默站在一侧一言不发地看着。待林瑯安顿客人坐下之后，才乖乖地随着林瑯来到后厨。

却不见唐玉树。

这下林瑯心里有些着急："客人都来了，这家伙去了哪儿？"口中念叨着，又带着陈逆来到了西厢房，径直推开门，只见唐玉树靠着床沿坐在地上，正龇牙咧嘴地脱着右脚的袜子。

林瑯上前道："已经来客人了，你在这儿待着抠脚？"

唐玉树抬头看了一眼来者，撑着床沿慢慢站了起身。

林瑯这时候才注意到唐玉树的脚踝处肿胀得厉害，一整片紫青色看得让人都倒吸一口凉气："……这……这怎么搞的？"

"……"唐玉树不肯说话。

"你怎么这么不小心？"始作俑者尚未搞清楚因果关系，只把眉头拧起，着急地抱怨道。

"……"唐玉树还是没有应声。

说着"我看看……"一面向前靠近时，原本站在自己后侧的陈逆却突然跨上前一步，抢先于林瑯跑到了唐玉树旁边："您先坐下——我懂些医术。"

触诊片刻后陈逆抬起头来，向林瑯汇报："这是扭伤……"

"严重吗？"

"不严重……"三个字才让林瑯心头松了一口气，接下来陈逆却又否认了自己方才的诊断："等等——有点严重。"

"什么情况？"林瑯觉得自己的眉头简直要皱得抽筋了。

只见陈逆拿捏着力气摁了几处穴位之后，不可置信地问唐玉树道："这儿……有过旧伤吗？"

"是嘞。"唐玉树点了点头。

"我就说，寻常的扭伤不至于这么严重……这里受过什么伤？"

"被一颗两寸的箭头扎进去，用刀子挖出来的。"

"……箭头？"陈逆眼睛瞪得很圆："您打过仗？"

"是嘞。"唐玉树点了点头，"成都。"

“哦——我知道！”那小孩显然已经跑题了：“您真厉害！……那您骑过马吗？”

“骑过。”

“您能教我吗？”

“可以啊。”

林瑯终于听不下去了，一拍桌子：“别说那些没用的了，伤到底怎么办？”

“哦对——”陈逆无可奈何地摇了摇头，“小人对医术只是粗浅地了解，还是要请正经大夫来看……”向林瑯汇报完，又转回头对唐玉树叮嘱道，“您先不要乱动到筋骨，万一治不好，您的脚就废了，以后也不能骑马了……”

“没得事。”唐玉树摇了摇头：“这种小伤算得啥子？”

“小伤……那您被刀砍过吗？”小毛孩显然又跑题了，脸上洋溢着兴奋。

而唐玉树似乎也不是个聪明的，只嘚瑟地把脸一扬：“当然砍过！我还被狼牙棒敲过脑壳呢！”

林瑯终于听不下去了，再一拍桌子：“我看你脑袋被门儿夹过！”

这声吼完之后屋里陷入了一片安静，从林瑯周身扬起的莫名压抑感让陈逆连呼吸都不敢了。只见他转身出门去，丢下一句：“你看着他，我去找大夫！”

然后就将门儿重重一摔。

院子里传来了客人语气优哉的抱怨声：“哎哟……等了多久了怎么还没……”

换来林瑯的一句毫无理智的“爱吃不吃！”

客人小声：“对不起……”

留下唐玉树和陈逆面面相觑。

面面相觑片刻之后，唐玉树问道：“哎？弟娃儿，你是哪个喃？”

金陵城入夜，烟火熙攘。

花良叙随父亲一同出席夜宴，因倦了席间的推杯换盏，于是便称身体有恙，先离了席回府。

因“颇有交际手腕”而名动秦淮，应对觥筹交错的场面对于花良叙来说，自然是不在话下。可由衷地，她一向不喜欢这些场面。

离席时父亲尚忙着与人们谈笑风生，连一句“路上小心”都不曾叮嘱。

转出雕梁画栋的酒楼，花良叙收敛起笑意揉着酸痛的脸颊，方走了几步到一处路口时，却隐隐听得一阵小孩子们的吵闹声。

最初花良叙没有多想，只以为是寻常人家的孩子们玩闹。可站定脚步仔细听去，才意识到那笑闹声恣肆张扬的情绪过于浓重，而其间还隐隐传出一阵微弱的哭泣求饶声。

花良叙改变了行径的方向，转向那个巷子里。

——“不是流莺的杂种，怎么会在脸上涂胭脂？”

——“你娘呢？喊她来救你啊！”

——“待会儿就把你卖了去！”

句句言辞难听至极。

就着灯火，花良叙看到一群十七八岁的男子围堵着一个坐在地上的少年，那少年约莫也就十三四岁光景，在寒冷的冬夜里被堵在墙角惊恐得打着战。

“你们做什么？”花良叙走上前去。

那群人被来者一惊，眼见来者衣着华贵，料定是大户人家出身，惹不起。于是四下交换了眼神，迅速地朝另一个方向蜂拥鼠窜了。

只留下一个坐在泥水里，胆怯地看向来者的少年，脸上涂着鲜红的胭脂，也被泪水花成了一大片。

花良叙还没开口，倒是那少年先认出了她：“……少……少奶奶？”

“噗……”被这么一叫花良叙倒是羞红了脸，一面脱下取暖用的猩红观音兜给少年披上，一面佯装嗔斥，“胡说什么呢？谁就是你少奶奶了？”

那少年躲在暖和的观音兜里还在打着战，却伸出手来就着光线拨开花良叙额前的发丝，看了良久：“可不是吗！可不是我家少奶奶吗？”

花良叙心下只当这孩子可能是傻子，也没做争辩。

只听那少年开口：“我啊——你不认识我吗？我是顺儿！我家少爷是林瑯！”

花良叙这才想起来：“是你？”

且说自林瑯走后，那顺儿便终日跟失了魂儿一样，天天茶饭不思。

今日管家要他出来买些东西，大晚上迷迷糊糊就着暗灯，看错了人，揪住一个身着红色锦袍的男子就说人家是“少爷”，反被那人及随从的同伴们拉扯着不肯放走，非要羞辱他取乐。笑话顺儿脸上涂了胭脂，定是花街柳巷逃出来的小倌儿，还扬言说要卖出金陵城去。

“以后离这些人远一点……你家少爷不在金陵，别再认错了。”花良叙叮嘱道，“还有——以后不许叫我少奶奶，我可没嫁给你家少爷！”

“你知道我家少爷在哪里？”顺儿抓住了花良叙言语背后的线索。

花良叙一时语迟，半晌又打着马虎：“我怎么会知道？”

只见顺儿神秘兮兮地扬了扬手：“我告诉你：我知道——你可会去找他？”

花良叙倒是有些好奇这家伙的小心思了，于是试探道：“你怎么不告诉你们老爷去？”

“告诉了老爷，老爷会把他抓回来……”顺儿摇着头，“那可不行！少爷跑出林府就是为了不被老爷逼着当官！”

“……呵？”花良叙笑道，“他还挺有出息。”

听到自己家少爷被表扬，顺儿也分外骄傲：“那当然！”

林瑯带着大夫……或者说是拽着大夫赶回来的时候，觉得自己的喉咙几乎像是被撕裂了一般，又疼痛又恶心，连呼吸声都变成了打呼噜一般的粗喘。他撑着门板缓了一口气，又继续拽起大夫就往西厢房跑，途中差点儿撞到前来吃饭的客人家随地追逐乱跑的孩子。

“您回来了。”陈逆两只手端了七八个盘子，脚步稳健地从后厨出来。

“哎？”林瑯这才察觉到怪异之处——明明自己不在，唐玉树又扭伤了脚，可院中十张桌子全部坐满了客人，檐下还有一堆似乎是在等待排队的人。

可林瑯没空琢磨这怪异之处：“唐玉树呢？”

“……在后厨。”

林瑯瞪大了眼：“不是说不能动吗？”

陈逆怕挨骂，小声解释：“他非要去，我就扶他过去了……应该没大碍。”

林瑯恶狠狠地瞪了一眼陈逆，跑到后厨去。

唐玉树正在洗刷着碗碟，见林瑯进来，抬头看了一眼林瑯，又迅速把眼神闪开了。

大夫还在那边喘得上不来气，一边拍着胸脯给自己顺气一边检查着唐玉树的伤势。片刻后，开了两服药：“内……内用外敷……三天就可以好了……但……但是切记……”

话听到一半，院中客人催促了起来：“我叫的酒怎么还没有上……”

换来林瑯的一句毫无理智的“自己拿去！”

客人小声：“好的……”

大夫继续道：“切记不能再扭伤了……这几天就好好躺着吧……”

起身临走时，那大夫的喘气声都缓不过来，指着林瑯：“这次……这次出诊……我要收……你双倍的钱！”

把唐玉树安顿回西厢房，林瑯和陈逆一直忙到子时过半才彻底收了工。

林瑯端着煎好的药送到西厢房时，唐玉树正躺在床上一动不动。

“喝药吧。”林瑯把药放在床边柜子上，将灯点着，“我还以为你会睡着。”

“……”唐玉树端起药来，一口一口地喝着，却还是一声不吭。

林瑯“哼”地笑了一声：“你生我气对吧？骄纵又固执，总是添一堆麻烦，自己又处理不了，最终连累到你身上。”

“……不是。”唐玉树放下碗，“我不知道我生谁的气……但绝对不是你。”

“哎？”

“我脑子笨，想不通很多事情……但是我就是害怕。”唐玉树放下了药碗，伸手用拇指和食指把林瑯刚点起的灯捻灭了，“我害怕，要不是陈逆及时来了，你就摔坏了……”

坐在黑暗里，林瑯一时不知道该如何接话。

只听唐玉树自言自语一般：“我总是这样——以为自己变得更厉害一些，就可以保护得了身边的人……”

“可事情总不是这个样子……我总是因为还不够厉害，失去很重要的人。”

“不是我不想和你说话。”

“是我不敢……”

“我真怕，因为我不够厉害……有一天我又变成孤零零的一个人。”

“你不需要那么厉害啊……”林瑯试图开玩笑化解沉重的气氛：“有的时候，或许只需要搭档别那么蠢就够了。”

唐玉树果然笑了一声。

可紧接着听到他急促而压抑的呼吸声时，林瑯才明白唐玉树捻灭烛火的动机。

——唐玉树还是不能容忍自己，在他面前暴露分毫的无措和恐惧。

·第五回·

查真相集聚财神府
争是非泪洒点绛唇

壹

唐玉树掬着一捧热水洗脸的时候，林瑯推开了厢房的门，带进了一阵冷气。

“起很早哟！”唐玉树挂着一脸水珠，抬头看清来者后感到十分惊讶——往日里的这个时辰，林大公子一定都还躺在被窝里酣然大睡，叫都叫不醒的那种。今天却不知道为什么，竟然早早穿戴整齐。

林瑯还是一张惯常的漠然脸，一把将唐玉树拉到门边：“你看——”

清晨的院子里面光线还昏暗着，只见一个瘦小身影在一排排整齐的桌椅间忙碌。

“陈逆？”

林瑯点了点头：“昨天不是安排他在我厢房睡下的吗？今天很早他就醒来，忙活收拾，把我吵得睡不着。”

唐玉树用毛巾抹脸，洗去了困意之后整个人神采奕奕的：“那不是很好嘛，能干又聪明。”

林瑯将门缝儿合上：“你这是想留他？”

唐玉树点了点头：“留噻！”

且说昨日为救从檐上失足跌落的林瑯，唐玉树扭坏了脚。出于陈逆救下林瑯，还在馆子无人照看的情况下帮忙分忧，于是安排这个小孩子先在财神府上住了一晚。

隔夜，一大早起来，就见那小孩忙活来忙活去地收拾着馆子里的桌椅，为今日的开张做准备。可林瑯看在眼里，却总觉得那小孩子有一副玲珑心思，拿捏不透：“不行——不能留他。偷过一次，你怎么保证他不会偷第二次？”

唐玉树单脚跳回了床上去：“可人家救了你一命啊。”

“那……也不行……”林瑯摇头像拨浪鼓。

唐玉树为陈逆辩护：“他还能干！昨儿我教了他一下，他就一个人招呼了那么多客人。”

林瑯却揪住了唐玉树的一句话不肯松口：“你说他能干？你是说我不能干对不对？”

“我没得这个意思。”唐玉树可不敢惹恼林瑯。

林瑯的性子敏感又急躁，本来对于“陈逆留还是不可留”这件事抱持着犹豫的态度，现在只因唐玉树夸了一句“他能干”，倒偏偏和唐玉树杠了起来：“反正就是不行！”

“……那小孩子没爹没娘的，你赶他走，他也没地方去了……”唐玉树小声道。

林瑯却气不过唐玉树胳膊肘往外拐：“哦！合着我当时接济他三两银子，以后还得照顾他一辈子咯？”

“不是嘛……”唐玉树觉得林瑯太犟说不通，想了又想，尽量挑陈逆的好话来讲，“他不也挺能干的嘛……”

林瑯那双眼却又瞪圆了：“你又说他能干？你暗示我不能干对不对？”

一大清早，唐玉树竟然觉得有点累："我没得这个意思。"

"你就是这个意思！"

"真没得……"

"就是！"

两人争吵间……准确地说是在林瑯这一厢大吵大闹，唐玉树那厢应对无力之间，只听得院子里突然爆发起一阵骚动。两人瞬间安静下来，面面相觑，张着耳朵分辨院中的声音。

陈逆那副虽年纪尚小却已经破哑的嗓子一声怒斥："谁再敢砸门，老子砸他一窝！"

林瑯迅速丢下腿脚不便的唐玉树，跌跌撞撞地从厢房里跑了出来。

只见陈逆独自站在侧门口，半蹲着双腿，上身向前倾去，抄着一根棍子做好了防备的姿势，对着外面怒目而视。不知何故的林瑯赶忙再从台阶上跑下几步来，视线里才容纳下门外拥堵着的五六个吵闹的人。

"陈逆——"林瑯唤道。

陈逆转回头来看了林瑯一眼，又迅速地转头回去继续与那伙人对峙，只言简意赅地丢出一句"有人找咱们馆子的麻烦！"给林瑯做解释。

门外拥堵着的那群人因害怕这个毛小子的架势，不敢上前，只站在门外嚷嚷成一团乱。

一片嘈杂之中，林瑯隐约听到了"吃坏肚子""看病""讨说法"之类的言辞，心里面打起了鼓，慌张地从厢房走到了侧门前。

先叫堵着门前横眉冷对众人的陈逆放下手中的武器，又费了好大的力气才让吵吵嚷嚷的局面平静下来。看着为首的人，林瑯忍住紧张，深深换了一口气："您仔细说说？"

那为首的是个留着络腮胡的中年汉子，见掌柜出面制止了毛小子的武力威胁，才壮着胆子上前了几步："我家里人昨天在你这儿吃坏了肚子！"

"什么？"林瑯不可置信，"怎么可能……"

"怎么不可能？"那汉子以为林瑯不肯认，声调因叠加的怒气而高了好几分，"昨天明明就是在你家吃的！吃完回了家，一伙人就开始跑肚子，拉个没完没了！我们找大夫瞧了，说是吃到了不干净的东西，你们可别不认账！"

"我们没不认账——但我们的菜和肉都是当天买的新鲜的，怎么可能坏呢？"林瑯看着这群人，的确是觉得眼熟，"……是不是……吃得太辣了，肠胃不适？"

"不是！"那汉子说，"大夫说了，是吃了不干净的东西！"

林瑯这边刚说完，不远处又吵吵嚷嚷地来了一伙人，气势汹汹地上了前来："你们赔！"

"……什么？"

新来的这伙人也叫嚣起来："昨晚在你们这馆子里吃坏了肚子，你们赔！"

清晨的财神府上，出摊的，过路的，来来往往的人熙熙攘攘，在林瑯的眼睛里混成一大片恣肆浸染的墨色。

从筹备开馆子到开始落实想法，大到招牌门脸儿小到桌椅碗碟林瑯都计划得一清二楚，却偏偏从来没想到过会出这种事情。

吵闹声还是没有休止，咿咿呀呀成一片尖锐的噪音，刺进耳道之中变成一阵地动山摇的巨响。

人群中有人嚷嚷着："都想尝鲜？一顿都上吐下泻了，多几顿不得出人命了！"

"果然外地人是靠不住的。"

"还是吃本地的老馆子吧！"

"还说来尝尝看呢——走吧，今儿聚仙楼去！"

"要怎么办？"

林瑯喃喃自问。

做吃食这行的，别说吃出毛病，光是味道不够好都很容易打垮整个店。难道自己离家之后，费尽千辛万苦才攒起来的馆子就将如此早殁了吗？

见林瑯已经懵了，陈逆也不知道该怎么办，只是横着一根棍子不让闹事的人们来上前。

财神府前围观的人群越来越多，越来越密集，显然事情已经闹大了。

唐玉树那厢不知道从哪里抓了根棍子，支着身子一瘸一拐地出来了，问道："啥子事嘛？"

见唐玉树出来，林瑯才回过神："他们吃坏肚子了……"

唐玉树也不可置信："咋可能嘛？"

"怎么不可能？"闹事的人又吵吵嚷嚷了起来，"你们是不是想赖账！"

"没得没得。"唐玉树努力息事宁人，但奈何声音太低，始终盖不下嘈杂的人声。

此时人群中挤出一个人来："他们馆子里的吃食绝对没问题——我担保！"

原是王叔。且说王叔在陈滩这么多年了，也是个众人信服的人。

闹事者虽还是不满，却也不得不看王叔的面子："您怎么替这俩外地崽儿担保？"

"有什么事，还是得弄明白了才能做判断。"王叔想了想，道："光吵闹砸门儿是没用的。这样吧：大家先回家去，给他们一天的时间解决这件事，该赔钱会赔钱，该怎么处理就怎么处理。信得过我的话，王叔替大家来主持这事儿，行不？"

王叔说得合情合理，众人也不好再闹，那为首的汉子也答应了，只道："行，我们信王叔的。"便招呼人撤了。走出去没几步，又转回头来看着林瑯和唐玉树："我开始还觉得你们两兄弟在外乡打拼不容易，介绍四邻八村的朋友去你们馆子里吃，现在这……

我表舅他们一家也都病了，你可得给我们一个交代！”

打发走这些人，一众人回了馆子里面。

林耶一脸愁苦，唐玉树也是手足无措的，陈逆默默站在两人身侧默不作声。王叔则是在厢房里来回踱步。

“怎么办？”林耶开口打破了沉默。

王叔无意识地挠着下巴，半晌道：“我有个主意，只是……”

“啥子主意？”唐玉树急切地问询。

“只是这主意……哎。”王叔欲言又止了良久，发问道，“你们确定自己做的吃食不会有任何问题对吧？”

林耶不满：“王叔你什么意思啊？”

唐玉树苦着脸：“啥子问题都没得——全是我一个人做的。”

“好。”王叔道，“林耶，去写个告示——就说昨晚有人在馆子里吃坏了肚子，会尽快查明原因，给大家一个交代！”

“什么破主意！”林耶一副不可思议的表情，“还嫌这丑闻知道的人不够多？”

王叔道：“你信我的——既然我们自己清白，就不怕这件事被人说道。不仅这张告示必须贴出去，接下来有任何线索的推进都要昭告众人，一路透明地将事情解决掉——这是唯一的解救机会，否则你们很可能就翻不了身了。”

思索了须臾，林耶“啧”了一声，还是乖乖蘸墨而书，写好了一份告示。给王叔过目了一下之后，出了门外将告示贴了起来。

拍掉手上的灰尘，林耶头也不敢抬，生怕和路人对上眼神，径直往馆子里面走。

即将跨进门槛的时候，却被一个小孩牵住了袖口：“阿逆哥哥在吗？”

“陈逆吗？”

“嗯嗯！”小孩蹦蹦跳跳地。

林耶看着这小孩子，有几分眼熟：“他在——你找他做什么？”

问出的话并未收到回答，只见那小孩子绕过林耶，直向院子里陈逆的身影挥手：“阿逆哥哥！”

陈逆应声走了出来：“怎么啦？”然后转头对林耶道，“恩人，王叔找你进去。”

“哦。”林耶轻轻应了一句，只好转身回去了馆子里。脚步迈入厢房前，林耶忍不住又瞟了一眼门口的陈逆，只见他正与那小孩子似乎在说什么。

在说什么？

那瞬间，林耶突然想起来，那个面熟的小孩子，便是昨晚吃坏肚子那伙人家的。

厢房里，唐玉树还在那边百思不得其解：“真的想不明白，那菜我洗得比我自己吃的都要干净。以前打仗嘛，我们挖的野菜，河里淘几下就往嘴里塞。倒是江南人，金贵得很。”

王叔安慰着唐玉树：“不着急，我们总能查明真相的。”

而与此同时，林瑯脑海中突然成型了一个并无十足把握的嫌疑人以及作案流程。虽无十足把握，却是目前所见线索的唯一解释。

“告示贴好了吗？”王叔问道。

林瑯点了点头：“贴好了。”

“你一会儿带着陈逆去买菜吧。”

“还买菜？还会有人来吃吗？”

“……没人来的话，今晚我们自己吃——再叫上胖姑瘦娘。”王叔尽力赔笑。

院中传来一个女声：“玉树哥……玉树哥？我来送酒。”

“今天要三坛就够了。”王叔推开厢房的门，招呼阿辞道，“阿辞，晚上一起来馆子里吃火锅？”

“好啊。”阿辞点了点头。

此时陈逆也回来了，只见他一脸兴冲冲的表情，却在抬头时对上林瑯复杂的眼神。陈逆的眼神从林瑯身上游离到王叔身上，再游离到阿辞身上，脸上的笑意彻底消失的不知所踪。

却听林瑯冷冷一句：“昨晚可是你一个人招呼客人的？”

“……是……”陈逆点点头。

林瑯眼中的神色格外凛冽：“这馆子是我和唐玉树一路跌跌撞撞才攒出来，我堵上命都会保护的。”

整个馆子里的气氛冷到极点。

“昨晚只有你有可能动手脚……”林瑯上前俯下身来，用极近的距离在陈逆耳边说了一句：“如果我猜得没错，我也会赌上命让你尝到代价。”

贰

那厢被林瑯冷言质问之后，陈逆眉目间微抖出了诸多情绪——无措、委屈、愤怒、寒心。然后他避开了林瑯的眼神，向一侧缓缓滑到唐玉树脸上，像求救一样。却又在片刻后收回了那一丝悲哀的仰望，涨红了脸，花了很大的力气才轻飘飘地抛出一句：“真的不是我。”

唐玉树突然眼眶有点热——他应该和青秧一般大吧。

还未等唐玉树开口，先炸破院子里沉静气氛的人是阿辞。只见她将怀中的酒坛子重重放在一边，几步上前来一推林瑯的肩膀："林瑯，你没有证据，凭什么就泼别人脏水？"

林瑯冷笑了一声，盯着陈逆道："那他怎么解释？"

王叔也上了前来："林瑯你冷静一点！我们还是要找到铁证，才能拍板儿。"

林瑯又冷笑了一声，视线紧紧掐在陈逆身上不肯移走："如果找不到铁证抓不到凶手，我的馆子谁来负责？"

唐玉树终究还是站了起来，撑着棍子几步上前拍了拍林瑯的肩膀道："莫急，一定能找到的。"

这下林瑯咆哮了起来："不急，怎么让人不急？你都一点都不着急吗？"

唐玉树想要辩解，面对如此暴躁的林瑯却也一时张着嘴却吐不出只字片语。

院子里唯一不忌惮林瑯臭脾气的阿辞却也不管他的咆哮，只道了一句："他要是成心害你，昨天怎么不任你摔死？"

林瑯不吱声了，只是倒退几步，像是脱去了全身气力一般地坐回椅子上去。

他很想哭，却在众人面前，咬死都不想流下一滴眼泪。

唐玉树万万没想到，林瑯会将疑心落在陈逆身上。

他倏然间想起当时那个沦为落魄小乞丐的陈逆，在窃走林瑯的钱囊后被堵在小巷中，他手抄一把生锈的镰刀，以决绝的姿态与自己对抗。

唐玉树记得那场过招之间的一个细节——迅速冲上前去的自己正欲牵制对方握着镰刀的手臂，而对方将身一躲，须臾间把镰刀换了只手，反握着刀头处用镰刀的木柄向自己的右肩处劈下。

斗志分毫未减，招数也被筹谋得精准，可偏偏将镰刀头转向改作木柄来袭人，这个动作展露了少年的善良本性——偷窃不齿，可陈尸久矣的母亲更让他觉得人间不堪。于是迫而行窃，却不肯害人。

唐玉树觉得这个孩子虽曾有过恶行，但内心却是固守着一份秩序的，更不会恩将仇报。

林瑯也是相同的人：尖锐且多疑，可他对善恶的坚守也是非常忠诚。

大约是出身富贾之家的关系，未领略过太多人生悲哀，林瑯的是非观念过分简单。唐玉树又想起那日陈逆窃钱囊之事，林瑯说过的话，他说："偷就是偷！一分也罢，一栋房子也罢——没有区别。"

可世间之事并不是非黑即白——见过太多民生潦草，唐玉树对此深有感触。

陈滩今日的天色昏沉。

风裹挟着些许砂砾从北方呼啸而过，漫空的扬尘在柔和的江南水乡里耀武扬威着，扰人心神。

点绛唇馆子里，众人满脸苦涩。

王叔清了清嗓子打破了安静："大家都先少安勿躁……没有证据的话也不要先凭感觉指认凶手。县太爷如今还没回来，报案也不现实。我们时间不多，还是冷静点判断比较好。那暂时都先散了吧……"

想着先支开陈逆，好避免林瑯再次和他发生冲突，王叔招呼着陈逆："先出来我面摊这边打打下手，让林瑯和玉树都安静地待会儿……"一面说着一面又向站在院中对着林瑯怒目而视的阿辞使了个眼色。

三人转身往外走去，唐玉树也跌跌撞撞地上前几步，正欲伸手拍拍林瑯的肩膀劝劝他，只听林瑯又一声怒吼："都站住！"

三人茫然回头。

林瑯的视线在面前三个人脸上扫视一圈，眼神因仇恨而有几分骇人的阴鸷。

离开金陵城里的那座温柔乡久矣，受冻过、挨饿过、无助过、绝望过，最后都熬了过来。

有次午夜里做喜乐之梦，林瑯梦到自己真成了财神爷。髯须一把花白，大腹便便，手上套满了金银扳指，身上挂满了琳琅珍宝。斜斜地卧在铺满顺滑锦缎的琉璃榻上，端着一只雕花酒樽。身边侍童与顺儿长着同一副模样，脸上涂着一样的胭脂，也用一样稚嫩的语气问道："爷，您腰缠万贯，兼济天下苦难众生，可有不舍？"

"千金散尽也不曾不舍……偏偏不舍一处——"林财神拿腔拿调地吞下杯中甘甜，"金陵陈滩，点绛唇。"

"我知道是谁了……"林瑯揉了揉酸胀的眼睛，终究还是没忍住掉下了眼泪，因此指认的语气中夹杂满了类似孩童被欺负之后的委屈。

林瑯说："……是阿辞。"

下毒的人是阿辞姑娘。

林瑯说出这句话的时候，在场所有人都愣住了。

王叔揉了揉胀痛的太阳穴，清了一下嗓子："那个……"

将要说出口的话却被陈逆打断："是她！我想到了——"

只见陈逆一拍脑门，快步跑回林瑯身边，转回身来看着阿辞道："中毒的一共有三桌。因为昨天晚上是我接待的客人，所以我非常清楚：那三桌是最先到的一批客人。"

阿辞皱着眉头："什么意思……"

"刚才来找我的那个小孩儿，就是中毒的一户客人家的孩子。昨晚小孩子在院子里玩的时候，把竹蜻蜓飞到了屋顶上，我便爬上去了给他拿下来。今天他在外面玩的时候，又把竹蜻蜓飞到树上去了，所以他便来找我帮他忙……"

陈逆的话似乎扯得有点远，被林瑯在一侧催促道："说重点。"

陈逆点了点头："重点就是——同样吃了一顿火锅，大人们都中毒了，可小孩子却还能来回跑跳全然无恙。因为小孩子没有喝酒。"

阿辞没站稳，向后退了两步："不可能！我那么……"辩解到此时突然噤声，对上唐玉树的眼神之后，阿辞又别过脸去，"我真的没有下毒。"

陈逆乘胜追击："昨天下午阿辞姑娘先送了五坛酒来馆子里，可昨晚客人多，酉时末的时候玉树哥让我又去搬了八坛回来。而中毒的那三桌，正好是喝了前五坛酒的客人。"

所有的推测都合情合理，阿辞一时竟不知道该如何辩解。

"阿辞……"林瑯眉头紧紧地皱了起来，"我本来觉得你这个人挺可爱的。"

阿辞闪过林瑯尖锐的眼神，本想寻求王叔的帮助，目光交汇的时候却因胆怯而转过了，垂下眼，紧紧抿着嘴唇一言不发。

用力地消化了眼前发生的状况之后，王叔才艰难地开口："可是……阿辞没有害你们的理由啊……"

"理由我不得而知，可是阿辞，你要怎么解释这件事情？"林瑯冷静的语气里，唐玉树听到一丝悲哀。

唐玉树知道林瑯也不愿接受这个真相。虽然以往林瑯和阿辞相见总是吵闹拌嘴针锋相对，可唐玉树知道林瑯并不讨厌阿辞。甚至在某次闲谈时，林瑯还曾夸赞过阿辞"金陵城里没有这种性子的姑娘"。

阿辞平日里总是一身男装打扮，行为举止都落拓大方，像个孤野游侠。

唐玉树不肯相信她会做出这种龌龊的事情，唐玉树更不愿意看到她平日里展露出的坚强洒脱，在此刻却被声声诘问，打为反派角色。

"阿辞，这些酒都是你亲自封好的吗？"唐玉树试图用缓和的口吻来帮她理清嫌疑，可如何斟酌，在这种情况下，脱口而出都像是质问。

"对啊……"阿辞失去了以往干脆利落的姿态，说话因不知所措而变得语气微弱，"可我真的没有下毒……每一坛酒都是在一起酿的，然后封装起来。"

"这……"唐玉树此刻只恨自己脑子笨，想不到帮阿辞洗脱嫌疑的证据。可他还是觉得事情没有这么简单。

阿辞深深吸了一口气，转身背对着众人道："我也不知道该怎么解释……我要去看我自己的酒摊了，我不会跑的，要抓人尽管来酒摊抓我就好。”

走开几步之后，阿辞又回过头来，发红的眼睛看着林耶和唐玉树，声音有些闷：“我的酒真的没有问题……你们可以问问聚仙楼——聚仙楼的酒也是从我这里拿的，他们也没有中毒的事件啊。”

“等到……”林耶顿了一下，“聚仙楼？听着好熟悉……”

“都想尝鲜？一顿都上吐下泻了，多几顿不得出人命了！”

“果然外地人是靠不住的。”

“还是吃本地的老馆子吧！”

“还说来尝尝看呢——走吧，今儿聚仙楼去！”

“聚仙楼是靠近东市那边的一个酒楼，是陈滩唯一一家有门市的大馆子。”王叔介绍道，“当然在点绛唇开之前。”

“对，因为我住东市附近，所以每天都是先送酒到聚仙楼，再来财神府摆摊，顺便送酒到点绛唇，日日如此。”阿辞回过身来。

林耶问道：“昨天可有什么不一样的地方？”

“……似乎没什么。”阿辞皱着眉头思索片刻，“等等……这么一说，突然觉得好像有一处不妥的地方——就是他们昨日搬了六十坛酒，但是结钱的时候，又有个伙计退回来几坛，说什么‘拿多了’……我本想着，多了大不了就存在窖里，但人家要退，我也就没多问……”

“然后你一路来了财神府，陈逆抱了五坛酒回来，那五坛中……有三坛就是他们退的，对吗？”林耶梳理清楚了事件。

阿辞点头：“……对……”

“好家伙……给我来这招。”

叁

陈滩镇东市附近有一座聚仙楼，是一个开业很多年的老酒家。

刚刚过午，打发完了最后一桌客人，伙计趴在桌上打着盹儿，突然走进一个人来。伙计认得这个人，于是稍微愣了一下，挤出笑来：“哟，林掌柜，是来吃点什么的？”

林耶神色悠然，看上去倒丝毫没有身陷“中毒案”风波之中所该有的焦虑，只是不张嘴地笑着，过了半晌才幽幽道："来吃人。"

伙计心虚，被林瑯这揣摩不透情绪的怪异做派，吓得背后迅速发出了一阵冷汗。

当察觉到自己向后跌退一步的动作太过于明显，那伙计又赶忙潦草地收拾出来笑脸，佯装出轻松的语气，随手扯起抹布来擦着桌子，一面应对道："我知道——林掌柜爱开玩笑。来——坐，您喝茶还是酒？"

"先不急。"林瑯就近在一张桌前斜斜坐下，"去把贵酒楼的孙掌柜叫下来。"

伙计已经快装不下去了，豆大的汗珠从额边掉下来，明知故问地："您找孙掌柜有何事……"

"哎？"林瑯轻佻地皱起眼皮，那双丹凤眼显得格外凌厉，"掌柜的和掌柜的聊的秘密……下人可以这么没规矩地打听？"

那伙计脸色大变，这下再也笑不出来了。

可林瑯那双眼却又弯起来，笑得像个毫无心计的孩子："你知道，林掌柜爱开玩笑。"

且说那伙计硬着头皮跑上楼去，找到孙掌柜这般那般地商议了约莫有一刻钟的时间，才下了楼来。两人绕过楼梯拐角的时候才怔住了——只见方才空荡荡的馆子里，现在已经坐满了人，所有人都一言不发，各自脸上浮动着表情，像是在静待什么好戏一样。

一个时辰前，查出真凶的林瑯挤开围观的人群，将新的告示贴在了旧的那张上面。

笔画因充斥着怒意而张牙舞爪——"林掌柜自掏腰包于未时在聚仙楼摆宴，届时将会亲自就点绛唇中毒事件，给大家一个交代。"

言辞并未多明确地说出什么，可人们却大约猜到了些许。

一则有白吃的饭，二则有白看的戏，一时间百余个名额就都满了。

这边见楼下坐满了客人，孙掌柜将视线移向了伙计，那伙计回他一个"我什么都不清楚"的眼神。两人面面相觑了半晌，却又觉得众目睽睽之下交换眼神显得过分心虚，孙掌柜只好硬着头皮呵斥伙计道："看我做什么？快去招呼客人们！"

那伙计领了命只好跑下楼去尴尬地赔着笑："吃什么喝什么，大家慢慢想着……我先去后面把厨子叫醒……"说完便溜到后院去了。

这厢孙掌柜心里没底，却也只好赔着笑下了楼来。

直向最中间那张桌子的人先行作揖："林掌柜，唐掌柜，王叔，阿……阿辞……这是……"边说着边比画了一下周遭。

"我设宴请客。"林瑯道，"孙掌柜可不会不欢迎吧。"

"怎么会不欢迎？"孙掌柜赔笑，"当然欢迎！自从点绛唇开业以来，时时都惦记着要过去打个招呼！只是生意太忙了，所以还没来得及去拜访……你们倒是先来了。"

林瑯也学着孙掌柜油腔滑调地与他周旋："还没来得及拜访，就给我们送了个大礼，孙掌柜真是客气啊。"

林瑯话里话外的暗示让孙掌柜意识到投毒一事已经暴露了，此次前来的目的便是要说法来的。纵使再努力撑着，后背也早已被冷汗浸得冰凉，纵使再老奸巨猾，也无法在瞬间想到最好的对策，只能哑然无言地看着林瑯。

而林瑯也不怯孙掌柜的目光，陪着他一起默不作声，脸上笑得意味深长。

就这么和孙掌柜对视了良久，才幽幽地开口道："先上菜吧。"

孙掌柜心底通明，早已知晓点绛唇的这伙人这次前来的目的。

可偏偏大敌当前的状况里，这群"大敌"却在那边与众人们推杯换盏。于是在这吵闹嬉笑声里，孙掌柜的每一个刹那都如履薄冰，分外难熬。

独自站在柜台边，格格不入地对着满客的席间，焦灼的脑中构想不出任一份应对措施，一时间竟有种眼见大厦将倾，却无可奈何的恐惧感。

"孙掌柜。"突然一声招呼将他脑中的所有繁乱冻结，敲碎。

孙掌柜抬头："哎？"

阿辞端着一杯酒："这杯敬你。"

于是满堂的眼神悉数落定在自己身上。

孙掌柜只好强行迈开僵硬的腿脚，自己斟了一杯，举到胸前却又不知道该说什么。

"阿辞从小在陈滩吃百家饭长大，一路走来，家中的风波变故众位乡亲都亲眼所见……这些年来阿辞卖酒为生，幸得孙掌柜照顾生意，才能温饱。这杯，阿辞敬你。"阿辞把杯中酒一饮而尽，转身又斟了一杯，"对不住林掌柜——还有玉树哥。"

"点绛唇馆子里中毒之事，是我的疏忽。"

阿辞这句话出口，孙掌柜竟有一丝不合时宜的轻松。

只听她继续道："昨日点绛唇馆子里，有人中了攻下药。起初所有人都以为是点绛唇馆子里的吃食不干净，后来才发现，其实有问题的不是点绛唇馆子，而是酒水——"

"怎么可能？"孙掌柜下意识地否认，言语出口后却发现自己失措得太明显。

"王大哥家有四位都中了攻下药，除了小孩子。吃着同一口锅里的食物，而孩子却相安无事，那是因为孩子不喝酒。"

阿辞说罢，众人喧哗了良久，直到店中再次安静，她才继续悠悠道："聚仙楼生意红火，往常每日都要五十坛酒，这么多年来只多不少。但昨日却声称卖不掉，退掉了三坛酒。我本不以为意。却没料到这三坛早已被掉了包，下了药。"

"以往承蒙大家照顾，也承蒙林掌柜和玉树哥的信任。而阿辞却因为自己的疏忽，把被下了药的酒送去了点绛唇馆子里，害得馆子被迫关门……"阿辞说着，抄起桌上酒坛又给自己哗啦啦地倒了一杯，因为动作太鲁莽，迈洒了一地。然而女子并未在意，豪饮一口后又转过身，抱拳向孙掌柜道："阿辞知恩，所以也不敢问罪。不过方才这杯酒，就当散伙酒，日后再不往来。"

说完，手中的杯子落地。阿辞转身走出了门外。

被拆穿真相后的馆子早已乱作一团，众人一顿哄吵。

而林瑯就坐在哄吵的人群间，面无表情地看着孙掌柜。那眼神不是恨不是悲，倒像是落入圈套后却绝地反击而制胜，尽是骄傲且不屑。

深深换过一口气，孙老板察觉到自己微抖的手终于平静下来了。他抬起周遭遍布沟壑的眼皮，还给了林瑯一个眼神。

那个眼神太复杂，让刚打赢胜仗尚在得意的林瑯突然失了些力气，心头一怔。

只见孙掌柜扬了扬手示意众人安静，然后很坦然地作了一个揖："我对此事一无所知，容我调查片刻，再做答复。"说罢便绕去了后院。

林瑯有些心慌了。方才那一眼，他就知道孙掌柜已经有了对应之策，可是——明明自己已经将他逼进了死局之中，对方怎么可能有破解的招数？

一刻钟后孙掌柜拎着方才那个伙计走进了堂中来，向着那缩成一团的小孩一声怒吼："说——解释给陈滩各位父老乡亲们，你是怎么做出此等下流之事的。"

原来是甩开了黑锅。

林瑯皱起了眉头。

世事险恶，棋高一着的反派角色更是横行天下。

林贵公子突然有一丝念头，想回家。

那小伙计被孙掌柜一声怒吼之后，立刻挤出了两滴泪。

抽噎着搬出了一段台词，大约是自己因为喜欢阿辞很久了，阿辞从来不为所动。但见阿辞近日和唐掌柜交往过密，一时糊涂吃了飞醋，于是想了这么一招，想赶走唐掌柜……

而孙掌柜又吵吵着"这下真相大白了"，说什么给几两银子打发这小孩儿滚出陈滩再也不许回来……

如此云云。

林瑯全然听不进去。只感觉自己像是刚从吞人的沼泽里挣扎出来，又被人推向了下一个泥坑。脑子里什么都装不进去，站起身来，像是要逃一样，冲出了聚仙楼。

原来真实的世界和那些高台上咿咿呀呀的传奇话本里讲的，一点都不一样。

恶霸终不一定会被打败，好人一生也总难平平安安。

“一点都不好。”青砖黛瓦被晕成一片一片，飞速地甩在身后，“真的……一点都不好。”

金陵城比较好。

有挥霍无尽的银两，好看的锦衣白裳，秦淮河上的浮灯，银杯金盏玉露琼浆。

想不起为什么当初自己要丢掉那一切溜到这么远的地方来，以至于此刻坚定地想要跑回去的路途漫长得让人无力。

林瑯不知道自己跑了多久，也不知道自己跑到了哪里。耗掉最后一点力气的时候，双腿失了力的林瑯跌跪在一棵大柳树下。像极了丧家犬的姿势，狼狈地倒在草地里喘着粗气。

午后的荒野安静得吓人。

林瑯突然想起了顺儿，那个从小到大一直围绕在自己身边的家伙；似乎在他的世界里，没有任何人，只有少爷。

林瑯喜欢那种感觉，或者说林瑯太奢求那种感觉。

想到这里时，林瑯又笑了出声。是意识到自己的自私面目之后，一阵对自己的嘲笑。

顺儿是从小买来的下人，他这条命都是林府的。可一旦失去了主仆契约，没有千金作抵，可还会有人愿意追随你身前身后，替你挡风遮雨吗？

林瑯揉着酸痛的腿脚摇摇晃晃地站起了身。

远处天光拉扯出一圈一圈的光晕，刺得林瑯睁不开眼。

低头揉眼的间隙，他听到了一个熟稔又陌生的声音。

“林瑯！”

明明是那个浑厚的口吻，却因高喊，被情绪拉扯出了三分并不熟悉的稚嫩音色。这个口吻的主人，平日里向来沉稳安然，从未透露出过这种慌张情绪。

林瑯抬起头，远处摇摇晃晃的人影被逆光勾勒出一道毛茸茸的金边。

他撑着棍子，却因太焦急，受伤的那条腿频频点地，向林瑯所在的方向赶来。

“笨蛋！”林瑯大吼，“你站住——你等我过去。”

得令后的人影乖乖停下了脚步，却在林瑯冲过去的时候又赶上前来几步。一张笑脸迎着林瑯的痛骂：“你腿是不想要了吗？”

受训后的唐玉树微微垂下头，却挑起皎洁的眼神含着笑意看向林瑯：“我没事儿……我不是着急吗。”

“你就这么一路追过来的吗？”

“是嘞。”唐玉树点点头，“你咋了吗？”

“我……没事。”林瑯搀起唐玉树往回走，“一会儿找大夫来看看，腿伤还没好，你倒是敢跑。”念着，林瑯突然有点鼻酸。

“你是不是怕我扔下你跑了。”

“……唛。”

抛出自己也应对不了的问题，林瑯分外后悔，只强行又骂了几句：“你要是腿废了，馆子里可不养你。把你扔出去，自己爬回锦城去。”

一拐一拐的行途中，唐玉树扬起脸几分嘚瑟：“不说了——我当年，肚子上挨了刀，还背着人跑了五里地！”

“背着人？”林瑯突然很在意，“谁？”

细琐闲谈，且不赘述。

再说距金陵城两百里外，有座扬州城。

今日城下有一老乞丐，衣衫褴褛地坐在地上。隔着两丈外，一个小乞丐啃着硬块馒头。

“喂——”老乞丐舔了舔干裂的嘴唇，“你……”了半晌才把话努力地说出来，“你还有多余的吃的吗？”

那小乞丐眼神明亮，望着老乞丐瞅了半天，把嘴边的馒头掰了个大半递给了老乞丐：“我……我也就这半个了。您老人家……饿成这样，我也于心不忍。”

老乞丐千恩万谢地接过小乞丐赏的馒头，两人沉默地吃了几口，那小乞丐突然咿咿呀呀地吊了几嗓子，幽幽唱道：

——“清秋冷月，枯叶残菊，皆付了寒江东去……哼——”

第六回

绘蓝图书梦出洛浦
置冬衣暖身暖人心

壹

唐玉树体质好，自扭到脚到如今不过半月，已经拆了绷带。但还是被大夫叮嘱过要小心，不能随便跑动。于是早上去市集买食材的事儿就由林瑯带着陈逆一起接管了。

但唐玉树是个闲不住的——虽然火锅的底料前一晚都已经准备好，桌椅板凳也早就擦抹干净，偏偏一大早便一瘸一拐地在院子里来回拾掇。

院子里最北边儿是一个大高坡，坡上拔地而起的才是这个院子的正堂。但介于两人各自的活动范围都大不到哪里去，用来摆桌子的院子也够大，所以几乎没有上去过。

唐玉树以前没见过这种大户人家的宅子，也不晓得如何消受这些宽大宏伟的空间。只一脚一脚迈上台阶去，仰着头望着大正堂发呆。从底下望上看去——正堂是个小楼，二层和一层一般大，二层之上还有一个小楼，是第三层。

第三层已经高出了墙头去约莫有一丈。

“好高哦……”唐玉树感叹，“站这个顶顶上能看见整个镇子！”

唐玉树想上去瞧瞧。

于是他推开了沉重的雕花门——一面推开一面还感叹于“有钱人家的门板板儿都唧个起辣（那）么漂亮……”——蒙尘的空间重新涌入新鲜的空气，扬起的尘埃带着一股酸腐的味道迅速蒸腾而起，唐玉树在门口站了好一会儿，等落定了烟尘才迈进步子去，绕过粗壮的房梁，顺楼梯上去，在拐到二层时，去处被铁打的栅栏挡住了。

“哎？”唐玉树透过栅栏张望向里面，各种家具一应俱全，只是乱堆在一起。

似乎有一柄剑，被斜斜地丢在地上。

很眼熟。

唐玉树还没转过脑子来，只听见楼下院子里有人呼喊：“唐掌柜……唐掌柜？”

“来喽来喽——”唐玉树回应道，便再不及回想那柄眼熟的剑，就匆忙下了楼来。

“阿婆——我们还没开，没得菜能给你吃。”一面拍着落在身上的土，唐玉树一面招呼站在院子里的老阿婆，“您晚点儿再过来哇。”

“你——就是唐掌柜吧！”老阿婆喜笑颜开，手里捏着一叠红纸，手腕上拴着一根红绳儿，“我不是来吃饭的——我是来给你说好事儿的！”

唐玉树对这个阿婆并不面熟，愣了一下：“啥子好事？”

“你今年多大啦？”阿婆不直说。

“过了月底就……二十了。”

“你瞧瞧你瞧瞧！啧……真可怜！”阿婆嘴里说着可怜，却扭着腰肢捂住嘴笑，又说，“我们这儿啊，十八还不娶就要被人笑话了！”

唐玉树终于弄明白了这个阿婆的身份和来意。

陈滩的单身男性资源不多，事业小有成色，又人高马大又相貌端正的适龄男青年更少。

自“黑白二财神”的典故以讹传讹地在陈滩及附近镇子传开来之后，唐玉树和林瑯这两个资源早已加入媒婆圈“优质男”列表。

姑且不论林瑯——虽没人清楚地知道这个小伙子的底细，但无论是从衣着，还是言谈举止上来看，都能对林瑯的家世背景揣测一二——因此寻常人家不敢贸然高攀。憨厚老实的唐玉树，便显得更加抢手了一些。

这厢唐玉树不知所措，只把脸往那儿一红：“我……还娶不起媳妇儿呢。”

“怎么就娶不起！”阿婆几步上前来，自觉地落座在一张桌上，一面摊开手里的红帖，一面伸手招呼唐玉树，“来来来——跟阿婆说说看：你喜欢啥样子的姑娘？”

唐玉树一拐一拐地走了过来，挠着后脑勺良久，落了一句：“……想不清楚。”

“都会害羞嘛，阿婆懂得——”

“真的想不清……”

“呆！——那阿婆问你，喜欢高的矮的？”

媒婆业务能力较强，引导发问果然换来了玉树的答案，“……高点？”

“喜欢胖的瘦的？——我是说身材，你明白我意思吧？”

玉树点点头：“……瘦吧，没关系。”

阿婆笑笑：“和一般男人口味不一样啊……那喜欢白的黑的？”

“……白的？”

“打扮俏的还是精干的？”

“……精干的……”

“脾性强的还是温柔的？”

“……有点性子吧。”

阿婆掩嘴笑：“早听说蜀地出耙耳朵，今天见识到了。”

“根据你的偏好，我这儿大概有十来个人选能推荐——”获取完喜好信息，媒婆便翻出了一个红皮本子来，一面翻动着一面还嘟囔，“想法是挺奇怪——不要俏的还喜欢干瘪的……和一般男孩子还不太一样……”

唐玉树被点评审美取向，一时间脸涨得通红，满脑子只想着快点打发完媒婆送她走。却半晌都想不出一个招儿来，又偏偏想到“若是林瑯在场一定能帮我”，刚想到这里，就见林瑯从门外转回来，抱着手臂走着优哉的公子步，后面是陈逆满头大汗地推着载满食材的木牛。

“你脚怎么样……这是——在干什么呀？”林瑯的注意力被迅速转移。

唐玉树一愣，一时竟有种类似“做贼心虚”的感觉，迅速用手捂住媒婆的画册，结结巴巴地打发道：“阿婆……不……不然先这样——别的事儿……就……就以后再说吧，我们要……要开工了！”

媒婆自然不懂个中缘由，只催促道：“以后什么呀——我给你看看这十几个人的画像，你今天就做了决定，我这几天好给你跑去说亲呀！你瞧——这十来个姑娘都是符合你喜好的，你看看——哎？林掌柜！这厢我给唐掌柜说媒呢，你要不来一并瞧瞧？要有喜欢的我也可以给你说——当然只要您这边儿不嫌我们陈滩的姑娘门户小……”

林瑯刚才的笑脸消失了七成，余下的表情便像是僵在脸上抽着的横肉，干笑着瞥了唐玉树一眼，晃晃悠悠地上前去翻动起了那些画像：“这些都是你喜欢的？”

唐玉树不说话——虽然想不明白原因，但就是不敢说话。

只见林瑯还是吊着嘴角，可唐玉树怎么看都觉得那表情不像是笑。只听林瑯道：“这个——不太行啊，怎么尖嘴猴腮的？——这个，这个长得好像男人……”

挑三拣四一番，倒是没个入他眼的。

媒婆见林瑯尖酸，噘了嘴把红簿子抢回来，塞到唐玉树手里：“哎哟……果然金陵少爷看不上我们陈滩姑娘——不过好歹也不是你挑媳妇儿，还是让唐掌柜自己看吧。”

林瑯不与媒婆相论，只从鼻子里喷出一阵冷气，望着唐玉树：“哦，咱家唐大军爷想娶媳妇儿了？”

唐玉树赔笑说：“没得没得，这不是……阿婆自己寻来的嘛……”

那媒婆也在一边帮腔道：“唐掌柜都大了，到岁数了。人都说成家立业！这业是立了，家也得跟着赶紧成呀！”

“那就成呗！”林瑯似笑非笑，“成呗，我早盼着喝你喜酒了。”

虽是得了林大少爷的令，可唐玉树那双乌溜溜的眼神抵死不敢从林瑯脸上挪下来，只站在那里不动。

媒婆催促道：“快挑一下呀。”

林瑯也跟着催促道：“快挑一下呀……我也好奇我们玉树哥，到底喜欢什么样子的姑娘。”

这厢骑虎难下，唐玉树只得低头随手翻了几张，瞎指了指道：“……就这些吧。”

凑在一边踮起脚偷看的陈逆插嘴：“白恕辞——这是阿辞姐姐？”

不识字的唐玉树误点到阿辞姑娘，一惊，望着那图开玩笑企图消解凝结的气氛：“怎么把阿辞画这么丑……”

林瑯笑不出来，只抠弄着指甲，将那双单薄的眼皮斜斜一耷拉，主观定论道："阿辞不就长这样吗？"

陈逆这孩子心思玲珑，见状也只觉气氛怪异，悄悄跑回后厨里去洗菜择菜，远离了是非之地。

这厢唐玉树也终于交了差，打发走了媒婆。顶着林瑯时不时的一通取笑，大冬天里冒着汗四下找事儿做。

唐玉树想不明白自己为什么会怕，但就是会怕。

后厨里乍然传来一阵丁零当啷的声音。

林瑯无处发泄的烦躁因此得以借题发挥："陈逆——你又摔了什么？"

探出脑袋的陈逆赔笑："打翻了一个醋壶子——不过没碎，没碎……嘿嘿！"

"哦……仔细着点儿！"既然没造成什么损失，林瑯这厢的发挥没能得以继续。

收回脑袋的陈逆赶忙收拾着，半晌悠悠地从后厨飘出一句："好酸哦……"

憋的林瑯胸口生疼，又不能奈何这个小孩儿。

林瑯想不明白自己为什么要生气，但就是生气。

那口气儿直到傍晚时分送走客人后才消的，三人窝在后厨里取暖。

"最近生意越来越不错了——今日又是过了申时过半才送走最后一批客人……但其实马上酉时就又会来人了。"一面对着水瓮的倒影整理着自己头上戴的朱樱绒簪，林瑯一面道。

唐玉树点头："是了——是因为人太多了，常常排不到桌子，近段时间晚上的客人也来得越来越早了。"

"好烦啊……"林瑯抱怨着，嘴角却翘得老高。

照这么发展下去呀，只会越来越赚。

日后攒够了本儿，再把店开金陵去，开姑苏去，开扬州，还有临安城里也可以——说起来……前几日还有徽州的商人路过，吃完之后表示愿意注资，往徽州引进——徽州人会做生意是出了名的，和他们合作或许也能赚一大笔呢……

终于整理好头上的红绒球，心满意足的林瑯又踏起优哉的公子步，在屋中四处走动揉着筋骨。听着院子里传来人声——"啧，你看——晚客来得真是越来越早了——陈逆？"

"在！"还在变声的小男孩儿扯着嗓子回应。

"快整理整理，准备接客人了！"安排完陈逆的工作，林瑯晃着脖子理了理衣领，收拾出一张笑脸，端起大掌柜做派，从后厨走了出来。

——只见来者却是那个媒婆，身后还带了个羞怯怯的姑娘。

笑容就此散得不知所踪。

贰

江南的冬天和成都模样相似——都是一般的湿冷。

躲藏在媒婆身后的姑娘裹着厚厚的棉衣来御寒，深黑色的领子边拥着白皙的脖颈，虽是粗苯的装束，却显得女孩更加娇小。

“城西刘家的女儿，自己跟我来的——她娘走得早，她爹托我代他来审审这个准女婿。”媒婆掩着嘴巴，笑语盈盈地。

还没一撇的事，油腔滑调的媒婆却开起了玩笑，林珋心底一阵嫌恶。把眼神从媒婆脸上移开，越过她的肩头向后看去——那姑娘招架不住林珋如此直接的目光，把头低了下去，将肩膀向前耸着，身形窝在一起。

“好不大方的一个女子……”林珋心头暗自评价，突然也能懂为什么金陵城里那些望族都偏爱花良叙那种姑娘。

“令尊大人呢？”林珋环抱着手臂，高高昂起下巴，“自家闺女的亲事，都不肯来？既然当我们家是小门小户，那何必还折腾这么一趟？”

领教过林珋的牙尖嘴利，媒婆对这个贵少爷心有余悸，只把林珋那句“我们家”重复一遍，冷笑着小声嘟囔一声：“你跟人唐掌柜非亲非故，还‘我们家’……”便把头一扬，扯着嗓子向屋里喊去：“唐掌柜——唐掌柜——”

这句嘟囔听得林珋窝火，想想却也反击不了什么——你只说自己是唐玉树的换帖之交，却又能怎么样？人家的婚事，你到底有什么立场一直掺和？想罢却更气了，皱紧了眉头盯着媒婆看。

身后唐玉树听得人唤，因腿伤还没痊愈，所以起身时的动作不利索，“哎哟”一声趺了一下；换来林珋一声讥讽：“瞧把你急的！”

唐玉树不知道该怎么回应林珋的尖酸，只用一种类似求饶的眼神看向他。那眼神看得林珋心里不好受——确实也知道自己太过尖锐了，可偏偏又想不通自己为何要这样。

叹了一口气，林珋收敛了几分自己的敌意，将语气换的平和些许：“名字叫什么？”

“这姑娘叫——”

“我问的是她。”林珋察觉到即使自己有意克制，还是很容易被激怒。不耐烦地翻了一个白眼，心底骂道：当事人再想出演娇俏的小家碧玉角色，总不至于连介绍自己的名字都要别人代劳吧。

那姑娘小声一句：“单名瑶，刘瑶。”

见姑娘被自己的气压吓到，转念又觉得自己过分，揉着胀痛的太阳穴，林瑯再度压下怒火："那……家里条件怎么样？——我们唐掌柜名下有这处房产，还有这个火锅馆子，算不上有头有脸，也是个不错的条件——门当户对我们不在乎，但怎么样也得别差太远。"

媒婆道："老刘家原在城西有处老宅子，前年征用要盖庙社，拆迁给赔了三百两呢……自那后，就把家里的几亩地租给别人种了。"

"那么多存银，不肯给姑娘买身好衣服？"林瑯咬着指甲，挑剔的眼神游离在女子磨脱了线的袖口上。盯得那姑娘迅速把手背到身后去，略显不自在。

"哦——原是家里还有个胞弟，十四五岁，到金陵去跟人做学徒学手艺了，自然花销多一些……"

"哦……"林瑯点了点头，"那令尊多大？身体可有恙？"

"快四十了……倒是没什么毛病，这点放心吧！"媒婆以为林瑯那厢是怕姑娘家父亲有病，娶进一个拖油瓶来终日烧医药钱。

却不料被林瑯反问道："还没到四十就嚷嚷着老了？那既然也没病，为什么就不肯种地了。"

"这……"

"这，也不必细说了。"林瑯打断了媒婆的犹疑，"我们唐玉树，也算是人高马大模样端庄，自然在娶妻上的考量苛刻了一些——这边能出彩礼一千两，令尊那厢出多少嫁妆？"

媒婆道："嫁妆这块儿……其实娶媳妇儿怎么说都是赚，也就是多添一双筷子的本儿，用处可就多了去了！您张口就是一千两的彩礼，怕是不至于会扣这点儿牙缝儿里的嫁妆吧。"

"阿婆，您这是'媳妇儿熬成婆'的心态吧。"林瑯冷笑一声，"您放二十年前料想也是个黄花大闺女，也是被自己娘家这么一笔一笔精打细算卖出去的吗？"

媒婆一时没听明白。

"我们唐玉树是要娶媳妇儿来宠的，不是买头牲口作劳力的。既然也没生得多漂亮，就别拱出来骗钱了——请回吧。"

被林瑯一通挑剔之后下了逐客令，只见那媒婆脸上一阵青一阵紫。原站在媒婆背后的姑娘也只低着头，抽抽搭搭地哭了起来。

那媒婆被林瑯的话惹恼了，原地不知所措地站了半晌，撂下一句："林大掌柜，你这话说得真不好听！"便拉着姑娘一并走了。

目送着二人刚转出门外，林瑯就突然感觉肩膀袭来一股力道，生生被掰得转过了身，对上唐玉树少有的愤怒表情。

"林瑯。"唐玉树似乎是克制住了怒意，但眉头攒在一起的疙瘩并没有平复下来："我本来也没打算相亲娶媳妇儿这些事儿。若是你不乐意，你就明白地告诉我，我什么时候不听你的？但无论如何你也不该这么说人家，你现在言语羞辱人家未出阁的闺女，这事儿要是被传出去，你让人家姑娘怎么办？”

很显然林瑯的情绪也没有好到哪里，拨开唐玉树撑着自己肩膀的那只手，立刻摆出最常见的刻薄态度：“心疼她了？”

“是！……不是，不是心不心疼她的问题。林瑯，你在我面前咋个任性撒泼，我都让着你，但你不能对人家这样！”

“好啊。我任性撒泼，她可怜无助。”林瑯平静地点点头，甚至辅以微笑，“你就跟她去吧。”说罢，便径直走回了自己的厢房里。

留下唐玉树站在原地，回过头和从方才就一直默默躲在一旁的陈逆面面相觑了片刻：“他的嘴怎么唧个厉害？”

陈逆坚定地点头表示赞同。

约莫晚客陆续来馆子的时候林瑯从外面回来干活儿了。唐玉树几次偷偷看他，他都不开腔。唐玉树也不敢问，料是下午的时候心情不好，走出去散心了吧。

不过至少比以前要好得多——若是以前耍起脾气来，十有八九都会把自己关屋里一动不动。

这日的生意本是挺好，只是亥时天下起了点零星小雨，人们也早早就撤了。于是擦抹收拾的活计也并不多，花了不到半个时辰就做完了。

出街上来倒泔水的时候，唐玉树撞见了前来的媒婆。

那媒婆左右张望个遍，确定林瑯不在，立刻拉住唐玉树的胳膊就说：“唐掌柜我跟你说，刘家说嫁妆赔个一亩地——最多了！这在陈滩也是很高的了。你看行不？我也实在是不想再和那个林掌柜扯了——太机灵也不是什么好事！”

唐玉树摇了摇头：“阿婆，那一千两的聘礼我也实在下不了——我没那么多钱。也不用刘家出什么嫁妆……我实在没啥相亲娶媳妇儿的心思。那女孩儿看着也老实本分，不需要折腾这么一趟……人家以后总是会遇到自己的有情郎，让她好好等就可以。”

媒婆还在殊死一搏：“唐小官人，人家姑娘挺喜欢你的，你看你也老大不小了……难不成你还打算当一辈子光棍儿？你都不知道老光棍儿过的多苦——都没人给你做饭！”

“我自己会啊。”

“也没人给你洗衣服啊。”

“林瑯会啊。”

“那……没人给你捶腿捏肩！”

“我练过武的，打一套拳筋骨就开了！”

“没人跟你说话解闷儿。”

“林瑯嘴巴可厉害呢——您也知道。”

见唐玉树油盐不进，媒婆索性歪头去啐了一口痰："那他总不能陪你一辈子吧！"

"……"唐玉树这下是被问到死路上去了，半晌应对不来，只涨红着脸，拎着水桶一路小跑地溜回馆子里去了。

莽撞地跑回馆子里时，林瑯正在檐下踩着高高的梯子，一面克制着发抖的双腿一面吃力地够着衣服。

晚时陈滩有微风挟着小雨，淅沥沥地打湿了火锅馆子。

放下水桶，唐玉树就喊了一句："你别动，我来拿吧！"

林瑯停下手里的动作，转头看到唐玉树一步一跌地往这边跑，不忍一阵着急："湿也已经湿了，不差这么一会儿的，你倒是慢点儿！"

换唐玉树蹬上梯子，把衣裳收了下来："怎么没让陈逆做，你怕高不是嘛！"

"他刚告假走了，说是惦记他母亲的墓——看到这天气有转阴的迹象，一时这天儿是开不了了，明儿应该也是闲着，所以趁机回趟烜塘。"

"哦。"唐玉树点了点头："不生气了吧。"

经唐玉树这一提醒，林瑯才想起来白天的事儿："下午去打听了，果然——那刘瑶的爹，自从拆了房子分了钱，自己算了笔账说：三百两也够吃一辈子。自此就不肯种地了。结果在床上躺了没有一两年，染上了好赌的毛病，最后输得连房子都押给别人了。"

唐玉树没吭声。

"如果事情都像你这么处理——不提丑恶粉饰太平，那么没有任何一件事情是会变好的，也没有任何一个受害的人会被拯救。我没必要伤害那个姑娘，我对她所有的牙尖嘴利都是说给媒婆听的——有田地又有存银，筹谋一份生计并不难。可是他不，供儿子去金陵城里学手艺可以，女儿的袖口都磨烂了却不肯给添置一件新衣裳。你没看出来啊——那个女孩儿是他们拿来卖的，换一份聘礼，以及日后无休止地向你敲诈。我就要借媒婆的嘴告诉他们家，这个方法行不通。"

听罢林瑯的话，唐玉树道："我没想到这些……光瞧着她可怜了。"

"看着可怜就要帮她。"林瑯道，"下午的时候我去找了胖姑，胖姑跟我说过，那刘瑶其实也整日惶惶，生怕被他爹抵押当了赌注，一心想脱离那个家。于是我就买了胖姑二十两的烧鱼，这钱是用来给刘瑶发工钱的——胖姑跟刘瑶是朋友，她们串好了：改日让胖姑打着'刘瑶买烧鱼碰坏了摊子'的幌子，讹个刘瑶二十两银子，横竖刘家掏不出来钱，让刘瑶出来给胖姑打一年杂。暗地里这工钱胖姑替她攒起来，日后总有用处。"

一番说完，林瑯扬着脸得意于自己的聪明与侠义。幽暗的院子里雨声淅沥，却不觉得冷。

唐玉树恍然想起来青秧还在时，曾提起过：江南少年啊，个个样貌俊郎，性子温柔可人。

隔着幽暗的光影，唐玉树望着林瑯的脸颊。

——温柔可人。

唐玉树觉得这句评价不中肯，不过也八九不离十。

叁

前夜睡前，林瑯说自己要写写什么“汇总”，唐玉树对这些名词一句都听不明白：“那是啥子？”

“就是核算检查目前馆子的投入回报比例，根据总结出的情况对馆子未来的发展方向做一些合理的调整规划，从而达到‘有损则及时止损，无损则再接再厉’的效果。”

罢了，唐玉树放弃理解。

林瑯嫌他笨：“就这么说吧：就是盘算我们的以后！”

这就懂了。

林瑯和自己不一样——唐玉树是个不敢想象以后的人。

小时候不敢，后来也不敢。如今换到了新的地方，遇到了新的人，被那人拽着一起往前走去了，唐玉树还是没那么敢……

爱别离经历得多了，便再奢望不起前程似锦，只求能风平浪静。

一大早起来天色阴靡，屋子里昏暗暗的。

把衣服胡乱往身上一套，推开门出了院子来，唐玉树就看到林瑯屋子里点着灯火。

径直往那边走的时候，唐玉树不经意瞥到院子中间的水池边缘上，留有白色的灰线痕迹——那是刚住在一起时，林瑯为了“划清界限”画下的标记。

唐玉树回忆起那时候林瑯刁钻的脾气，扬了扬嘴角。

揉了揉惺忪的眼睛，他推开了林瑯厢房的门。

本以为林瑯是已经睡醒了才点起的油灯。结果进门却见他伏在案头上，头上的红绒球都没有解下——料想是昨夜里算账到很晚，不小心睡过去了。

唐玉树一瞬间觉得不好受，自己有点笨：听不懂那些商业名词、不会算账、目不识丁……才把林瑯劳累成了这个样子。

虽说是按劳分配各司其职，但唐玉树还是总下意识地，想帮林瑯多扛一些。

其实开这个火锅馆子，本身就像极了两人之间的一场并不公平的游戏——煮火锅对自己而言并没有什么技术含量。细想来：从一拍脑门儿说“要干”到如今馆子也像模像样地成了形，大都是林瑯的功劳。

不公平。替林瑯觉得不公平。

他是有勇有谋见过世面的大公子。

而自己只是个只会弄点吃的的落魄小兵。

林瑯的侧脸透过油灯来看，仔细瞧着，便能看出一点点极其细小的绒毛。他的皮肤又白又光滑，有点像煮熟再剥了壳的鸡蛋——所以如果摸上去，也是一般的滑嫩细腻吧。

唐玉树思索着，又觉得自己太粗糙了。自己的双手肤色黝黑，指腹处还布满了老茧。撑开手指翻覆几回手掌，还可以看到一段当年挨刀子后，潦草缝合留下的疤——林瑯还说过它就像一条蜈蚣——林瑯怕虫子，应该也就很反感自己的这双手吧。

人和人生来就是不一样的。

有的人锦衣华服加身，有的人戎装下求活。

说真的，唐玉树心里总是暗自有种隐隐的危机感——如今的生活是美好且舒心的，但却像是一场梦、像是幻影、像是海市蜃楼。

美好。但总觉得不属于自己。

唐玉树从来都不是个会争取的人。

面对那些遥不可及的美好，唐玉树觉得自己默默站在自己该站的位置上就可以，默默笑着欣赏那份美好就可以——当然也不是别的意思，那种笑就是打心眼儿里的开心。

甚至于……唐玉树总觉得林瑯本就不属于这个小镇，他是该回到繁华似锦的金陵城里去，是该变回豪门公子过牵鹰走马的日子，是该和花良叙那样美好的女孩儿成亲。反正不该和自己在这个小镇里苦着，因为他和那些美好才是相配的。

就像将军是与万丈功勋相配的。

林瑯就该背上行囊踏上高高的车架跟自己道别，回到光芒万丈的金陵城里去。

就像将军终究会选择一将功成万骨枯的荣耀。

唐玉树想过：如果是到那个时候，或许自己也会像以往一样，送他回到他想去的地方。

至于自己，大不了再换个新的“陈滩”，平淡孤独地苟且完往后的时日。

会有些许不甘吗？

会吧。

但是自己这种人，是不配不甘的。所以应该收起不值钱的悲戚情绪，时刻做好面对那一天来临的准备。然后在林瑯离开之前，默默地陪他“玩儿”下去就够了。

唐玉树有点失落，但也能想得开。

转身准备出去的时候，他用拇指和食指替林卿捻灭了油灯，轻轻拥上了被子，掖好被角。替林卿捋平了身下压着的纸张。

那是他写的“汇总”吧……那些横横竖竖的字迹，唐玉树几乎都不认识。

可其中有三个字他认识——以前在成都的时候，李犷教他写过。

林卿在纸上书写着的“我们的以后”里，有这三个字——“唐玉树”。

——有我吗？

林卿睡醒的时候，唐玉树正在院子里忙碌——桌椅板凳全被整齐地摞在了檐下，避免被随时可能落下的雨水浸泡。

“轻点儿做事……”林卿有几分焦急地叮嘱道，“脚没有吃到力气吧？”

“……”唐玉树是听到了他的叮嘱，脑子却像是钝了一般，回应带有些许不自然：“……没得。”

“饿了。”

“先回屋里去。”唐玉树发现自己甚至自卑到不敢看林卿，只继续埋头擦拭着早已一干二净的桌子，“躺起了——我且把饭菜热给你，端过去。”

林卿于是心满意足地回了屋子，坐到床上去。

趴在桌案上睡了一夜，腰肢有些疼痛。其实最近肩膀也酸得紧，昨日只是伸手捡了下掉落在地下的笔杆，关节处就别住了筋络，疼得林卿龇牙咧嘴的。

金陵有个手法很好的老医生，很懂穴位按摩，以前很喜欢去。如今离了金陵的富贵生活这么长时间，粗糙的日子过久了，也再没机会享受。

唐玉树把热好的粥和菜端进屋子里时，林卿正躺在床上发呆。见到食物，眼睛立刻发起了光，一个打挺就坐了起来，却脸色一变，揉着腰间嚷嚷起来。

又扭到了。

唐玉树放下饭菜，赶紧上前来查看：“咋了？”

“好像扭到了……腰那儿。疼……”

唐玉树懂武术，摸着林卿后脊上用手指约莫了两寸处，轻轻揉了揉：“还疼吗？”

“……好像不疼了。”再次感受了一下，林卿点头如捣蒜，“真的不疼了！你真厉害！”

“我……懂一点儿而已。”唐玉树对自己“有用”而产生了些微的满足感，“先吃饭。一会儿你吃完了饭，我帮你按按。”

林卿听罢，像个小孩儿一样欣喜溢于言表，胡潦往嘴里扒拉两口饭就说饱了，一个劲儿吵着唐玉树帮他按摩。

林瑯背对唐玉树坐好，唐玉树站在林瑯身后，捏着他的肩膀刚按了几下："昨晚熬夜了？"

"没。"林瑯在痛和畅快之间沉迷，"应该是没出子时就睡着了。"

"你的汇总写完了吗？"

"写完了——经过我的缜密计算：如果还想扩大规模的话，我们可能得再招个人。"

"招人？"

"对。"林瑯点了点头，"但想要保证最大的利润，我们最好可以只招半个人——我们的工作量只需要再增加半个人就能负担，也只能承受再多半个人的薪水成本。"

唐玉树乐了："太抠门了吧！哪儿能给你找来半个人？"

话音刚落，却突然感觉鼻腔因充盈着温热的液体而堵塞了起来。接着就见几滴血掉在了林瑯后脖颈子上，沾湿了他洁白的衣服。

因察觉到唐玉树按摩的动作有所停顿，林瑯侧回头来看他。刚想催促他继续，却只见唐玉树捂着口鼻不知所措，指缝里渗出猩红色。

"你怎么了？"林瑯茫然。

"没事……最近上火，流了点儿鼻血。"唐玉树拽起袖子一通擦拭，也没再多话，就跑了出去。

中午的时候唐玉树煮了点凉茶给自己喝下，又在后厨炒了两个菜。

刚去到林瑯房门前准备喊他吃午饭的时候，院子里来了一个人。

"林掌柜在吗？"

"在。"唐玉树替林瑯回答。

片刻间只听屋内的脚步声，门被拉开，林瑯走了出来，向来者招呼："尤记裁缝店吗？"

"对，林掌柜。我来给您送衣服，试一下？"

林瑯把衣服接过来，就转身进了厢房里。

唐玉树正有点犹豫自己要不要跟进去，就听得屋里唤道："玉树哥！"

"啥……啥子事嘛？"

"来试试衣服——也有你的一件儿！"

料想唐玉树是没有穿过好衣服的——看着他两只手臂和一颗脑袋挣扎在那件新棉袍里面死活出不来，林瑯就没忍住翻了白眼。

但接着又没忍住笑了一声。

"傻子啊你！再撑就撑坏了。"林瑯嗔骂着，几步上前去帮他把衣服顺利套好在身上，再替他理了理前襟的扣子，"喜欢吗？"

虽然没能瞅见衣服上身之后到底是什么样，但他还是立刻就说：“喜欢。”

“喜欢就行，这是给你的生日礼物！”林瑯说着，兀自绕到铜镜前查看自己的着装。

唐玉树惊讶了：“你怎么知道的？我的生日……”

“开馆子之前咱俩画押的契约里写了，当时我就留心记了起来。”林瑯不是个擅长表达情绪的人，只把眉头往起一皱：“哎你问那么多烦不烦……穿好了吗？穿好了就带你玩儿去……”

“穿起了，你帮我看看——”拍顺了身上的衣服，唐玉树挺拔地站着，脸上的笑像个还不知人事的小孩儿。

林瑯看了他一眼——本身就高大的身板，被稍宽松些许的剪裁兜起，显得格外宽阔。裤子末端结束于踝骨上方，被扎实的束口包裹起来，配着一双结实的革靴，总有些许精干的意味。

于是林瑯平淡地夸了他一句：“人模狗样的，以前倒没发现你还这么有精气神儿……”

是吗？”算是被夸了吧……唐玉树也索性如此理解，心满意足地问道：“带我去哪儿玩儿？”

“去金陵。”

“真的？”傻大个儿分外喜悦，倒让林瑯的嘴角也随之上扬了些许。

好像这个大公子并不会嫌弃自己……

唐玉树这才觉得安心了几分。

肆

唐玉树果然还是个没见过钱的主儿，只知道从陈滩进金陵城一趟贵，不料贵得离谱——“三钱一个人？可是走得只是一趟车，为啥子还要算两个人撒？”

林瑯懒得费这个时间耗在驿站，心思早飞进金陵城里去了。

他把打算砍价的唐玉树一把拦住，对驿站的马夫道：“三钱就三钱，走吧！”

“等哈子——”唐玉树犟得跟头牛，拉起林瑯的袖子就往驿站外面走，“咱不坐车了。之前去过一次，路我早就给记住了——这次我带你去金陵，咱走小路——比马车还快。”

“你打算怎么去？走着不成？”

唐玉树却把一张脸扬得老高，还卖起了关子：“你只管信我，咱去一趟西市——离这里不到一里，我去找我兄弟带咱俩去！”

林瑯将信将疑，也抗不过唐玉树的一身气力，被他拢着肩膀不由分说地带离了驿站。

“你哪来的别的兄弟？”

唐玉树拍着胸脯道：“你待会儿就知道了！”

两人就这么走到西市的一处骡马棚子前。安顿着林瑯在此处等待，唐玉树推开栅栏门档，踏进了院子里去，还不忘回过头来冲林瑯挤个眼睛。

林瑯标志性白眼：卖什么关子，最好是能吓到我。

没过半篇《蜀道难》的功夫——

由路的另一侧尽头扬起一声男子中气十足的训呵，接着是鞭子划破空气时明亮的乍响，随着一声嘶鸣，拐出一匹四蹄踏雪的黑色马匹。

而坐在马匹之上的人，便是唐玉树。

林瑯有一瞬间觉得自己全身的力气都被震慑尽了。

只呆呆地站在原地，望着马上之人前倾着身子笑着望向自己，一路绝尘而来，终又缓缓停在自己面前。马上少年英姿飒爽，像极了传奇话本里征战归乡的竹马，伸出一只手臂供自己蹬扶，一句利落的：“上马来——我带你去金陵。”

“我……”林瑯摸着马，羡慕起来，“够帅啊！”

“……先要绕过铜山进秣陵，再顺淮水往北上，从通济门进金陵府。驿站马夫他们走的是大道，所以要慢一些，约莫三四个时辰——但我们可以走小路，直接从山里穿，最快兴许两个半时辰就可以到……”长篇大论地讲完行程规划之后，二人一马已经晃荡出了陈滩。

林瑯坐在马背上：“所以……你在外面偷偷养了一只马？”

唐玉树听完笑了起来：“大虎吗？——大虎是我当年打赢了仗后俘虏的母马生的小崽儿——所以算起来，我这个‘兄弟’可比跟你拜把子要早许多。”

拿我跟一匹马比？林瑯一厢拌起嘴来：“那你倒是跟你这个大虎去开火锅馆子呀！”

唐玉树倒是不嫌他无理取闹，耐心地解释：“本来是打算养在院子里的，但是院子里没棚子，刚来的时候就先寄养在了西市……后来你来了，不待见我，还画了啥子分界线，你又爱干净，又总嫌弃我……所以也没敢在院子里搭个棚子，更不敢把大虎接回来了……”

“……哦。”听罢这段介绍，林瑯倒是觉得大虎是因为自己被委屈的，“那……你若是想要接它回来，倒也不是不行——西厢房靠内侧那边，不就可以搭个棚子吗？”

“真的能吗？”

“能。”林瑯点了点头。

确认了一次许可，唐玉树乐不可支，又说起："早上的时候，我在院子中间水池边上，还看着你当时画的灰线了。那时候的你应该是没料到吧，有朝一日咱俩合伙开了馆子，还拜了把子，你吃我煮的饭，我穿你洗过的衣服……当时是谁啊，龇牙咧嘴地跟我说：'这两个月里，不要随便搭话，更别想和我成为朋友……'哎！我错了我错了，别掐我……"

一路笑闹着，两人进了金陵城的时候天色已晚。

下榻的时候虽入夜了，金陵城里还是华灯万丈。

林耶去柜台前挑房间，唐玉树随客栈的杂役到后院拴马去了。

站在楼梯前等唐玉树时，林耶被客栈的堂倌介绍道："我们店的特色是温泉，需不需要现在帮您开水？"

林耶敷衍地"哦"了一声，直勾勾的视线落定处，终于等到了唐玉树伸腿迈进了门槛。

林耶转过头向小二道："我都行，你问他吧……"

那小二点了点头，又招呼向唐玉树："需不需要现在帮您们开温泉水？"

唐玉树也和林耶一般，敷衍地"哦"了一声："我都行，你问他吧……"

小二苦笑："不然两位公子……先商量一下？"

林耶转身上楼，向小二丢下一句："还是问他吧……"

小二一面跟随林耶身后上去，一面引导着唐玉树上楼："这……"

"那就开撒……"唐玉树终于给了明确答复。

窝在温泉池子里泡了足有两刻钟，唐玉树的穷酸病又犯了："这里……是不是很贵？"

林耶屈膝坐着，双臂环抱着腿，姿态像个有点怕生的小孩子。听得唐玉树搭话，才白眼了一把："把你终身大事给搅和了，不得赔你点儿什么啊……"

唐玉树"嘿嘿"地笑了几声，在池子里舒展手脚："终身大事……没事儿。如今我心里只惦记一件终身大事，就是咱们的馆子！我才不打算娶媳妇儿呢！"

听唐玉树这么说，林耶心里好受了一些。

昨夜里算账，算着算着，林耶突然觉得这馆子的账目哪怕一辈子都没有起色，似乎也没有那么害怕了。

老人都爱说一句"不忘初心"，林耶想了想，倒觉得也不一定是这样。

——非要提起初心，当时的自己风风火火，一心只想着要超越父亲，摆脱他的控制，做出个日进斗金的买卖来，好有朝一日回金陵去向父亲耀武扬威……这份初心是值得珍守一辈子的吗？

似乎不见得。

很多次林耶想过一个问题：若是这馆子，终有一日会失去一样东西——失去什么自己最无法接受呢？

失去院子吗？

似乎不可怕，苦日子不是没有过过，往后和唐玉树一起吃糠咽菜，熬一熬也就赚出个租赁院子的钱了。实在大不了，也在财神府门前支个摊子，不也可以吗？

失去火锅吗？

三百六十行，做点什么生意都可以过活——听说陈滩有个落魄秀才，平日里靠替人写信笺，诉状之类的文书，都赚到了娶媳妇儿的钱。以自己的学识，去陈滩的书院谋职，说不定也能当个教书先生吧。

可一旦想到失去的是唐玉树，林瑯就筹谋不下去了。

理智地想：没了唐玉树，他倒也不至于就做不成事儿。可林瑯又不敢细想：天下浩大，从何处再寻得这样一个兄弟——平日里有了好吃的留着给他，看着好玩儿的也要讲给他，替他挨过刀子挡过板子。没见过什么大世面，可所有领略到的好东西都一股脑地，毫无保留地塞给他。

林瑯一时又有点担心：陪自己玩儿开馆子的游戏，唐玉树迟早会有腻的那一天吧？

他真如自己所说的——“如今我心里只惦记一件终身大事，就是咱们的馆子！”——这样吗？

想到这里，林瑯开口喊唐玉树：“如果有一天有个姑娘来把你拐走——那会是一个什么样子的姑娘？”

“最近怎么都问我这个……”唐玉树的脸被温泉水蒸得通红，“聪明机灵的。”

林瑯想了想：“花良叙？”

唐玉树摇了摇头：“不是……不是那种聪明……要更利索一点儿。”

林瑯想了想：“白恕辞？”

唐玉树又摇了摇头：“……也不是。”

聪明机灵还要精干利索……林瑯想了半天都想不到一个人选。

想着想着，却又自觉烦躁了起来。索性站起了身趟出了池子，裹起袍子走开了。

唐玉树也跟着起身，一个太猛带得水声哗啦啦的。

林瑯转回头看了唐玉树一眼，只望见唐玉树亮着两只乌溜溜的眸子，紧紧地望着自己：“你去哪儿？”

“我回屋。”

“那我也随你回去。”

“你再多泡一会儿吧。”林瑯用毛巾捂住脸，一边擦拭着一边走开。

唐玉树只好“哦”了一声，哦完这声后又乖乖蹲回了池子里。

林瑯想着唐玉树，又想起自己十四岁那年，在高昌国捡到的老狗。

走丝路的时候曾在高昌有过月余的停留。那边只有做买卖的人才会讲汉话，年幼的林瑯平日里自己待着无聊，有天在街上救下了一只奄奄一息的黑色大狗——和唐玉树一样，身上遍布伤疤。

只是出于稚嫩的慈悲，掬了一捧水喂它，那狗便像是跟定了自己了一样，从此就默默地围绕在自己身边，再也没有走开过。

林瑯叫它“大羽”，也没什么特别的含义，只是那阵子正好在背诵的诗句“凿龙近出王城外，羽从琳琅拥轩盖”——羽从林瑯，而已。

大羽平日里，张着嘴巴吐舌头的时候，就像是在笑。

每逢大羽笑，林瑯都会弯腰去抱它。可狗太大，十四岁的林瑯还不够高，最终总会站不稳，一人一狗歪歪扭扭地坐倒在地上。然后林瑯就会大声笑。大羽也是一般，张着嘴巴吐着舌头，即使不知道林瑯因什么而笑，却只因林瑯的开心而开心——于是就变成了一种只属于林瑯和大羽的游戏。

有的时候，林瑯因为言语不通而被高昌的小孩子欺负取乐。每逢这时，大羽都会冲出去，向着他们疯嚎一阵儿，直到把他们吓退了，然后再回来用头蹭林瑯的腿。待林瑯伸手去摸它的头时，它便又开心了，张着嘴巴吐着舌头，因林瑯的破涕为笑而开心。

可是大羽太老，而行路又太难。

回中原的那一天，林瑯被舅舅张谦以“如果不带大羽一起走，路过陇右时，给你买颗和母亲生前带的那颗夜明珠，一模一样的那种”为条件说服。直到林瑯被安顿到车上，马车开始行径之前，大羽都一直晃着尾巴，冲着林瑯笑。

它对他的心思一无所知，却只知道要围着他，要跟随他，要替他喝退一切伤害他的人。

大羽追了林瑯很远，但终究还是没有赶上。

林瑯的视线里，那条追着自己车驾的大狗的身影，因距离越拉越远而渐渐小成了一粒芝麻，似乎戈壁滩上起一阵风，就会把它吹垮。

望着那个黑影，林瑯哭的泪眼模糊，只探头在窗外面，冲着那个追随不舍得身影喊：“傻狗——快回去吧！”

它听不懂，却以为是林瑯在呼唤它，只竭力地在戈壁上从跑到走，到用脱了力气瘫在地上。隔了一个山丘，林瑯还是听得到它“呜”的嚎叫声。

不知怎么地，林瑯又想起自己每次一受到些许挫败，就要吵着回金陵的情形。

每次都拉着自己，不会吭声也不肯放手的唐玉树的那双眼神，和大羽一模一样。

你觉得他无助，你又觉得他实在可靠。

唐玉树回到房里时，灯已经灭了。蹑手蹑脚地缓缓推开门，又缓缓转过身把门外的光驱逐出林瑯安睡的空间。

还没来得及转身，就听到林瑯的声音："喂！唐玉树。"

"你还没睡吗？"

"没。我再送你一个礼物吧——我送你一个表字，单字一个羽，你愿意吗？"

"好。"

"以后我叫你唐羽，你要答应。"

"好。"

"那你以后可就不能离开馆子了——我们这边有习俗：收下别人给你取的名字，要是有一天别人喊你的时候你不肯答应，会被妖怪捉走抽筋扒皮的——你知道吗？"林瑯又信口胡诌出一个故事来唬他。

但唐玉树似乎是被唬住了。

他说："你放心，我哪里都不会去……"

林瑯这才觉得安心了几分。

伍

忘记了梦的具体情节，只隐约记得是个好梦。

深深地打了一个哈欠，揉开了惺忪的睡眼之后，林瑯轻轻掀起被子来，缓慢地爬出了被窝，蹑手蹑脚地下了地。

不敢有太大的动作——免得吵醒还在酣睡的唐玉树。

虽然唐玉树平日里嘴上一个字都不肯说，但林瑯知道他其实累坏了。

所以鲜有放松的机会，唐玉树便拥簇在香软的榻间，睡得很香。

——那便不叫醒他了。

兀自整装了一番，出了房来到柜台前向小二叮嘱几句后，林瑯只身踏出了客栈。

金陵城里熟悉的风吹在脸上，让林瑯觉得惬意。

有的时候想想，林瑯觉得自己挺"下流"的。仗着智力上的落差，总是把唐玉树给唬得死死的。昨天又是，编撰了一桩什么"收下别人起的名字就不能不答应"的谎话，让唐玉树保证"不会离开馆子"。

唐玉树为人和善老实，至少陈滩上喜欢唐玉树的人就比喜欢自己的人多得多。他去成家，过他自己的人生，那是迟早的事情。凭自己目前的一桩谎话，真能扣留他多久吗？

可点绛唇这个馆子太美好了——虽然远不及自己年少时不知天高地厚的畅想，可终归是踏踏实实存在着的、属于自己的。

林聊舍不得这个梦醒来。

而梦本就如浮沤飞沫，一触即破。

偏不巧这个梦还是由两个人一起做的。任其中任何一个人醒转，这个梦都无法继续下去。

林聊自嘲地笑了笑。绕过小路，走到了大道上面去。

又站在路口吹了一刻钟的风，林聊想了想，决定向左手边拐去。

支开了通报的下人后，身着了低调的男子装束的花良叙与林聊在花府后门碰了头。花良叙看到林聊时，只见他脸上的表情相较往日，有些许不一样：“长高了许多。”

“别用一副‘我比你懂事’的姐姐的腔调和我说话。”林聊皱着眉头回应她。

换来花良叙一声轻笑。

两人最后选定在一处僻静的小茶馆，随便点了几碟水果和一壶酒。

“怎么会想到要找我？”花良叙轻巧地拨着龙眼。

林聊替两人斟了酒，端起自己那杯抿了小口：“……说实话：以前在金陵的时候，身边的人总是很多，能讲话的很多，能吃喝玩乐的也很多——那个时候和你还没什么交集——我记得，他们总是都捧着我、拥簇我，说到底：也就是把我当个钱囊在捣鼓，指望着我不知何时就掉出点儿银子来。活了十七年，第一次遇到有人明白地告诉我真相——那个人就是你——把我这尊财神像一榔头给敲碎了。掉光了金漆之后，我才看见自己就只是一个什么都不是的人……所以，想来……偌大的金陵城，我能找的也就只有你……”

花良叙笑着举了杯与林聊一碰，自己也抿了一口：“那……近来过得怎么样？——我看还不错，磨掉了以前的养尊处优的气质，如今脸上都有些男子汉该有的棱角出来了。”

“是吗？”林聊自嘲般地笑了一声，摸了摸自己的脸颊，“……操劳之故吧。”

“馆子生意还不错吧？”

“也不和你吹牛了……就是个小买卖。”林聊也伸手从盘子里捏起一只龙眼，“倒是还不错——只是陈滩那块儿地方太小，着实有点施展不开拳脚……”

“地方虽然小，可没挡住你成长得这么快。”

算是获得了花良叙的认可——曾费心追求的这件事，就这么在轻描淡写的对谈中猝不及防地达成了。

林聊一时间却也没觉得自己有多雀跃：“以前我还笑你，觉得你从小就随着父亲抛头露面地出去与人打交道，净和那些大人学了一身的油腻。现在我后悔笑你了，这有什么可笑的吗？像那时候的我一般——毫无资本的意气风发才叫可笑吧。如今肩膀上扛起了不单属于自己一个人的担子，于是路也走得小心翼翼地，可那姿态一点都不可笑——会觉得很踏实。”

“敬你夸我——”花良叙将杯中残酒一饮而尽，“快告诉我：肩膀上扛起了谁的担子？”

“哎？”林瑯没反应过来。

花良叙狡黠一笑：“说话到这几个字的时候啊，自己也没察觉吧？眼神闪烁了一下——是什么样子的好姑娘？”

“你真……狡猾。”林瑯也不需要隐瞒——相反，近来的混沌状态，更需要看事通透的聪明人帮自己出出主意：“不是什么姑娘……我在你眼里就是这种终日悠游花丛之中纵情取乐、胸无大志的人吗？是我的馆子，以及和我合伙儿的那个兄弟。”

花良叙剥龙眼的动作流畅依旧：“唐玉树？”——她还记得他。

“对。就是他。”林瑯叹了一口气，“其实我俩齐心经营，这馆子的生意本是越来越好的。可这馆子越好，我却越害怕，对任何事情都患得患失了起来——你说：我这梦能成吗？”

“你是在怕什么？”

“怕唐玉树离开。”

“他有这个念头吗？”

“目前还没有，可谁能保得准三年、五年、十年之后呢？”

花良叙笑了：“你这患得患失是有点严重了。其实我能懂你的状况：反而越是在起步阶段，一无所有的时候，你越敢放手去做。等坐拥一些什么了，你才越来越觉得束手束脚——这是人之常情。”

“是啊……我自己都不知道自己居然有这么㞞的一面。从小只被成年人们告诉过：往后要成家立业要生儿育女，到了哪个年岁就做该做的事……我怎么知道竟有这么一天，我顶撞林大老爷，翻出林府的墙，跑去穷山恶水找着个穷小子，一起开起了馆子呢？我倒是晓得自己性子张扬，没想到如今却张扬成这般模样……我是该及时收手呢，还是该继续呢？你心性通透，我信你的话。”

“你都有‘丢下林府无尽的荣华富贵，自己另立门户从头开始’的胆识了，你若真在这件事上胆怯了，倒会让我刚对你的另眼相待寸之一炬呢！”

听罢花良叙的话，林瑯思忖好久片刻，刚平复的眉头却再度皱起来：“我能撑得住，可唐玉树能陪我撑多久？”

“想留住唐玉树很容易啊！人是最复杂的动物——不可能一纸契约就留得住合伙人或者员二，人是会变的。可人也是最简单的动物——没什么秘诀，只要你真心待他好，他就不会轻易背叛你。”

“真的？”

“真的。”

林瑯愣了半晌，衔着酒杯的边缘小啜几口，叹了一句：“我信你，你通透……”

午时林瑯才回来，拐进巷子里就看到客栈二楼的露台上，唐玉树正四下张望着。

“莫不是在寻我……”林瑯暗忖。

一进屋就遭到了唐玉树的问话：“我醒好久了——你去哪里了？”

唐玉树发问的时候虽还是笑着，眉头却有微弱的蹙动。察觉到自己竟也开始学着花良叙的毛病，观察起了人的表情，林瑯讪笑了几声，将手里拎着的细长包裹放在桌面上：“这是送你的。”

“你又乱买了啥子哟……”笑着拆开包裹，唐玉树从中拿出了一柄精致的刀。把玩在手里良久，从刀柄上看到了两个字。唐，他认识。他指着第二个字向林瑯发问：“这两个像小梳子的，放在一起就是‘羽’吗？”

被“小梳子”逗笑了，林瑯点了点头：“是——唐羽！”

“在！”唐玉树立刻以嘹亮的军礼回应，有模有样地拔刀出鞘，耍了几个招式给林瑯看。

在换来林瑯一阵叫好之后心满意足地好生收起来：“所以你这一早，就是去给我买刀了吗？”

“哦，没有……”林瑯道，“还去见了一下花良叙。”

“哦……是不是已经和花大小姐吃了饭……那，还跟我吃吗？”

“走啊——带你去吃点儿新鲜的。”

因为唐玉树的脚扭伤还没有彻底好，所以在金陵散漫的这一日，也只是在温泉客栈附近随处走动了几遭。

曾在一个玩物店里逗留时，唐玉树看着一个精致的蘸釉娃娃：巴掌大小，无袖金丝绛红褂子，套着素衣白裳；最传神的是那双眼尾飞翘的眼神，活脱脱像是复刻了唐玉树初见林瑯之时的模样。

掏出一堆零散的碎银，唐玉树决心把它买下，结账的时候又被老匠人告知：“要不要写字？这娃娃是中空的——你且写了自己的心意，把纸卷起，从娃娃脚底那个小孔塞进去，我再给你封好了——如此买这个娃娃才有意义。”

唐玉树兴奋，点头如捣蒜。提了笔半晌，才想起来自己不识字。

林瑯笑他呆傻：“我来，你要写什么？”

唐玉树却将纸笔用胳膊一环，护得紧紧，结结巴巴地哄开林瑯：“不能给你看，老师傅说给别人看就不灵了！”

最后愣是耗在那里有一刻钟，等着这个白痴在四周隔壁的店里打听来打听去，才把那句要写在纸上的话字字拼凑起来，心满意足地看着老匠人封好装了藏起来。

翌日下午出发回陈滩的。

林瑯从柜台结了账走出来时，唐玉树也已经跨着马在客栈门前候着他了。

他伫立在那儿，引得路人尽数侧目——由战火里煅烧出的凛然风姿，是与金陵温柔乡里成长的少年，有太多不同。

快出城门的时候，唐玉树又折回马头去，跑到一个裁缝铺里买了些金丝与红绒线。

林郯问他买这些做什么时，唐玉树“嘿嘿”地笑——从颈后看他笑，棱角分明的侧脸便会因情绪牵动拉成柔和的线条——“回去给王叔，让他给你扎球球用。”

“球球？”想了半晌才明白他说的是绒簪。

真是傻得简单又坦然。

·第七回·

断奇案两分老宅院
化心结一处梦前程

壹

话说这日冬雨褪去，馆子重新开业。

憋了好几日的陈滩人纷纷来到点绛唇，两个掌柜忙得不可开交。

店里只有十二张桌子，可是拥堵在檐下等位置的客人却不下二十个团儿。

吵吵嚷嚷声此起彼伏，让林瑯应接不暇。

之前中毒风波中的那户人家也来了，这次也带了小孩子。那破皮顽劣的小孩儿只顾在院子里跑上跑下地嬉闹，牵住林瑯的袖口就嚷嚷：“陈逆哥哥哪里去了？”

林瑯手里端着的菜品差点被无端袭来的力道掀翻，电光石火之间迅速找回了平衡，弯下腰来在小孩子耳边低低说了一句：“再敢拿和完泥巴的小脏手拽我袖子，我就让唐玉树把你丢火锅里煮了。”

继而直起身板儿继续微笑营业，丢下熊孩儿陷入沉思。

招呼安顿完一批客人之后，林瑯才捶着后肩胛，躲回后厨里偷闲。

“陈逆那贼子儿，明明说了上午就要回来啊……现在都过了未时了……这小孩儿，不会出什么事儿了吧……”嘴里是如此嘟囔着骂，可隔一会儿林瑯就去门前踮脚张望几番。

唐玉树偷偷瞟见这些小动作，觉得林瑯好玩。

——终日嘴上厌恶着陈逆，可心底里却也是实打实地担心陈逆的安危。说了不给陈逆发工钱，可在陈逆告假走的时候，却还是硬给他塞了一两银子。

林瑯生性乖戾——从一开始大家就很难喜欢这般脾气的人。

可有的时候唐玉树又觉得林瑯极尽温柔。

出生于繁华都市的名门大家里，那种孤高的气焰是被迫养成的。

唐玉树想起林瑯曾苦笑着与自己说过那么一番话：“我不知道你能不能理解这种感觉——从你出生的那一刻开始，所有人都盯着你看，你做对了事情是应该的，你一旦做错了事情便是败坏家门……你不甘心过这种生活的时候，你也试着找别人倾诉，可通常别人只会反过来劝你：‘锦衣玉食金装玉裹的，你无病呻吟什么呢？’你从五岁就开始明白：胸得挺着、下巴得昂着、领口要正、袖口不要卷……台下熙熙攘攘坐着的都是宾客。你以为你是贵公子吗？不，你只是个粉墨登场的角儿，你要精准地走对每一步，才不至于被人喝倒彩——唐玉树，来生若是有幸的话，咱俩换换身世吧？”

唐玉树记得林瑯说这番话的时候的表情，是自己很少见他坦露的郁苦。

于是唐玉树安慰林瑯道："他身法好，真遇上什么事儿了，寻常人奈何不了他。"

"……身法好有什么用？"林瑯倒不同意唐玉树的说法，"一身腱子肉能抵得过一颗好脑袋吗？"

"抵不过抵不过。"唐玉树认了㞞，"晚些时候，我去东市再定些木材吧，再添几张桌椅。"

"行……"林瑯点了点头，"说起来，最要紧的是这几日咱把那个正堂收拾出来——里面添置上桌椅板凳儿，以后就是下雨下雪，也不用关门儿打烊了。"

"要嘚要嘚。"

三言两语规划完近日的工作计划，林瑯叹了一口气："真烦……买卖这么好，忙死个人了！"

唐玉树默不作声地抬眼瞅向他，却见他的嘴角明明就吊得老高。

方才提及陈逆不久，这小孩终于一身带风地回来了。

"林大恩人，唐掌柜！"一面摘着斗笠一面作揖。

林瑯从座椅上站起，摆出姿态来呵斥道："怎么这么晚？天大地大的，丢了谁找你？"

"……那什么……林大恩人……"陈逆脸上的笑是强堆起来的，眼神也因心虚而飘忽不定，磕磕巴巴了半天。在林瑯不耐烦的一句"有事儿就说！"之后，才红着脸，"我……我捡了个会唱曲儿的……小姑娘回来。"

林瑯一边的眉毛挑得老高。

是预料之中的诧异反应，陈逆赶忙"扑通"一声就跪下："小的自作主张了……但！但我怕我不捡她回来，她就会饿死……或者被坏人糟蹋……您愿意留着她，她可以唱点儿小曲儿给客人听——我听说那金陵城的大馆子里，都有唱小曲儿给客人听的——况且她长得……又好看……但也不能让她卖身……就……总归就是求您给她匀一双筷子的事儿……日后店里的活计，我翻倍地做，有多少就做多少，绝对不喊苦喊累，这辈子都卖给您了！"

林瑯两边的眉毛都挑得老高。

一时被陈逆的反应吓得怔住，只偷偷转回头去和唐玉树交换了一个眼神儿，才又缓缓转回头来："你这毛儿都没长齐的小屁孩儿，倒是有心捡个媳妇儿回来？"

陈逆跪着不肯起来，只替自己辩解道："长齐了……"

"什么乱七八糟的。"林瑯扶着疼痛的额头。

若是真是个无家可归的小姑娘，收留下来倒是可以……摘个菜端个盘子的事儿，小姑娘家毕竟会心细一些，做事料想也比这三个粗人——不对，两个粗人和一个精致少爷——

靠谱得多。不过……林瑯捏了捏山根处试图缓解发胀的头脑："你先叫来我看看——"

见林瑯的态度缓和下来了，陈逆才赶忙站起身，连着鞠了三个躬，才跑出后厨的门。

呼唤那小姑娘时，声音温柔得让林瑯起了一身鸡皮疙瘩："来……跟哥哥来，我们掌柜的人很好，你别害怕。"

被陈逆牵着手迈进后厨来，林瑯皱着眉瞟了一眼这个小孩儿——两只眼睛哭肿着，滴溜溜地望着林瑯。浑身的衣服都早被泥土溽成了深灰色，只有脸似乎被潦草地擦抹过，显得没那么脏兮兮。

可再定睛一眼，林瑯突然向后跌了一步，犹疑地再三确认后，才冲上前来拉住这小孩儿的手："顺儿！"

"哎？"陈逆一脸茫然。

很显然——顺儿认出林瑯，也是花了不短的一段时间。

再三确定眼前这个高了许多，脸上骨骼轮廓都利落了许多的男子，就是自己日思夜想的少爷。这数十天来的辛酸突然就涌上了鼻头，刺得他"哇——"的一声哭了出来。也不管自己身上的泥泞，搂着林瑯的脖子就声嘶力竭地哭。

边哭还边心疼地喊："少爷——你……你怎么……怎么……过成了……这样子……"

林瑯心想说：什么叫"过成了这样子"？你才该解释一下你怎么"过成了这样子"……

奈何被顺儿勒得呼吸不上来，也松不开这个小孩子，只能安慰地抱住了顺儿轻轻拍着他的后背，帮哭到声音都哑了的他顺气。

陈逆茫然的眼神从眼前抱紧的主仆两人身上移开，投向了唐玉树。

唐玉树解释道："顺儿……是林瑯的贴身丫……小厮。"

趁陈逆还没转过脑子里杂乱的关系线，唐玉树又补了一句："他和你一样——也是个小子。"

洗了个热水澡换了身林瑯的衣服，这才将将恢复了记忆里那个顺儿的样子。

林瑯也大约弄明白了这个白痴出逃林府的来龙去脉。思忖着留下这个现世宝倒也可以，就是透过窗子看见后厨里——唐玉树拍着陈逆的后背，陈逆痛苦地扶着头——的画面，有点没忍住想笑。

"你这家伙……怎么在一天时间里就让人家对你死心塌地的？你也听到了，他刚才求我的时候，都说了愿意把一辈子卖给我。"

"我没有。"顺儿矢口否认，"是他误会我了，我只是没有澄清而已！我要是承认了，他万一扔下我不管，我不就找不回少爷你了嘛！"

……倒的确是有自己的一套理直气壮的逻辑。林瑯想：虽然这套逻辑听起来也不是特别通顺。

“那你怎么打算的？以后跟我在陈滩过苦日子？”

顺儿点了点头：“对啊！反正不回金陵去！”

“那……你就得和陈逆抬头不见低头见，你自己想想，怎么给人家一个交代吧。”

“……我不管，他怕你，我看出来了。他要敢欺负我，少爷肯定不会饶了他。”

“我可不管。你来了这里，你就是个小跑堂，我只是你掌柜的。你和陈逆的事儿，是同事的关系矛盾，我不插手，你们自己解决。”林瑯一副看好戏的表情，还继续添油加醋，“他可是会耍刀的，真要恼了，我可打不过他。”

这下顺儿倒是皱着眉头害怕起来了：“……我惹事儿了……对不对？”

林瑯耸肩噘嘴挑眉毛，一整套动作以示“你自己盘算吧”，然后转出门儿去招呼起了客人：“哎——来啦，您要温酒还是凉的？”

顺儿紧张了半天，透过窗子看向后厨。

——陈逆好像已经收拾好了心情，在那边帮着唐玉树打下手。

——唐玉树比陈逆官儿要大，他又打过仗，身材又高过陈逆许多，料想是比陈逆厉害些……

少爷既然不肯替自己做主的话，机灵点儿去讨唐玉树的欢心，他总是可以帮自己吧。

——有了！

于是，来到点绛唇的第一天，机灵的小孩儿已然看清了势力分布局势，并且筹谋起了自己的生存之道。

照着回忆里的法子含含糊糊地腌了十来斤辣牛肉——本是想着做些新鲜的花样，客人才吃不腻自己家的馆子，谁料想竟然成了特色菜——昨天刚备好的，今晚眼看就要被点光了。思来想去，唐玉树打算切下五两来，要留给林瑯吃。

刀刚握在手里没下去，却见林瑯晃过了自己身边来，白嫩的双颊像是被陈滩的天气给冻的，漾着丝丝绯红色。

“顺儿流浪了好一阵子，累坏了……虽是个小厮，往日在家里也没过过苦日子。我的床先给他睡，今晚我去你屋挤一晚。”

“行，那我早点儿去准备一下——我那儿乱七八糟的你不介意就行。”唐玉树想起先前林瑯说过的“再招半个人，馆子就能实现利益最大化”的理论，笑着揶揄起了林瑯，“现在来了个你们家顺儿，他会干活儿，工钱还是你爹掏——你这可是赚了。”

林瑯深深叹了一口气：“别指望他——他干啥啥不行，他别给我把馆子砸了就行。”

又是过了子时才送走的客人。

那顺儿看起来就是个机灵的小孩儿，半个晚上就把跑堂传菜之类的活计学得有模有样。偏偏是平时身手利索的陈逆，今日却有点混沌不清的样子。

唐玉树倒也能明白——捡来的漂亮小姑娘，乍一下就变成了个小子，脑子转不回来弯儿也是能体谅的。倒是顺儿，全然不像林瑯口中所说的“干啥啥不行”，做起活儿来也是有模有样的。

唐玉树这般一面思索着觉得那两个小孩儿好玩儿，一面擦抹着桌椅板凳。

突然一声微弱的“嗒”便弹在桌面上。

——又流鼻血了。

晃了晃脑袋，唐玉树潦草地用抹布擦掉了血迹。

身旁突然幽幽飘起一阵清脆的声线：“唐少爷？”

唐玉树猛然转过头去：“哎，顺儿？”

“我来帮您？”话是询问的话，顺儿却已然抽走了自己手中的抹布工作了起来，“我在家的时候就总帮少爷擦书桌，这点活儿对我来说很轻松！”

“是嘛？”唐玉树应付着笑了笑，看着顺儿在那里拿着抹布拍打桌面，油污四溅了起来。

唐玉树顿时明白了林瑯为什么描述这个顺儿“干啥啥不行”。

“少爷跟我说你了：说要我多帮你，讨你欢心。少爷说你人好，往后一定会护着我。”一通胡诌之后顺儿面不改色，斜眼瞟见唐玉树的嘴角已然翘起老高。

“他还说了啥呀？”

看似像是闲谈问起，却也不懂得把眸子里呼之欲出的期待给藏一下。顺儿心头暗笑：是个傻子。嘴上却叫得甜：“唐少爷，我们少爷还说你……老实……可靠！对。”

这个小家伙心思玲珑。先筹谋了许多诓唐玉树的话，再放在此刻不经意地抛出话头来投其所好：“我们少爷跟我讲你打过仗——跟我炫耀的时候，眼睛都发亮——说你……呃……”磕巴了一下，还是挑着唱词儿里学来的话糊弄过去了，“说你：却是冲天铁头，销金黄罗抹额，七星打钉皂罗袍，乌油对嵌铠甲，骑一匹御赐踢雪乌骓，使两条水磨八棱钢鞭……总之就是英武伟岸，不由心生崇敬……”

“……他又没见过我打仗。”早被冲昏头脑的人倒不觉得此话多么不合理，只一个劲儿笑着。

“是啊！他又没见过唐少爷打仗！”顺儿机灵起来倒是什么话茬都可以顺下去，“……却给我讲得跟真的似的——你就知道他多敬重你了！”

唐玉树这下合不拢嘴，就连那顺儿拿抹布拍打桌面的工作能力，看在眼里竟也顺眼得多了。终究还是克制不了少年郎惯犯的飘飘然毛病：“以后别怕有人欺负你，唐少爷——”

边说边拍了拍自己的胸脯，“——护着你！”

“你说的！”
“我说的！”
“大丈夫一言既出——”
“——驷马难追！”

事儿就这么样成了。只把手里的抹布随便丢开，顺儿就哼着小曲儿雀跃地跑走了。

留下唐玉树在原地，还在反刍着“心生崇敬”这几个字儿，笑脸是无论如何都压不下去。

且说顺儿这厢得了唐玉树这道“保命符”，倒是对“会耍刀”的陈逆没了怯意。

两人在东厢房里各自睡下，直到丑时将过，顺儿才蹑手蹑脚地从床上爬起来，往陈逆所在的方向溜过去。顺儿睡的是林瑯的大床，但陈逆才来馆子不久，一直都只是就地打个地铺。

冬日里地下还是寒冷的，光脚踩着都有点难堪，料想……即使是隔着一层褥子，也暖和不到哪里去吧。

陈逆背对着自己面朝着墙，胳膊露在被子外面，就着月光看——前日里替自己打跑山间豺狼时被狼爪子拍伤的疮口才刚刚接了痂。

——“既然碰着了，也不能眼睁睁看你被狼吃了呀。”

向他表达谢意时，他是这么对自己说的。

轻轻拔开药膏的封口，顺儿用最纤细的小指伸进去挑些许出来，在指尖覆上陈逆的疮口时，陈逆突然开口说了一句：“就算你是个小子，我也会救你的。”

顺儿的动作被吓得停滞了好久，才又继续：“我可不信。”

陈逆没出声，身体却很克制地战栗了一下。

大约是疼吧，顺儿用的这药是西域的猛药，敷上会刺痛，不过好得也快：“你忍一下，我就给你上好了。”

陈逆还是没出声。疮口摸起来有很多疙疙瘩瘩的血痂，顺儿力道很温和，所以刺痛感似乎也被抵消了很多。

抹完了药膏，陈逆还是没转过身子来。

在漆黑的夜里等过一阵空白，陈逆听到顺儿混着一声含糊的颤抖呼吸。

顺儿说：“不是故意骗你的。你带我找着了少爷，谢谢你。”

字尾哑然。

顺儿用力地抹了好几把眼睛，才能就着微薄的月光将药膏的封口重新阖上。

蹲着有点久所以脚发麻，他起身后退时，却被一个力道拉回了身子。

少年说：“别哭了。我救你，又不是图什么。”

顺儿没敢说话。

这次却不是因为害怕。

翌日的陈滩天气晴朗。

打着哈欠挑着两桶水往馆子走回去的时候，陈逆伸手过来打算替唐玉树分担一桶：“玉树哥没睡好吗？……昨晚上……”

“不用管我，你顾好你的那桶就行。”唐玉树缓住了脚步，稳了稳身形，继续走，“昨晚你林大掌柜算账算到很晚，我也没法子睡。”

“是需要陪他算账吗？……还是，等什么……”

“没等啥子……就，那个……亮着灯灯我睡不着……”

“哦。”陈逆几步小跑先到了馆子门口，进门前回过头来意味深长地对唐玉树说了一句：“玉树哥你得加油了……小弟我……都已经超过你了。”

唐玉树没明白陈逆在说什么。

但唐玉树觉得他绝对不是指“跑过了你”这么简单。

贰

虽说进了腊月，隆冬料峭的寒意并没有遮蔽掉财神府前浓烈的烟火气息。

点绛唇馆子的红火生意，使得原本就热闹的财神府市集变得更加拥挤，人来人往每天都像是在赶集一般。

不再向聚仙楼供应酒水后，阿辞本以为买卖会大打折扣。不过就近日的生意来看，虽确实少了一些，但并没有像想象中的那样锐减。反而听说聚仙楼，虽被那狡猾的孙掌柜使计圆过了投毒之谋，但生意确实折损了不少。

胖姑瘦娘两姐妹的烧鱼买卖因为味道的限制，并没有过多的人青睐，可是每日收摊时分，卖不掉的鱼都会被点绛唇馆子收走去煮火锅，于是总的核算下来，成本风险减小了不少。

说起来。就连王叔的面摊都一样，每日卖余下的面，也会被唐玉树悉数抱回馆子里去——“客人们说面也可以煮，也很好吃！”

对于这种火热的场面，林瑯结论道：陈滩人是真的爱吃……

且说这日中午时分，陈逆替馆子里的客人出来与胖姑买几条烧鱼。

陈逆站在胖姑摊位前一面望着铁架上滋滋冒气的鱼，一面发着呆等待，蓦然眼前的鱼就随着胖姑一声尖叫消失得不知所踪。他迅速将散漫的神志收拾回来，一抬头，只见一个脏兮兮的老乞丐抓起还没烧好的鱼来，就往嘴里放。大概是太过饥饿的关系，一口就咬掉了半条，也不顾腥膻气味，直往肚子里吞。

光吞还不够，只见这老乞丐一手把着烧鱼，一手揪着胖姑的胳膊不肯放，嘴里还喃喃地说着什么。而惊恐的胖姑早已被蒙蔽了本就不多的理智，接连不断地发出极度高频的尖叫声，引得整个市集上的人都看了过来。

——抢吃的不说，还要流氓。

陈逆三步跃去，一个扫堂腿就将老乞丐放到在地，那老乞丐手里的烧鱼掉了出去。这一跌，加之方才吞咽得太急，老乞丐伏在地上直作呕，刚下肚的口粮就这么又被吐了出去。

方才听得动静，从馆子里跑出来的唐玉树也围了上来："啥子事？"

好凑热闹的顺儿也跟在唐玉树屁股后面，学着唐玉树说话："啥子事？"

"老乞丐抢圆芳姐姐的烧鱼，还摸人家胳膊，被我放倒了。"昂首挺胸地邀功请赏，陈逆两条乌黑短粗的眉毛高高挑起，眼神里满是炫耀。

这厢胖姑渐觉事情古怪，绕到老乞丐前方仔细地打量了一番。眼神从恐惧突然变成犹疑，似乎是苦思冥想了好一阵子，才唤道旁边的瘦娘来："你来看看，这人……是不是……咱……"

"——爹？"

认清老乞丐面目又脱口喊出声的，却偏偏是顺儿。

一时间整个财神府的人都头痛了起来。

经过县太爷和顺儿两张嘴你一句我一句地解释，众人才弄清了事情的原委：

只说那陈滩辖区窄小且治安优良，县衙里除了个县太爷，只有一个哑巴捕快。当日财神府房产争夺一案，算得上是陈滩百年一遇的大案子了。哑巴捕快打小没出过陈滩，县太爷怕他出去被人欺负——于是收了双方证据北上京城去核验真伪的差事，无论如何也只能自己来做。

这一去近两个月，路上辛苦不提，回程时还把贴身的钱囊和官印弄丢了，不得已流落至沿街乞讨的地步……甚至走着走着走偏了路，拐到了东边的姑苏城。

捡到顺儿就是在姑苏的事——再说顺儿逃出了林府流落在街头，有日被小混混欺负，幸得花大小姐相救，从花大小姐口中得知：少爷去了成都开馆子。这成都距金陵天高路远，顺儿也不知道怎么想的，却就决定要去成都投奔少爷了……可他从小也没出过金陵城，又不敢与生人打交道，这一路混混沌沌地，也一并摸瞎寻到了姑苏城去。

这沦落为乞丐的一老一少，于姑苏城下相遇，结了个伴儿认了个义父义子，讨来食物对分，寻着屋檐一同躲，一起往西边走，却在烟塘附近的山里迷了路失散了开来。

自此相别后，顺儿就遇到了陈逆。而烟塘又算是自己的辖区，县太爷也就一路寻着了路，回了陈滩来……行路波折，见到女儿后欣喜不已又实在饥饿——抢烧鱼和揪着胖姑的胳膊不肯放的行为，就有了解释。

爷儿俩相见分外亲切，抱在一处哭了好久，倒是胖姑瘦娘被晾在一边呆住了。

好容易才将顺儿从自己爹怀里拉开来，两女第一次如此同仇敌忾地站到了一处儿去，尖酸刻薄道："出去了一趟还捡了个小子回来？"两人言语间的酸楚如出一辙，"捡个小子能怎么样，可没料到人家是个当奴才的吧？"

顺儿先是愣了一下，却见陈逆气得涨红了脸，上前一步："你们怎么说话？"

林瑯见了这场面有些讪然地打了个圆场："那什么……县太爷回来是好事，先回家收拾整理一下吧……这些日子以来路途奔波得累人，好生休息了再说别的。"说完便揪着顺儿的后领子，把张牙舞爪准备和两姐妹吵架的小孩儿给拎回了馆子。

唐玉树也揽过拗在原地对两姐妹怒目而视的陈逆的肩膀，花了好大力气才把他拉回去。

县太爷头痛不已，自是与胖姑瘦娘一处回了家，不再赘述。

且说中午那一场乌龙过后，馆子里的气氛沉闷得紧。

当事的两个小孩子情绪不好也对，目睹了这一切的两个掌柜都心里有些疲乏。

闷声洗碗的时候，林瑯突然走了进来。陈逆这个孩子礼数向来没有差池，见他进来立刻站起身："林大恩人，怎地不休息休息……"

"没心思。"林瑯关上了门，"知道怕了吗？"

"怕什么？"陈逆不明白。

"怕人家口舌。"

"……"顿了片刻，陈逆还是笃定道，"不怕。"

"真不怕吗？这才是个开头儿，往后的日子长远着呢，能扛？"

"能。"陈逆继续埋头洗碗，脸上的执拗表情却冥顽得可爱，"任她们怎么说去吧，被讥笑几句又不疼不痒的。"

"你不疼不痒，那顺儿呢？"

"他……"陈逆话接得快，可续下去的底气却完全没有，"……我不知道。"

林瑯看着他的表情，又瞥了唐玉树一眼——他在另一边默默地收拾着灶台。收回眼神，林瑯道："顺儿那边自不用你担心——那家伙从小跟我到大的，别的我不知道，心大却是真的。"一面说着一面撸起袖子，"——就是爱哭，怕你听了别人的闲话心里不好受，跟我那儿哭了好久。碗放下我来洗，你去哄哄。"

陈逆愣了两下，立刻咬着牙关跑出了后厨去找顺儿了。

陈逆走后，后厨里就剩唐玉树与自己两个人了。

气氛沉闷了许久，林卿心里的算盘打来打去打不出个所以然的时候，唐玉树突然冒失地开了口：“我也不怕！”

“……”林卿回过头，那人两条眉毛拧着，睁着一双眼站在原地瞅自己。

林卿没忍住笑了一声：“你不怕什么？没头没脑地来这么一句……”

唐玉树又结巴了：“我我……我是说我要是……要是……这么回事儿……我也不怕。”

“哦。”林卿知道他想说什么，又觉得嘴笨说不出来的他有些好笑，只用一句“闭嘴吧你！”搪塞了他过去。

这个傻子真要说出点儿什么话来，林卿也不知道自己能不能从容面对。

酉时过半的时候，县衙里派了人来传唤，说是要结“房产争夺案”。

接到通知的林卿与唐玉树两厢对望，傻笑了半晌：“几乎忘记还有这回事儿了。”

简陋的公堂上。

礼节性地自报家门：“小人林卿，表字庭之，金陵人士。继承下外祖父陈氏所赠陈滩镇别院一间，慈别院位于陈滩七十二户。”陈述完毕，作揖示礼。

县太爷看向唐玉树：“你呢？”

唐玉树端端正正地行了个礼，也学着林卿一般自报家门：“小人唐玉树，单字羽，成都人士。曾在西南属地平叛，建功累累，战后朝廷赐了一处房产，位于陈滩七十二户。”陈述完毕，作揖示礼。

“居然有字了……”县太爷一句打岔，继而清了清嗓子正言道，“经户部核验——林卿递交的房地契为真，而唐玉树递交的派遣令亦为真。”

“哎？”林卿和唐玉树面面相觑。

接着县太爷解释道：“只不过林卿所持地契，是陈滩七十二户甲字院。而唐玉树所持派遣令，是陈滩七十二户乙字院。”

“哎？”林卿和唐玉树再度面面相觑。

“甲院坐南朝北，大门临东街。而乙院背靠甲院坐北朝南，大门临河。两个院子的结构完全相同，也由两个院子的正堂相衔接，一并组成陈滩第七十二户整个陈家大院。”

县太爷解释的话音刚落，人群中就你一句我一句地讨论起来。

“……可是东街上哪有什么大宅院的门啊。”

“对啊，总路过东街，从来不记得那边有什么大门啊……”

“肃静——”拍了半晌惊堂木才换来安静，县太爷继续道，“陈滩镇发展迅速，七年前的东街早已不够行车走马用，所以沦为了一条小路，现在名叫元安巷——并不是如今的东街。”

“元安巷”这三个字林瑯和唐玉树并不熟悉。

但身后人群忽然涌起的议论声让两人有些摸不着头脑。

元安巷确实有一处与财神府市集结构非常相似的地方：三面环着高高的院墙，一面着临街。临街处还有一排不知是何人修葺的一排松木长椅，供过路人歇脚。可时间太过久远，久远到让人们早已忽略了那个被堆满草芥与杂物的院墙背后有什么，所有人都只记得那块空地上，有一个市集，卖蔬果河鱼，卖骡马鸡鸭。

“没错。”县太爷道，“就是如今的东市。”

“那就是说……”唐玉树迷迷糊糊的。

林瑯默契地替他续下后半句：“以后早上去买菜不用再绕一个大圈子了。”

叁

点绛唇火锅馆子的地皮就这么唐突地被翻了一倍。

“原是你住错了……”一面“吭哧吭哧”地搬着蒙尘的杂物，唐玉树一面和林瑯说笑，“也不晓得是哪个，推开我家门儿就劈头盖脸地把我给骂了一顿。”

林瑯也在正堂里一起收拾着，脸上灰一片黑一片的，衬着白白嫩嫩的脸蛋更可爱了几分。

听罢唐玉树的玩笑话，林瑯脸上有几分尴尬——自己手里的地契上明明白白写着甲院，可却从来都没有注意到过这个注脚。当时他冒失地推开了唐玉树的院门，还把人家拖去了公堂之上，甚至一度毫不客气地用各种“骗子”“小偷”之流的字眼羞辱他……如今真相大白之后，曾被自己血口喷过的人，却只笑嘻嘻地揶揄了几句而已。

林瑯只觉一阵没脸，翻了个白眼道：“那怎么样，现在是要把我扫地出门吗？”

当然林瑯说的也是句玩笑话，可那话音落上唐玉树的心头，却“咯噔”一声凿得他心口闷闷的疼。

——对啊。

倒是真相大白了，可是……那摆在另一边宽大敞亮的甲字院，不就得让林瑯去住了吗？

之前林瑯住的是东厢房，自己住的是西厢房；每天只消把窗子偷偷拉开一个缝儿，就能瞟见油灯影子勾画出来的林瑯在做什么——或埋头算账，或撑着脑袋发着呆。

几日前顺儿来了馆子里后，为了给他腾地方，林瑯就搬来了西厢房与自己同起居。

唐玉树打心里觉得这样挺好的。馆子里生意好得紧，闲来也总没力气出去再多打一床棉被，于是林瑯也不得不终日与自己同衾而眠。

前夜林瑯睡下的时候，还打趣道：“当初你不是说这被子是你娘留给你，让你娶了媳妇儿盖的吗？若你娘的在天之灵知道如今你匀被子给别的小子盖，岂不是会哭？”

唐玉树被林瑯逗得哈哈大笑：“那下次烧香的时候，我就跟我娘说——你是我的兄弟。”

每日都总有些可以说道的小趣事……可现在生生多出一个院子来，像是被猝不及防地腰斩了继续挤在一起的理由。

迟钝的唐玉树，隐隐觉得自己似乎不太愿意林瑯搬过去。

见自己一句玩笑话让唐玉树陷进了沉默，林瑯也有些心神不宁。

有几分想要躲开唐玉树的动机，于是穿越过正堂里飞扬的烟尘，林瑯迈开步子去，绕过粗壮的房梁，顺楼梯上去，在拐到二层时，去处被铁打的栅栏挡住了。

“咦……”林瑯透过栅栏张望向里面，各种家具一应俱全，只是乱堆在一起。

似乎有一柄剑，被斜斜地丢在地上。

很面熟。

林瑯还没转过脑子来，只听见唐玉树的一声闷喊。

“怎么了？”

迅速问了一句，林瑯侧耳静待楼下的反馈，半晌才换来楼下一句磕磕巴巴的欲盖弥彰：“哦……没啥子事。”

林瑯放心不下，下了楼，只见唐玉树揉着脑袋在那边支起身子来。

“方才跌倒了吗？”林瑯问。

“丢人了撒……”唐玉树笑着自嘲，“枉我上过战场的英明，居然被绊倒了。”

林瑯瞅着满头大汗的唐玉树、满是扬尘的大正堂、一地乱七八糟的旧物件……再想起楼上锁着的铁栅栏，那副急性子又按捺不住了，一股无名的恼火冒气，三步并作两步走了来，抄起唐玉树的胳膊就正堂外面走。

唐玉树吓得抽回自己的胳膊：“不……不不不不收拾了吗？”

“不收了！谁爱收谁收！”林瑯皱着眉头，“看看——收拾成一副什么样子了。”

“什么样子”指的不是凌乱的正堂，而是一身尘土满脸花斑的唐玉树。林瑯看着他狼狈的模样，心里有些心疼，却又不肯坦白地说。只让唐玉树这厢以为林瑯在抱怨自己把正堂越收拾越乱，于是满脸赔了笑：“我手脚是笨……你别急，我马上就——”

“雇人来收！”林瑯打断了唐玉树的话。

唐玉树撅起一条眉毛来：“乱花啥子钱！”

“别老一副穷酸样子！我们现在很有钱！”林瑯翻白眼，“我问你：如果陈滩的人都不肯吃火锅，我们会怎么样？”

“会……没生意？”唐玉树答道。

“那——是不是说：如果丧失了某一专业领域的市场，那相应的劳动力就会被闲置？”

“……是嘞。”

“所以——专业的事情是不是应该就交给专业的人去做？”

“嗯嗯！”

“那么——收拾屋子你专业吗？”

“不专业……”

“告诉我——你的专业是什么？”

“煮火锅！”答得干脆利落，外带了几分小骄傲。

“因此——你该去干什么？”

“煮火锅！”

“聪明。”林瑯拍了拍唐玉树的肩膀，“收拾房子这件事，我们去雇专业的人做。”说完，林瑯便利索地回了厢房去写招募临时工的启示，丢下唐玉树站在原地脑子混沌成一片。

混沌了片刻，唐玉树决定不再想——林瑯可是走过丝路的人，他懂得最多说得都对。

虽然走下台阶的时候，唐玉树还是觉得哪里怪怪的。

这厢陈逆和顺儿两人买菜回来了，一进门顺儿就向正从正堂下来的唐玉树嚷嚷：“唐少爷！正堂二楼的锁打开了吗？”

“没嘚。”唐玉树摇头，换来顺儿一声没大没小的“啧——”

甲字院和乙字院是由正堂的二楼相接，而正堂二楼却被一个上着锁的铁栅栏堵住了来回的去路，所以今天还是起了一大早，陈逆推着木牛带着顺儿出了馆子的门，像往常一样绕着陈滩的民居晃晃悠悠地去东市买菜。

陈逆把木牛安置在后厨门前，便利利索索地开始搬动食材。顺儿那厢手里拿着一只枯草编的蚂蚱，哼着小曲儿玩儿得不亦乐乎，嘴里却还抱怨着：“走这么远好累哦！”

“快歇歇去！”陈逆立刻叮嘱。

唐玉树虽然傻，却也不肯信顺儿的鬼话——料定了载满食材的木牛也是陈逆推回来的——就像以前林瑯和自己。那顺儿定是和自己的主子林瑯一样，晃来晃去指指点点，陈逆同自己差不多，负责推木牛和搬食材。

唐玉树突然觉得这相似的场景竟然有些好玩儿，想着想着就自己笑了起来。

方才萌生的惊恐，一瞬间就被抛到了脑后去。

金陵城里，林府内，新进的藏香烟丝袅袅。

抿了一口茶，林老爷对眼前的人翻了个白眼，叹道：“瘦了些。”

张谦摸了摸双颊，讪然：“才月余，能瘦多少……”

“你说琊儿会不会也瘦了。”

张谦一时无话，沉默了半晌才道：“还没找着？”

“那贼子儿的心眼你又不是不知道——有心躲你的话，纵是翻破天来你也翻不出他一根毛来。”

张谦赞同地点了点头：“……随你。”

林老爷把眉眼立刻一横。

“我是说机灵……机灵随你。”张谦吓得迅速赔笑，心底里兀自说道：

——“还不都是你逼的！”

这句语落张谦吓得一个劲儿捂嘴，还以为是自己冒失地讲出了心声，却顺着林老爷瞪大的眼神儿才寻定了与自己同有默契的人。

踏入门来的男子逆着光，手中把玩着从自己耳侧垂下来的帽绳儿：“姐夫，还记得我吗？”

“你……”林老爷皱着眉头看了半晌，把来者看清之际，眉头却扭的更紧些，“李犷？”

李犷垂目而笑，颊边的酒窝牵出一辙浅浅到下巴，收去笑容时又平展成吹弹可破的柔美模样：“八年……没再见过了吧？”

林老爷将眼神转向张谦，挤眉弄眼以示：你怎么把这家伙弄到我家来了！

李犷回答：“来帮你把儿子领回家啊。”

林老爷尴尬：“你咋知道我挤眉弄眼了什么话？”

李犷轻笑：“在京城混了这么多年，不懂得看人眼色怎么活下去啊。”

林老爷：“……也是。”

厢房里安静了半晌。

林老爷和张谦：“你刚说啥——”

“阿嚏——”林琊摸了摸鼻子，心满意足地望着被收拾得干干净净的正堂。

还原出绛红漆的栋梁和烟青色铺地的石板，摆上了唐玉树这几日里打好的新桌子，到真像模像样的——“不比金陵的那些馆子差！”

顺儿点头替林琊作证：“真的！比金陵的好多馆子都要精致了去了。”

陈逆“噔噔噔”地从楼上半跑半跳下来，停在正堂的半截楼梯处招手呼唤：“顺儿，掌柜的——玉树哥唤你们上来！”

随陈逆一起上了三楼去，唐玉树正来回于南北两边的窗子反复地跑着看，高兴得像个小孩儿。

“没见过世面的样子！”林琊笑他，自己却也凑了过去：甲字院果然与乙字院一模一样……且不说院子里，只消稍稍抬眼，大半个镇子便尽收于眼底下。

唐玉树不认，将远眺的视线收回来，昂着下巴对林瑯拍胸脯炫耀：“我当年打仗的时候，站过的城楼可比这儿高多了去了！”

风从窗子里吹进来，唐玉树的头发被撩得乱动。

他笑着的眼神里面，落进了一厘橙黄色的余晖，清澈而简单。

“少爷！我们晚上吃什么？”原本在二层追逐玩闹的顺儿冲了上来，陈逆也随其后，手里握着一柄捡来的剑。

“吃什么都行。”唐玉树回应顺儿道。

那边顺儿去纠缠林瑯了，于是得了空的陈逆拿着剑走上前来：“玉树哥……这个能送我吗？”

“……”唐玉树回了神，看了一眼那柄剑，只觉得眼熟，却也没心思在记忆里追溯剑的身世，只潦草地应对了一句：“问你林瑯哥，他说行就行。”

“哦……你俩，是他说了算啊？”

“是嘞……”唐玉树垂头丧气地迈开了脚步路过陈逆，朝楼下走。下了三个阶，唐玉树才反应过来陈逆的话，转回头来：“哎你啥子意思嘛？”

陈逆也跟着唐玉树下楼来，一面笑着挤眉弄眼：“林瑯哥脾气大。你怕他——也正常。”

“你胡说啥子？我年龄大……你林瑯哥听我的话！”唐玉树强撑脸面。

陈逆挑了两下眉毛以示“好了好了你说啥就是啥……”三步超越过唐玉树去。从二楼转去一楼的时候，陈逆突然又回了头来：“玉树哥——从二楼可以穿到甲字院去！”

唐玉树不明所以：“……你小子想说啥子？”

“这个剑如果能归我——”陈逆笑得狡黠，“我就能把甲字院的两个厢房顶子上的瓦都给撬漏风了！”

“那就更不能给你……”唐玉树瞪眼着的眼随话音一起微弱下去。半晌后唐玉树一把重重拍在陈逆的肩头，眼神里充满了旺盛的谢意，“这剑归你了！把事情做利索点儿！去吧！玉树哥等你一块儿吃饭！”

肆

料是闲置时日太久，没有人维护修葺的关系，甲字院那边的两个厢房都破落不堪——掉落的墙泥也罢，飞落的瓦片也罢，“总之是没办法住人的……”林瑯往床上一躺，伸着懒腰一副“天已注定我也没办法”的表情，对唐玉树抱怨道，“……所以还是要在你这间……狗窝里挤一阵子了。”

“哦。”唐玉树撇嘴：借住我的屋子还这么骄纵蛮横——要是你回忆起当日曾在院子里用白线画出一条“楚河汉界”，还扬言“谁过线谁是小狗”的刁钻面目，现在估计早羞得想钻地缝儿了吧？

——林瑯林瑯，根本就是个白眼儿瑯。

唐玉树的床铺靠着的那堵墙上，被楔了一颗檀香粗细的铁钉，上面挂着那只唐玉树从金陵买回来的瓷人儿“林瑯”，望着那小瓷人儿半晌，林瑯突然好奇了起来：“你在那小人儿里塞的纸条——上面写了什么？”

唐玉树摇头，卖着关子：“讲不得。”

“……爱说不说。反正哪日趁你不在了，我砸了偷偷看。”

唐玉树知道他在说笑：“我要是不在了，这瓷娃娃要一并带到棺材里去，你还是看不得。”

“你胡说什么呢！”林瑯乍然坐起身，“我说你‘不在了’不是说你死了，是说你出门儿去！”

“哦。”

早习惯了唐玉树过于简单的脑回路，林瑯也拿他没办法，又躺了回去。脑袋里盘绕着一堆小心思，思索了良久，再想开口和唐玉树说话时，那人已经响起了深沉的呼吸声。

翌日中午的买卖非常好——听闻点绛唇开了正堂，老客们纷纷涌上门儿来。

还没来得及打发完最后几桌时，馆子里进来了一个衣着考究的男子，操着熟悉的金陵口音向林瑯打招呼：“请问掌柜的在吗？”

“打烊了打烊了——”劳累不堪的林瑯头也不抬地回了话，又拧着眉头朝还没吃完的几桌客人催促，“怎么还没吃完，赶紧的！”

这男子见状心生疑惑：服务态度这么差的馆子，若在金陵可万万开不下去。站在原地思忖了半晌，他又堆起笑来对林瑯开口道：“鄙人是《江南月报》的采风郎，诨名白渡——这次叨扰的目的是想对点绛唇火锅馆子做一些采访。”

“采访？”林瑯这才抬起头来，仔细打量起这个自称“白渡”的男子：只见他样貌清瘦，眉目间的精明劲儿并未隐藏，故而显得格外狡猾——也是个自诩聪明实则道行浅薄的俗气之流——同是男子，却比唐玉树差了不知十万八千里去。

这厢白渡点着头，倾身作揖的礼数不少，嘴里一面吹擂着：“对，采访——整个江南都能看到。”

“金陵也能吗？”

“当然可以！”

得意扬扬的自我首肯却换来了林瑯一句‘那不行！”，白渡一下子摸不着头脑，却很机敏地用死缠烂打来应对着面前的人：“哎……您先别急着拒绝嘛！我们月报的读者群体主要是江南名流——我们对您这个馆子做采访，不仅可以提升贵馆的知名度，引来更多客人。长远考虑，还能让您的馆子招商注资，扩大规模！——您可不知道，金陵城里章林沈梁四大家族，都会订阅我们的月刊呢！”

章林沈梁四大家族？林瑯听罢眉头拧得更紧了，起了身向后厨走去，赶耗子似的扬了扬手：“恕不招待！不行不行！”

这让白渡一时间搞不懂了。

《江南月报》在整个大江南地区，是商贾之流人手一本的畅销书刊。从业这么多年，白渡第一次遇到搬出“《江南月报》采风郎”这个名号却不肯赏脸的人物，这反而激起了他的好胜心。继续死缠烂打地大肆宣讲着《江南月报》的巨大影响力，跟在林瑯身后直到后厨门口，林瑯终于停住了脚步，转回身来：“你再缠着我，我让人揍你了哦。”

说罢就转进了后厨。

白渡从未碰过壁，如今被晾在这里，却也拗着不肯走了，隔着窗子向后厨里喊了一句：“鄙人从金陵赶来，舟车劳顿，不采访，只吃一顿总是可以的吧！”

半晌才换来林瑯从屋里飘出的悠悠一句：“酉时再来。”

——酉时再来？

白渡咬牙切齿。

酉时再来的时候，馆子里已经挤满了人——正堂再加院子里的，总的算已然超过了三十桌。

白渡左右瞻顾，抓住一个跑堂的堂倌儿：“鄙人是《江南月报》的采风郎……”

那堂倌儿看了他一眼，从腰间摸出一叠木牌来挑出最外边儿那张递在白渡手里：“您先去那边儿等下——这个牌子给您，前面还有十三桌。”

白渡捏着牌子，想了想还是重复道：“鄙人是《江南月报》的采风郎……”

“采风郎？”那小堂倌儿笑着看他。

白渡欣喜地点了点头。

“您先去那边儿等下。”那小堂倌走开了。

嘿——还油盐不进。

白渡又咬牙切齿。

这馆子生意火爆，所以廊下还码着一排板凳，供等位的人们坐。坐着等位的人倒也不无聊，有个脸上涂着胭脂的小孩儿咿咿呀呀地唱着曲儿，与人说笑。

白渡仔细观察完环境，不耐烦地坐到了等位区，与身侧的人搭话道：“这馆子好吃吗？”

“好吃啊。”那人点头，“不然你看怎么这么多人？”

“价格算贵吗？”

“相比财神府门口那些小摊自然算贵——可是你瞧这馆子的门面，这排场，再加上吃食，放一块儿考量，自然不算贵。”

“听说这店里的服务态度很差？”

“这个……你别惹那个白脸掌柜就行，他性子刁钻脾气大——有什么事儿你和那个黑脸掌柜说，他性子温和。”

“白脸掌柜——”对应上了中午拒绝自己采访的那个男子，白渡思索了一下：“那他那么刁钻，人们不讨厌他？”

“没什么讨厌的……那小子性子臭了点儿，架不住人缘儿好，镇子里有些什么事儿，他都帮忙——前阵子镇子里翻新桥梁，他出了一大笔呢。”

“……哦。”白渡心里冷笑，果然陈滩人是没见过世面——这种不入流的馆子也可以被养活起来。

三日前被分配到任务前来陈滩采风时，白渡其实是不愿意的。做这行儿的，印书司里十两银子的月钱其实根本算不得大头——多的是借采风之机揩来的油。

白渡每采到一个商家，都会被殷勤地奉为座上客，于是这些年来早已白吃白喝遍了金陵城内大大小小的馆子。末了临走时，还能收到丰厚的“润笔费”，都是图他能在月刊上多写几句好听的。

只是近日里金陵城隐有传闻，道是陈滩开了一家非常好吃的蜀地“火锅”。于是擅于挖掘新闻点，又正值缺乏内容的印书司便指派了白渡前来探访。

出发之时白渡还在烦躁：那种穷乡僻壤的馆子，想也揩不到什么润笔费了。

没得赚就没有工作的动力，却偏偏只得听从安排，白渡本意心灰意冷，却在方才与人闲谈间得知：这馆子生意一直火爆，利润应该也不低，甚至有钱出资翻修桥梁——一个揩油的计策便诞生在了他脑中。

唤道白渡坐上席的时候，已然逼近了子时，于是吃完自然也就过了三更。

“白脸掌柜”手里握着抹布，却趴在一张桌子上哈欠连天，还有个小伙子吭哧吭哧地收拾着桌椅板凳，后厨里也正丁零咣啷地洗着碗碟。

白渡抹了抹嘴巴，在自己随身的本子上记着什么。

这个写字的动作被林瑯看到，于是将抹布一丢，起了身来：“你吃完了没？”

“哦，吃完了。”白渡道。

“吃完就走吧——打烊了。”林瑯不耐烦地丢下了逐客令。

那白渡倒是慢条斯理地又添了几笔：“掌柜的，这是我来贵馆子这次用餐感受的总结——将会刊载在《江南月报》上，您是否过目一下？”

“不是不让你写吗？”林瑯犹疑着接了过来，那篇文字的标题便映入了眼帘——《拭香涎兮点绛唇——记陈滩点绛唇馆一游》——“呦……标题还挺风雅的。”

看着林瑯瞬间勾起的嘴角，白渡轻轻一笑：“您且继续看下去。”

林瑯这厢被白渡这篇点评的开篇哄得有些飘飘然，一面快速地阅览着一面还夸了起来："你这文笔不错嘛——哎？白天你说你们这是什么月报？"——白渡补充："《江南月报》"——"哦对，这个《江南月报》是在整个江南发行？"

"对。"白渡点了点头："整个江南都可以看得到。"

白天之所以拒绝白渡的采访要求，是怕自己的行踪暴露给父亲。可是这稿子只字不提自己，只推荐着点绛唇的好吃之处，林瑯心头只觉格外骄傲，倒觉得这篇稿子非登不可了。

"……区别于江南吃食的温婉甜腻，蜀地火锅用一场热烈沸腾的风味，成就了笔者记忆深刻的一个冬夜……"林瑯一面读着一面连连点头，嘴咧得其大之态，连自己都没有察觉，"你这写得真不错，江南地区的人看了，应该都会想来我们馆子尝尝！"

"那是自然。"白渡抿着茶水，心想——差不多到地方了。

果然林瑯的脸色渐渐变了，口中念着："火锅就像是一现华美的优昙……注定只有热烈而短暂的生命……这是什么话？……尝一次便足矣，并不会想再吃第二次——你放屁！"

林瑯把视线从稿子上移开开，锐利的眼神盯着白渡不放"我们馆子的回头客占比十之有七，你这话可说错了！"

白渡优哉地将身体后倾去，靠在椅背上："您且耐心点，继续看下去……"

林瑯将怒目再转回稿子上，继续念道："笔者觉得……火锅之辣，过于离谱，实乃常人所不堪承受的——你放屁！"林瑯将稿子重重拍在桌子上，"你说好吃——这是真的。但你说辣得离谱——你这要是写出去了，我们馆子还开不？"

白渡神色平淡："广告可不是白做的——我这叫作'客观'——好与坏都得公正地说出来，老百姓才不会上当，对不对？"

林瑯一时竟转不过弯儿来："对……不对！辣是辣！那是我们的特色！但你非说辣得教人吃不下肚，那你得备注说明——是你自己本来就不太能吃辣——这才叫客观对不对？"

"可是大千世界，不能吃辣的又不是只有我一个，我干吗要把这么琐碎的东西写出来！"

"嘿——你这……"林瑯自己一向巧燕善变，这次却生生被气得说不出话来。

白渡倒是又继续替自己斟了一壶茶："广告可不是白做的，您也不用急得跳脚，身为一个采风郎，我向来都是对读者绝对诚实。"

"啊——气死我了！唐玉树，来给我打死他——"林瑯朝着后厨里喊完，立刻转回头来伸手就要撕白渡的稿子，却被白渡一把捞走，揣进了自己的怀里。

悠悠地站起身来，白渡轻轻咳嗽了一声："就算你把稿子撕了，这些感受也都在我脑子里面，你们若是对我动粗——不然打死我，不然只要我回了印书司，这稿子我还是可以写得出来。"

陈逆闻声，几步跑了上来弓腰扎步，对着白渡怒目而视。顺儿则跟在唐玉树身后一并跑了过来，学着唐玉树的腔调："啥子事嘛？"

林瑯已然被气得半疯："杀了他——给我杀了他！"

唐玉树自然不会照做，只上前去拍了拍林瑯的肩膀："咋了吗？"

"他说我们的火锅辣得不能吃！还要告诉全江南的人。"

听罢林瑯歇斯底里地怒诉，唐玉树上前来几步揪住白渡的领口："你要怎的？你敢胡说，信不信我打得你趴起！"

谁知白渡也是个见过大场面的，倒也不怕唐玉树的拳头威胁："上《江湖月报》是多少馆子梦寐以求的事，你们不仅不客气待我，还想打我？——前阵子金陵城里有个掌柜把客人给打了，那馆子听说后来被叫停了——你们也想这样？"

林瑯"扑通"一声跌坐回凳子上去，半晌才将脸抬起来。

抬起来时也已经挤出了一脸笑意："玉树哥放开人家——白先生是吧……呵呵，这不都是误会吗？我也知道广告不是白做的——这里是五十两润笔费，您先收起来。"

唐玉树不甘心就这么放过他，可林瑯下的命令他不会不听。

只见那白渡将林瑯从怀中摸出来的银子揣在手里垫了垫，心满意足地揣进了自己口袋。用笔将那激怒林瑯的那几句话勾掉了："稿子这样改，您满意吗？"

"满意了……白先生的文笔，我怎么会不满意？"林瑯的笑是用力挤出来的。

挤太久，所以变得非常难看。

唐玉树觉得林瑯可怜，可自己若是因冲动而有所为，实则会荒废掉林瑯的一腔苦心，于是也只能忍着气不说话。

送客到门前时，林瑯还在维持着笑脸。

那白渡踏出门去，揉着满足的腹部，回过头来与林瑯道了别："您就期待腊月的《江南月报》吧，广告可不会是白做的……"

哦，这次把口头禅改动了一点？

林瑯心头冷笑，面子上却还是殷勤地："期待，期待……"

那白渡走出去几步，突然转过头来："听您口音，怕不也是金陵人士。敢问掌柜，您叫什么？"

——不，你不敢问。

林瑯心头忍着怒意。

想到若此人知道自己是章林沈梁四大家族中的公子，定会吓得屁滚尿流，将讹去的钱如数奉还，磕头请罪。

可自己偏偏不能说。

没了狐假虎威的资本，林瑯觉得生活真实得可怕。

"天黑路滑——您赶紧回吧……"说完，林瑯在彻底丧失力气的前一瞬关上了大门。

“走，回屋儿去。”唐玉树的声音从背后响起，“累坏了……我帮你按按筋骨？”

若说还有什么存在能让林瑯这只“狐”来恢复继续逞威风的气力，就是唐玉树这头“虎”了吧。换过长长的一口气，林瑯转回身来：“按不好我明儿就不干了！”

“要嘚！”中气十足又极具地方特色的一句军礼回应。

伍

晴日的天光下，余光里肩头上，总是跃动着一丝明晃晃的东西。

林瑯侧目定睛，才发现是自己的一条发丝，吸附在深色棉衫上，格外醒目。

仔细地将它抽掉，再扭着脖子整了整衣领，林瑯才继续脚步。

方走动不出三丈，脚步却又停滞了下来。

视线所及处——石板路上，一个侧脸的投影绰约于光秃的树影之中，几从发丝的影子在风里与清俊的侧脸影子相会又分离，如此反复。

视线再向远处延伸一段，阴影逐渐加深，终究着色成深墨截止在女子的脚边。

她蹲在河边上努力地够着失手落入水中的东西。

——白恕辞。林瑯心头咯噔一下。

这个本就平日里沉默寡言的人，在不久前“点绛唇中毒案”之后变得更加沉默了起来。

林瑯生性刻薄恣肆，终却还是个有着“悲天悯人”情怀的人。

她被自己常年合作的老主顾算计，变得比往日更沉默了许多。

一个酿酒为生的少女，却总端着一副刚强的男子姿态——追根究底，料想她是怕被人欺负。

从王叔那里听来的：这个女孩是个遗腹子。尚未出生时她父亲悉数拿走了她母亲卖酒所攒下的积蓄，去了京城考功名，信誓旦旦地说过要衣锦还乡来好好待她们“母子”。当时走的时候，还并不知道腹中孩子是男是女。

这一走，便再也没有回来过。

林瑯以往从不肯信那些戏台上剧情夸张离奇的话本，只觉编故事的人们思绪精妙绝伦。

而他也从未想到过，这些令人惆怅的桥段终有一日会铺陈在真实的生活之中，且每个细琐的节点都严丝合缝地落入窠臼。

便是如此一个命途多舛的女子，林瑯从未见过她的怨怼和阴鸷。

这点她和唐玉树大抵相似——林瑯倒是构想过，这二人的任何一份生活交由自己经历，怕是自己挨不过月余。可他们都活过了来，也未曾生成扭曲的人格。

林瑯叫了她一声："阿辞。"

阿辞转过了头来，见来者是林瑯，又把头扭了回去。

可半晌又转了回来："馆子里酒还够吗？"

"够……近来生意红火，酒的需要自然是多！"林瑯可以察觉得到自己话中急迫想表达"你且不用担心自己的生计"的意图。

两人安静了许久，林瑯又搭话道："你在捞什么？"

"没事。"阿辞似乎不想叨扰，可没在水里的胳膊却探得更深了几分。

"我来帮你吧。"林瑯凑上前去几步。

"不用。不是什么了不起的物什儿，你小心别弄脏了——"未及"你的衣服"说出口，林瑯的胳膊已然探进了水里。

白恕辞与白母的相似之处诸多。

除却长情之外，脸孔也诸多相近之处，细长的眼睛和单薄的唇——偏是坊间闲话里最为薄情的面相——她启齿："……这是当年我父亲留下的。"

手里的玳瑁钗子因年久而失去了原本的精致。

"说是很值钱，他说若是熬不住了，就把它变卖，还可以换来吃。"阿辞边走边笑着谈及这个钗子，"好在我们母女，从来没有走到熬不住的田地。不过有一次，纯粹出于好奇——我拿着它去估价，你猜怎么样？"

"怎么样？"

"人家告诉我，这个连一钱银子都卖不了。"

"……"林瑯张嘴想说什么，却一时哑然不知如何措辞。

阿辞自嘲地笑了笑，继续道："你知道吗——就是，你曾寄托过一份非常笃定的梦想和期待，在一个物件上……或一个人身上。多年后你才意外地得知，这些都是不值得的……"

"值得的！"林瑯的反驳显得没有由来。

于是白恕辞脚步停滞下来。

"财神府院子也罢，火锅馆子也罢——相比我父亲的身家，简直像是恒河沙数中的一粒沙……"林瑯也站定了脚步，"这些不值钱，可这些是我选择的前路，也是我能继续走下去的方向啊。"

白恕辞笑叹："你这么讲也对。这个钗子，对我们母女来说一度也算是个支撑……"

"这就是它的作用。"林瑯为自己的话而点了点头。

"所以——好生收着它。"

"所以——好生收着它。"

手掌里被放入一张纸，陈逆千恩万谢了一番，又回到灶台前继续手边的活计。

翻炒的底料呛起的油烟弥散在后厨里，早已习惯这种环境的唐玉树站在陈逆身侧仔细帮他看着火候：“日后一旦炒不好了，就跟纸上写的好好比对。你识字，你林掌柜写的字又好看。”

陈逆没忍住被呛了两口，还笑道:“玉树哥,你不识字,怎么还知道林掌柜写的字好看？”

唐玉树反应了片刻，才摸起了后脑勺：“那一个一个字方方正正的，咋个不好看嘛！”

换来陈逆更响亮的笑声，把唐玉树给笑得一脸通红。

唐玉树皱起眉头：“炒你的料莫得瞎扯……”

“后厨隔壁的棚子——你看着了吗？”

“棚子？”

陈逆点了点头一边盖了锅，“呲呲啦啦”的炒料声被闷住，声音清晰多了：“一大早林掌柜叫人来搭的——你不住我不住他不住顺儿不住，你说那棚子给谁住？”

唐玉树跑出了后厨去，片刻后又带着掩饰不住的笑意跑了回来：“给大虎？”

陈逆猛点头：“当然！”

两人的对话被院内忽然传来顺儿的喊声给打断。

一声稚嫩的“少爷——”之后是一阵林瑯的笑语声，接着是一声马匹嘶鸣。

唐玉树立刻站起身转出后厨来。

林瑯牵着马站在门前，扬着脸得意扬扬地邀功请赏。

唐玉树的嘴角忍不住扬起了来。

一溜小跑上了前来，唐玉树抱住自己的大马就一个劲儿揉它额头，欣喜之情溢于言表。林瑯看在眼里也有几分心满意足——只觉得他的欣喜是由自己供给的，于是也跟着一并欣喜了起来：“高兴？”

“高兴！”唐玉树点头如捣蒜。

小公子的眼神狡黠：“那……怎么感谢我？”

“你想要啥子？”

“教我骑马？”林瑯拎起马绳，抬了头挑眉向唐玉树。

“我教陈逆炒底料呢！”

林瑯：“……”

唐玉树抬手指门外：“走着！”

一路沿着河向西面出了镇子，人烟渐被隐于身后。

唐玉树把马速放了慢之后，从马背上跃了下来。

“两只手各抓一根缰绳——抓紧了！一端用拇指按着，另一端用尾指夹着——夹紧了！”唐玉树讲解着要诀，缓缓牵着大虎，“现在大虎走得慢，你把缰绳放低点儿，坐直上身……哎，对！小腿跟着它节奏往前推它肚子，轻轻推，它就走起了……”

大虎的脾性也温顺，仿佛通晓人性似的：知道林珋在学骑马，而林珋又是唐玉树的兄弟，自己兄弟的兄弟，那就得罩着。于是大虎便嚼着草，驮着林珋慢悠悠地走了起来。

可林珋却学得不怎么认真，脑子里盘算着的都是馆子的事儿：“马上进年关了……做餐饮的，到了这个时节都是要经得住考验的——你说我们要不要再做做改良？”

唐玉树听不懂林珋的各种“商业思维”，只点头：“行。”

年关时节对于点绛唇来说是蓄势而发的一个重要关头，如果在这个时候发力，把口碑给做足了，基本就奠定了来年的生意势头。

可……改良——林珋又不知该从何下手。

如此盘算着，却听得唐玉树没头没脑地来了一句：“日后大虎的吃食，你也不必太担心——它跟我一样不挑，好生养。”

“我才懒得管它死活。”本以为唐玉树会在“改良”话题上提供什么有效的想法，听来了这么一句，林珋皱起眉头，“你自己喂它。”

唐玉树嘿嘿地笑了一阵子。

“真让人着急！”

“急啥子？”唐玉树一贯处事风格：“船到桥头自然直——哎，你要是学会了骑马，以后还可以自己骑着大虎回金陵。”

林珋很明显对学骑马又没了什么意趣，倒是对挤兑唐玉树来了兴致：“你最近是咋了？又教陈逆炒料又教我喂马？怎地？你是想离了我们告老还乡去吗？”

“没嘚没嘚！”唐玉树连连摇，“我就是怕我不在的时候……多做打算嘛，你咋还生气了？”

唐玉树答应过自己——“我哪里都不会去。”

如今又说什么——“怕我不在的时候……”

林珋盯着他的后脑勺，看了半晌，直接赌气翻身下了马。

唐玉树吓了一大跳，焦急地转回头来：“你干啥子，摔坏了怎么办？要下马就先跟我讲撒，我扶你……”

“滚。”林珋说。

那句话音掺在自己方才大乱方寸后口不择言的叮嘱之中，于是没听清楚。

唐玉树小声问道：“你刚才……说啥子？”

“我说滚。”然后林珋就转过身去自己往回走了。

陆

林卿先回来的。

原本在嬉闹的顺儿看到林卿沉着一张脸，就不敢吱声了。观察了一番自己家少爷，就又看见唐玉树跟在林卿身后面牵着马回来，满脸愁容。

“估计是吵架了……”悄悄和陈逆换了一下眼神，便悄悄去干活儿了。

帮唐玉树一起拴马的时候，陈逆忍不住开口问了一句：“……怎么了？”

“没啥子。”唐玉树说，顿了一顿还是叹了口气，悠悠地重复了一遍，“没啥子撒……”

陈逆也不好再细究，只去抓了抹布在水盆里挽了几把，在午时客人来前把桌椅擦最后一遍。

拴完马，唐玉树觉得自己鲜少有今日这般提不起劲的时候，看着大虎的大颗眸子，唐玉树唐突地向它问了一句：“你也觉得我㞞吗？”

大虎垂下了眼睑，用额头蹭了蹭唐玉树的手。

唐玉树觉得它的眼神，似乎像是懂什么一般，于是顺势摸了摸它，还想向它倾吐点儿什么，半晌却又只字都未能顺利脱口。

也索性转了身，撑着栏杆跃出了马棚，去了后厨做事。

近了年关，生意却也没有因为人们的忙碌而减少，反而有增多的趋势，应对起来也就手忙脚乱了许多。这本是最值得开心的事情，可林卿却无论如何都开心不起来——今早那一幕反复在自己脑海里面上演，自己认真思考着馆子的将来，却只换来唐玉树轻飘飘调笑着支支吾吾。越想，便越觉得生气。

院子里有小孩子吵吵嚷嚷地上蹿下跳，在林卿招呼客人时，还被旁边蹿出的小孩撞了个趔趄——这要是把端着大热锅的唐玉树给撞倒了，不得烫坏他啊——替他担心做什么，烫坏就烫坏，横竖和自己没关系。

横眉竖眼地思索到这里，林卿看到陈逆拎着茶水往正堂上去。林卿喊住他：“你招小孩儿喜欢，你去哄哄他们，别再疯了。茶水我去倒。”

陈逆应了，将茶水交给林卿，便向一边去和小孩子们说话。连哄带骗地安顿好了小孩子，陈逆回了后厨来，见唐玉树正用瓢在舀了水，蹲在水缸前像是在喝水，陈逆道：“玉树哥，有什么活计我能帮你？”

唐玉树吓了一跳，放下瓢起了身来抹了几把湿湿的口鼻：“那来继续跟哥学炒料？”

陈逆兴奋地点点头。

凑在锅前听着唐玉树对炒料的细节耐心地讲解时，突然听得林瑯拽着顺儿跑回了后厨里来。两人抬了头，林瑯将后厨的门紧紧关上，透过门上的窗格向正堂警惕地瞧着，一副失魂落魄的样子转回头来对身后的顺儿吼道：“要不是我拦着你，你就去打招呼了——你是不是疯了！”

委屈的顺儿噘着嘴：“可是，那可是沈曳哥哥啊！”

“就是因为是沈曳，才不能让他发现我们在这里！”

“为什么？”很明显顺儿不懂林瑯在生什么气。

“因为……你看看我现在这副模样！”林瑯说着指了指自己，“你再看看你现在这副模样！”又指了指顺儿，“你再看看我们住这种地方！”再指了指四周，“……以往他可是一直围着我转对献我殷勤的，现在要让他知道我这么狼狈？还要我去他面前点头哈腰？这不是要我自取其辱吗？”说完愤愤地踢开了脚边那只唐玉树手打的小板凳，像是踢开什么不能入眼的浊物一般，“反正我不干，我嫌丢人！”

顺儿也赌气地“哦”了一声，就噘着嘴拧着眉低下了头去。

唐玉树看着眼前的画面，觉得像是吃了什么消化不了的东西一样，一阵难受。

待胸口发胀的痛感平息些许，却还是向林瑯开口了：“那……茶水我去送吧。”

走上前来把茶壶从林瑯手里拽过，忽略了背倚在门上的林瑯的分量，只逞着力道将门扇重重拉开，并不顾林瑯失了重的趔趄，就出了门去。

林瑯突然后悔了自己方才的口不择言，觉得万一唐玉树方才赏自己两拳，也是应该的。

这厢唐玉树进了正堂，顺着唤“添茶水”的招呼声寻了过去，看到那桌正有个男子站着身与同桌之人敬酒——唐玉树下意识觉得这个男子便是林瑯口中的“沈曳”，不动声色地瞟了他一眼，只注意到他比自己似乎还高了些许。

上前去添茶倒水之后，唐玉树转身准备走的时候，却被隔壁桌几个正看着菜谱的人给叫住了：“小子——我看你们这端上来的锅，怎么这么辣？”

唐玉树心绪并不好，也没做回应，只是默默站着等他们后话。

手拿菜谱的人继续开口道：“把这锅端下去，再换一锅来——要不加辣椒的。”

唐玉树摇了摇头：“没的那种。”

“什么意思？”显然对拒绝不满意。

“没啥子意思，就是没有不辣的。”唐玉树这般回应的。

那人将菜谱放回桌面上，手指敲着桌子，长长的指甲碰击桌面，发出难听的声响：“你这是在跟我说——不吃就滚蛋的意思吗？”

“嗯。”唐玉树点头，又否认掉，“不是——没的这么粗俗。”

这桌客人勃然大怒。

那厢探得正堂中不太对劲的动静，陈逆本想上前去帮唐玉树解围，步子方迈出去一半，又转身跑回了后厨："林掌柜——客人好像在刁难玉树哥！快去看看，别让打起来了。"

"哈？"林瑯愣了一下，心想说不会吧——记得沈曳是个很温和的人，为什么要闹事呢？唐玉树那个傻子到底是怎么得罪他的？

犹疑了片刻，还是觉得脸面不如唐玉树的安全重要，便跟着陈逆一起跑了过去。

刚到正堂的门口，只见沈曳站在唐玉树和一群吵吵嚷嚷的客人中间，面向着客人们笑得和煦："您也别吵，火锅这东西本身就是辣的——您要只是图吃个舒坦，其实随便江南的什么馆子都可以——既然要尝鲜，就要尝尝这特色不是？"

"话是那么说，可我就是不爱吃辣！"那客人偏执得紧。

沈曳还是笑着："若真是不爱吃的话也不必要强求，陈滩的好吃的多了去了，您且移个驾也行，馆子里的客人多了，您也不必在此声张。"

听明白沈曳言语间"你再纠缠就是打扰整个馆子里的人了"的暗示，客人也顺了他给的台阶，起了身嘟嘟囔囔骂骂咧咧地走了。

唐玉树作了个揖："谢谢解围。"

沈曳又是笑着，点头回应，视线却越过唐玉树的肩膀看到了他身后面的人——"瑯儿？"

既一见，索性林瑯就留了沈曳吃晚饭。

纵使是对客人说了今日提早打烊，也还是一通忙乱到了子时，这才刚打发走了最后一波客人。唐玉树连轴转着，此刻还在后厨里准备着招待沈曳的饭菜。因为堵着气，林瑯也是不肯和他有言语交流，只将这个旧友带去了正堂的二层叙起了闲话。

"饭马上就上来了——唐玉树的手艺好，尝过了火锅，你也尝尝他煮的家常菜色。"赌气是赌气，外人面前还是要吹捧几句。

当时看到唐玉树被泼皮客人泼了一脸茶水之后，沈曳就有点坐不住了。

"要不是我卡着点儿摁住他伸出去的手——万一把客人给打坏了，你们店还怎么开？"沈曳无奈地笑着摇头。

林瑯帮唐玉树说话："他……今天本来心里就有气。"

"好了……不提了，只说你背着我逃了这里来逍遥自在，是不是该罚？"

"我……就是来开店玩儿的。"林瑯横眉竖眼，"你回了金陵可别跟我爹说我在这儿……也别跟别人说！"

"好好好我不说……"沈曳抿着茶，"但是……你开了这么大一家馆子，为什么不肯炫耀？"

"我这小破馆子，还炫耀？别丢了脸面才是。"林瑯将下巴抵在桌上口头应付，心里只惦记着也不知道那些贱厮泼唐玉树用的茶水是冷是热。

沈曳笑道："妄自菲薄罢了——我要是有你这么个馆子，恨不得天天吹牛去！"

言语间陈逆端着饭菜上了楼来——

顺儿拽着他的衣服粘得紧紧，一并被带了上来。

只应沈曳的招呼，走了他身旁去。沈曳牵起顺儿的手："你这家伙居然也在这里——不过长大了……"话还没说完，身侧的小孩就被陈逆扯走了。沈曳愣了一下又看向陈逆，只见他对着自己怒目而视。

于是赔了笑，沈曳将话题转开来，又对林瑯感叹道："……这馆子真的不错啊，真羡慕你。"

"真的？"只听他一次吹捧还好，可片刻间就听他反复说起二三遍，便也知道他是真心的。林瑯倒是由不得觉得脸上有光，骄傲了起来。

"真的！"沈曳点头如捣蒜，"我要是有你这本事，我就待在这个地方优哉养老了……金陵大城市，生活压力那么大……"

"贵公子有什么压力大的，我现在只是个穷掌柜。"话虽这么说，林瑯嘴角吊起的弧度却未平息半分。

"穷掌柜？我看——你这衣服料子也不一般，料想也是专程找人定的吧？能有钱讲究这些，还穷？"沈曳拿住林瑯的自嘲来取笑。

换来林瑯讪然哂笑："被你这么说，我倒是真的开心——本来还怕你嘲笑呢。"

调笑至此处，唐玉树也端着最后出锅的两样菜色上了楼来，不言不语地落了座，这下人就全齐了。

柒

陈逆与唐玉树同仇敌忾，顺儿因林瑯今日情绪不好也不敢造次，唐玉树和林瑯二人还在互相赌气，于是整个席间除了吃饭声再无其他响动。

沈曳于是坐立不安，只强行笑着，替唐玉树斟了酒，起了身道："这杯我敬……玉树弟弟这阵子以来对瑯儿的照顾——我长瑯儿两岁，应该是比你也大些吧。"

"我也大他两岁。"唐玉树倔着，偏不肯认这个"兄弟"的高下。

"我四月生辰。"沈曳道。

十一月的唐玉树就不肯吱声了，赌气般地也不碰杯，将自己面前的酒一饮而尽，便继续埋头吃饭。

沈曳见状，尴尬地笑了几下，喝掉杯中酒也坐回了椅子上。

林瑯也察觉得出气氛的尴尬，便叹了一口气挖起方才的谈资："哎……不过纵使是有这么个馆子，也远不能够优哉养老，要发愁的地方可多了去了。"

沈曳不明白："有什么发愁的？"

林瑯揉了揉眉头："你就说今日中午差点吵起来——那火锅的事儿……"

沈曳点了点头："哦……那完全可以试着研究一下，做出别的味道的汤底来煮嘛。"

林瑯摇了摇头："我们的特色就是蜀地风味，完全把这个风味拿走，那和炖锅有什么区别？"

"也是……"沈曳沉吟片刻，忽而想到了什么，"哎？瑯儿，你还记得我们以前去吃过的一家琼山露吗？"

在记忆里迅速对应出他所说的那种美食——是一种夏季在金陵城很流行的食物：由一只阴阳碗乘着，半边是椰子的汤汁，半边是冰凉的米酒，掺了切成泥的水果存在冰窖里面，消暑生津。林瑯点了点头："记得，怎么了？"

沈曳为自己想到的主意而挑起眉毛，三分得意："你们也可以做个阴阳锅子，分两个半边锅子，一边是不辣的汤底一边是原本的蜀地风味汤底，是不是就又可以保留原本的风味，也可以给不能吃辣的人多一种选择？"

听罢林瑯眼睛亮了起来："对啊！"

"不得行！"唐玉树吃饭的头也没抬，只用头顶心冒出一句："火锅就是火锅，那样子不得行。"

气氛再度陷入尴尬。

林瑯看了他一眼，半晌向沈曳丢出一句："你别管他——他死脑筋！"

被无端卷入二人战局的沈曳笑得尴尬。

却见唐玉树把筷子一放，用手背抹了一把嘴巴，将脱在一边的衣衫往肩膀上一搭，撂下一句："困了，屋里躺起！"

然后就下了楼去。

那厢沈曳和林瑯两人把盏叙话，从房产之争到顺儿来陈滩之事聊了个遍。这一聊就到丑时末，林瑯才将老友依依不舍地送出门去。

走的时候沈曳问起林瑯："这馆子——你若是不嫌弃的话，我愿意投些钱，往金陵引进一家，你也索性回来，要不要？"

林瑯当然想要——最好是最繁华的地段，最耀眼的位置，开到林府家门儿前才好——可想了想，还是有些底虚："再给我一阵子，这个馆子都没开多久，我现在还没办法做这么大的打算……"

身为兄长的姿态惯了，沈曳忍不住笑了一声："我给你作保你都这么谨慎啊——以前那个咋咋呼呼的瑯儿果然是长大了。看的我欣慰又有点儿心疼……"说着伸手弹了弹林瑯头顶的绛红色绒球。

这个动作却被光着膀子出来撒夜尿的唐玉树看见，发出的不自然的咳嗽声让沈曳尴尬地抽回了手。

于是又将手顺势放在顺儿头上去，导致陈逆也发出了不自然的咳嗽声。

沈曳用手掌捂了脸，心下觉得尴尬万分，却又着实替这个馆子里风起云涌又平淡细微的故事感到开心。用两只无处安放的手掌干洗了一把脸，沈曳吹了一口气替自己放松：“那——实话说吧：这次我来其实是良叙的意思。她……早已经告诉了我你的一切故事，让我这个曾经罩过你的哥哥——当然，瑯儿那厢肯定觉得一直以来都是你罩得我——来看看你，看看有什么可以帮你。不过……目前看来也没帮到你什么，还添了点乱。”

林瑯瞪大了眼睛。

沈曳笑得意味深长：“现在有别的靠得住的人罩你——啊不是，是你已经能罩别人了……哈哈，总之我就放心了。”

顺儿到忍不住发问了：“良叙？你说花大小姐？——你说我们少奶奶？”

沈曳纠正：“是我们沈少奶奶——对，我们要成亲了。”

林瑯一波惊讶接一波惊讶，好多话想说却只欣喜地道出一句：“般配啊！”

“借你吉言。”沈曳也笑。

顺儿却撒泼起来：“她——是不是想害我？她为什么告诉我少爷在成都？”

“庆幸你最后还是找到了你们家少爷……”沈曳一想到这个就忍不住笑了半晌，“良叙怕你出去乱跑，以为说个远的地方，这样能把你吓唬回府里去，谁能料到你最后还是跑了——幸好陈逆小哥寻到了你。”

陈逆在一旁扬着脸抱着手臂，虽还是不肯给沈曳正眼，可脸上的防备表情倒是温和了许多。

沈曳小声叮嘱了一句：“安生点儿待着，别老胡闹！”

顺儿腼腆地笑了。

回到厢房里，吹灭了唐玉树留给自己的灯。

林瑯摸黑钻进了被窝里。唐玉树的呼吸声并不像寻常入睡时那般安稳，林瑯知道他不肯放心睡去，心里的气因此也消了大半，于是丢出一句：“生气了？”

“……”唐玉树赌气装睡。

“今天……是我错了。”

“……”唐玉树还是装睡。

“喂，你是死了吗？”

“……”唐玉树继续装睡。

说出“要让他知道我这么狼狈”“我嫌丢人”这种话，林瑯能懂唐玉树为什么生气成这个样子——这个馆子是两个人共同的一场梦，如今却被林瑯羞辱成“狼狈”“丢人”……林瑯自己实在自责。

可说出去的话就是泼出去的水，不可能有什么巫术法术把被唐玉树听进耳朵里的话再给拽出来……既然他拧巴着不肯原谅自己——林瑯从被窝里钻了出来，从榻上拽起唐玉树的手，重重地抽了自己一耳光。

唐玉树这下装不了睡了，却有点慌张："你做啥子哦……"

"替你出气。"林瑯言简意赅。

"我没怨你……"

"是我怨我自己。"

反正是"醒了"，唐玉树索性坐起身来，靠在床沿上："我确实是生气来着，但我后来想想就又觉得不气了——这馆子是咱俩的梦……我是真的不想让人说它不好。但……你是贵公子，你、沈曳、甚至就连顺儿，你们见过的大世面、好东西，随便一个都比它强……所以我也不怪你说它'丢人'了……但我还是难受。"

"咱俩的梦。"林瑯重复了一次唐玉树话里的这个词——这个词让林瑯觉得安心，"我其实一直害怕……从开始到如今，我都害怕……"

唐玉树衬着被窗纸折损之后的微薄月色，在乌黑的空气里看向林瑯。他坐回自己被窝里去，拥起被子，把自己围得紧紧，像是一个怕黑的小孩儿。

林瑯说："我再向你认一次错：我真的不该这么说我们的梦……谢谢你，把这馆子也当成你的梦。我一直怕开馆子这件事，你只是为了迎合我而被我赶鸭子上架地做着……原来你竟然也已经把它当成了你的梦。"

"是咱俩的梦啊。"唐玉树纠正。

"对。咱俩的梦。"

这天下浩大，何其有幸能与一个人，平分一场梦呢？

"有的时候我想啊……这世上没有那种'生死状'，就是那种……我们一旦签了，就能保证永远不会散伙的那种。你会做火锅，我会经营之术，咱俩能遇到，还能共事一份事业，这算是我们有幸。可我总没底气，总怕变数……总怕有一天，这梦会醒。唐玉树，你怕吗？"

唐玉树安静了很久，才回答他："怕。"

"我到现在都耿耿于怀——你还记得吗？之前有个人，我弄丢了他的犀角扳指，他大怒——那天他说给你钱，要你去和他合伙儿开馆子。我从那时候就开始怕得要命……老觉得，有一天你会走掉。我不是怕这馆子没了你之后会倒闭……我怕的是……"

林瑯停顿了好久，才继续说："只是怕没了你。"

唐玉树没说话。

"有点儿本末倒置了……对不对？哈哈……"林瑯不知道是不是哭了，有点抽鼻子的声音，"是遇到你之后才打算开馆子，做这一场春秋大梦的。可是这梦做着做着，主角儿变成了你，至于馆子……我倒是变得无所谓了。你在我最没底气和资本的时候陪我一起闯……日子久了，我才意识到：你、陈逆、顺儿，我一个都不想失去，不敢失去。有的时候我特别幼稚……我想让老天爷给我打包票：保证我直到老死的前一秒，你们都在我身边。可以的话，我想要死在你们前面。如果能预知这样的结果的话，我这辈子过得再不顺遂也甘心了……可这是浑话，别说有没有老天爷——就算真的有老天爷，听了我这话，他老人家也会笑出声吧？”

唐玉树还是没说话。

林瑯问他：“你……最近总是在交代什么事……你是不是想走了？”

他这才终于开口了：“不走，我想死在这儿。我唐玉树说话算话，跟你说过我不走，就不走。我不是个活得通透的人，我没你那么有规划，甚至一开始跟你做这个馆子的时候，我心里还没底。是后来你用一步一步的成绩告诉我：这事儿可以，这梦，能做。青秧要是知道我在江南过着什么样的日子，她一定也很开心。”

林瑯满足地笑了。

“林瑯啊……咱俩一起做了一场梦——由得哪个先醒了，这梦都做不下去了……”

“是啊……”

“可是……林瑯啊……”

“可是什么？”

下一瞬间，林瑯只听到一声闷响，转头看去，在黑暗中他看到唐玉树失却了重心，倒在了床榻上。

林瑯有点慌张，半晌之后试探地叫了一声：“唐三树？”

·第八回·

抑情人魂断暗夜里

有刁郎重会烟花间

壹

唐玉树做了一个很真切的梦。

似乎是又回到了狼烟缭乱的成都城。他站在内城墙上，望着突破外城压境而来的敌军死士。

薄暮的天空是烧红的烟霞，像被血色点抹皴擦而成的巨大画幅。

眼底里烟尘四起，城外是流民四下逃窜，此起彼伏的求救哭嚎声。

唐玉树焦急地望着这般炼狱，而后他在其间看到了林瑯。

林瑯身穿着初见时干净的素衣白裳，外面套着绛红色金丝褂子，那颗桀骜地立于发冠前的红缨绒簪随着他飘摇的脚步一起飘摇。这一幕画面像是交错了两个本不该交错的时空——遗世而独立的蹁跹少年，和脓血横流的战火——这画面让唐玉树看得揪心。

唐玉树隐隐觉察得到这是梦。

是梦，所以跳下去也不会死。

于是迅速地攀上城墙去，打算从这里跃下，救回即将被洪流般汹涌的敌人吞没的那个少年。

准备纵身的那一刹那他却被人牵住了衣角。

唐玉树回过头，站在自己面前的人是李犷，他的手攥紧了唐玉树的背夹，幽幽地望着唐玉树："跳下去会死。"

"不——这是梦，我不会死。"

李犷总能在不合时宜的场合里，在脸上挑出笑意来，虽然是嘲讽与蔑视的情绪。他说："呵——既然知道这是梦，你为什么还要为他拼命？"

"……"一时语塞因为自己也回答不上来，但内心的焦急还是无法因此而消解，只转头张望了一遍外城里茫然走动的少年身影，再回了头来向牵绊住自己的力道来源处喊："你放开我——"

李犷又蹙了眉，眼神里的轻蔑四散而去，换成一种悲戚，他说："玉树，你就那么恨我吗？"

唐玉树不说话。

李犷那双眼里，明明映着燎原的炙热狼烟却又显得格外清冷凄凉："墙外是尽染瘟疫的流民，墙内是残存的军力，我是将军，这个决定你要我怎么做？因为我把他挡在外面，你恨了我这么久——你可曾有过一瞬间，对我的处境有过怜悯？"

再一次听到李犷说出这句话，唐玉树还是不懂得要如何回应他，只抽开了李犷的手，义无反顾地向城墙下跃去。

像是失足跌落入沼泽泥潭的仙鹤——素衣白裳的翩跹少年已然被浸染着血污的敌军死士淹没了，被人绑着手脚挣扎不脱，被人推倒在地，被人拳脚相加。

唐玉树用哑然的声音怒嚎着狂奔而去，只恨自己跑得不够快。

可又一个瞬间，自己就抵达了林瑯的身边。

用一柄钢枪打退林瑯周围的兵马，以肉身替他撑开一个安全的区域。

再待应对的罅隙间唐玉树低头看向林瑯时，又似乎看到他眼神里怒气决然。

他那双薄唇翕动，说出一个字："滚。"

唐玉树就不知所措了。

也就在此刻，一记狼牙棒重重地敲在唐玉树的头上，让他眼前一阵晕眩。

用钢枪撑住了失却的重心，唐玉树抹开糊了眼睫的血水，看清敌人后重新厮杀了起来。

林瑯在身后问他——那声音于嘈杂的战场里本该微弱，此刻却清晰的如同耳边之语——"你都愿意为我拼命至此，为什么让你陪我一同把梦做下去，就那么难？"

唐玉树还在厮打着，打着打着却哭了。

一切难分虚实的场景又顷刻间抽离变换，变成了陀滩财神府院子里当初的模样。

唐玉树撑着身子俯视着摔在地上的林瑯，拧起眉毛闭起眼睛，很用力地隐忍着崩溃，可泪水颗颗掉在了林瑯的脸上："是咱俩的梦啊。"

"不走，我想死在这儿。"

"咱俩一起做了一场梦——由得哪个先醒了，这梦都做不下去了……"

"可是……林瑯啊……"

梦里的林瑯身影渐渐褪去真切的颜色，变得像是皮影，像是糖人，像是失却了厚度的画中仙灵，虚无得让唐玉树害怕。林瑯诘问："可是什么？"

眩晕的脑袋终究撑不住了身体，山根处的生疼刺得眼睛无法睁开，鼻腔里一阵热流涌动，滴滴答答打落在手上，蒸腾出甜腻的气味。

——"可是我不能陪你活下去了。"

林瑯没有力气去赌唐玉树的气。

仔细想来，是该怪自己把所有细枝末节都忽略过去了。

可谁会料到无坚不摧扎实可靠的唐玉树，会在毫无防备的某个时刻突然垮下。

林瑯突然想起有一日唐玉树为自己按肩膀时流了鼻血——顺着线索再回想的话，顺儿刚来的那一夜，也曾在一番忙碌中听他不经意提起撞见唐少爷擦鼻血的事情；收拾正堂的那一日，他也失足摔倒，如今想来才后知后觉地生了疑——翻一丈高墙如履平地的他，怎么会被细琐小件儿给绊倒？

笨拙如他——平日里连撒个小谎都漏洞百出，对自己“发了不治之症”这件事所做的一切遮掩，明明都露了太多马脚，却是自己没当回事儿罢了。

交代马匹的喂养也好，教陈逆炒料也好……

——每件事总归他倒是筹谋得周全。

意识到自己在落泪，林瑯赶忙擦了干净。

昨夜唐玉树昏厥之后，林瑯吓坏了。

留下顺儿看着他，便疯也似的拉起陈逆，两个人跑遍了整个陈滩，砸开了全镇子里的四五家大夫的门。挨个儿求——求他们穿了衣服跟自己回馆子里，求他们使出浑身解数替唐玉树问诊。

有个大夫听罢林瑯用混乱语序慌张地叙述唐玉树的病症，一面收拾着药箱一面皱着眉头谈起：“日前来看过，但不知道他为什么没治。我只以为他向别处寻了法子——”

被林瑯一句“为什么不告诉我！”给堵得不敢再多言。

少年失却了平日的风度，宣泄般地恣肆谩骂脱口至一半处，又意识到自己无理，抹着眼泪说着“我疯了我疯了——求你先去救他，我不该骂你……”

最后得到大夫们的统一诊断，是残积于脑颅内的老旧内伤发得生猛。

“战场下来的，十之有九都难免有些……”

林瑯听不进分毫废话，只撑着力气发问：“总是有的治吧？”

众大夫支支吾吾许久，有个道是：“若能服些活血的良药，把颅内压迫的血肿化开，也许可以还生……”

“还生……还生？”林瑯失魂落魄地重复这两个字，还是忍不住怒骂道，“还你娘的生！他没死呢！什么药能治？你们说着，我买——”盛怒和哀求两种情绪间或占据着手足无措的少年，再顾不得慌忙之中沾了泥泞的靴子，勾脱了线的衣服……“我家在金陵可是大财阀，什么灵丹妙药都能弄得到——不急，待我记一下——你们且慢慢说，要喝茶吗？你们说——说啊怎么都不说话啊我急啊！”

“这……”众人也没见过的灵丹妙药，自是连名字都说不出来。

连夜修了书吩咐了顺儿回金陵找舅舅张谦。

把那四五个大夫暂时安置在东厢，一面叮嘱了陈逆“守好了一个都不能放走”一面又回了身千恩万谢地许诺众人：“求你们了，就候这儿——有钱拿，你们要多少？”

看在眼里也心疼，大夫们只应承了林瑯，教他安心去打理事宜。

林瑯于是坐回了榻边去。

房间里只有他们俩——榻上唐玉树血色微薄，只有那缓缓起伏的胸膛让林瑯能安心。

一夜没睡，没睡意。

每一个刹那都满怀期望。也是每一个刹那都心如死灰。

于是生生把一夜，熬得像几载荒年。

卯时唐玉树吐了一次。

榻上之人有了动作，早被晴日惊雷劈得失了神的林瑯万分欣喜。

可他也没醒，就是躺着仰面呕吐——怕他被呛到，林瑯替他小心翻了身清理呕吐物，一面吃力地翻着沉重的他，一面因再度承受期望的落空而失声号啕了起来。

待他吐完，林瑯用毛巾替他擦拭着领口的污秽，也就突然想起唐玉树为了救自己扭伤了脚的那次——他生性温和，却在温和的背后默默扛起一份可靠的强大，在自己的面前他向来不曾有过怯懦——当时的他看着肿成两倍大的脚踝，却说："没得事！这种小伤算得啥子？"

陈逆喜好武术，对上过战场的唐玉树倍感崇拜，那时候他还兴奋地问唐玉树："那您被刀砍过吗？"

唐玉树自然不是个聪明的，只嘚瑟地把脸一扬："当然砍过！我还被狼牙棒敲过脑壳呢！"

"我看你脑袋被门儿夹过！"林瑯听得心疼，却不愿展露心思，只会怒骂。

想到这里，林瑯被傻子一般的唐玉树逗得破涕为笑。

这半夜来耗尽了气力，半摊着躺在唐玉树身边，林瑯手兀自说起了话。

"睡吧，睡饱了醒来——睡久一点也没关系，但要记得醒。"

"活儿还多呢……所以没你不行。"

"或者我们撤掉几张桌子？这样以后也不用太累。"

"日进斗金啥的——我也是说笑呢，你且不必当真。"

"……赚咱俩够花的就行，要紧的是好好过下去。"

"平淡点儿没关系。"

"辛苦点儿其实也没关系。"

"你在就行……"

把焦急也罢恐慌也罢，所有会让唐玉树担心的情绪都用力吞下。掺一点点笑意好了——当然也不能太多，太多会显得假。谨慎琢磨出一份最恰当的语气来，与身边沉睡的人只当是寻常叙话，说不定他就会像寻常一样醒过来，望着自己，冲自己笑……

若是他能此刻苏醒来，便是以馆子此生都不能再有出息，也罢。

就算倒了，也罢。

午时的时候，顺儿一身风尘地回馆子里来了。

在外面叩门，不掩喘气声："少爷——舅舅来了！"

林瑯昏沉地站起身来开门。陈滩的天色昏暗，本该是日当午的时辰，可浓重的云雾将高墙内视野里本就不大的天，堵成了一片昏暗的死寂。

本以为看到张谦后自己会哭，可是似乎也没什么力气。

张谦还是和以前一个样子，见了自己便用力地拥抱了一下。

他身后跟进来一个男子，和好几个从衣着来看便不寻常的大夫。

林卿不知那个男子是谁，却也无心顾忌礼数相询个名讳，只向他求证："能治吗——这些大夫？"

那男子脸上的笑意在此刻显得格外不合时宜。

他说了一句让林卿不清不楚的话："——要看你。"

贰

为首的大夫简单摸了脉象，问了林卿几句关于唐玉树发症的情况，便说要驱了杂人出去。

林卿想在旁守着唐玉树，却也无力挣脱张谦，只由他念着"放心放心……"把自己揽出门外。

安顿林卿坐在廊下，张谦揉着发胀的太阳穴安慰林卿道："你先别急——这些大夫都是活阎王，没气了都能拉回来——里面还有一个，是当年给皇上看病的！"

"嗯。"林卿的声音丧失了往日的明亮，让张谦听着直感陌生。

他呆滞的眸子后知后觉地转过来半遭，开口的时候还努力让自己笑起来几分，像是对自己喊话一般："本来就不怕啊——唐玉树命可大呢，能从战场上囫囵下来的，怎么可能折在这里。这阵子好不容易把馆子开稳当了，日后，就都是好日子了，老天爷怎么会那么坏呢——哪有只能让他受罪不能让他享福的道理……"

终究还是把自己又给说崩溃了，只低着头大口地换着气——像是被抽却了音量的无声怒吼，颤抖着无措。

张谦看着难受，却也想不出什么安慰之辞。

张谦想起姐姐——也就是林卿母亲去世的时候，幼小的林卿也是同一般的反应。

从讣闻发出到出殡，林卿一滴眼泪都没掉。就像是狩猎时你一箭擦着兔子耳边射去，它就被吓呆了，回不来神儿，只僵直了身体站定了脚步，任你把它给捉了。

下了葬回了府的那夜，张谦挽着他进林府的大门——平日里总能跳着越过高高的门槛，那日的林卿却怎么伸脚都伸不起来。被绊在门槛前磨蹭了良久，那幼小的孩子突然就哭了，大口地换着气，像是拼了命都无法吸收到求活的所需一般。

寻常总撑出一副高高在上的骄傲，所以被拦败后的落魄姿态，就显得更让人揪心。

半个时辰后西厢房的门开了。

先是李犷优哉地走了出来，他手里握着个小瓷人，端详戏弄。

林瑯抬头看他，询问未及脱口，就被李犷先行发问：“这是你吧？”

等林瑯点了点头之后，李犷又玩味地看回手里的物什，嬉笑着说了一句：“你可没这娃娃好看。”

林瑯没有力气搭他的话。

在这个场合下李犷脸上的笑，已然再激不起林瑯的嗔恨，他一边嘴角斜斜地挑起：“这时候跟你说这个不好——但是，他这个病，料是你治不起。”

缓了好一阵子的呼吸，林瑯才顺利地说出话来：“你且不用多话，只管救他。银子我找我爹要——我家有钱，多少都给得起！”

李犷听罢，反而放声笑了出：“我不比你穷。林少爷，有钱不是万能的——有些灵丹妙药，要有权的，从宫里去拿。”

林瑯不理会他的挑衅，只问自己最在乎的问题：“你有法子拿到吗？”

“我是一品骠骑将军——唐玉树的将军。”李犷把手里的小瓷娃娃丢在林瑯身上，绕过廊下的梁子，动作轻佻地拍了拍林瑯的后脑勺，“唐玉树的这条命我给他治——就看你愿不愿把成本还给我？”

“我还——你说价吧。”林瑯没躲，任李犷羞辱一般的动作落在自己头上。

听罢少年毫不还价就信口答应，李犷又被逗笑了，笑了良久才转回廊下来，站在了林瑯面前。弯下腰面对着林瑯，两双清冷的凤眼相对——一双混沌无措，一双明亮幽深：“我不是趁火打劫——但，林少爷，你太小了，你连护他周全的能力都没有。”

林瑯认罪画押：“对。”

“你守着他守成这个样子，你不配留着。”

林瑯点头：“对……”

“所以你回林府罢——这是我答应你爹的，这也是我答应给你治唐玉树的条件。”

林瑯不说话了。

李犷也并不急着说话，只站直了身子退开了几步去，伸手触了触廊下脱了色的梁子，又抽回手，将指尖上的灰捻了几遭。

“我……”林瑯的开口将李犷的视线引了过去。

只见他猛地站起身来：“我可以给你钱，这个馆子你要不要？不够的话我找我爹要……”

说着突然跪下，伸手抓住李犷的朝靴，早松掉了结扣的朱樱绒簪滚落在地。

张谦的眉眼抽搐，不忍再看林瑯，只将眼神投向李犷——而李犷与他对视时，脸上的笑意却未见分毫。

他对这个折断了自尊来哀求的少年，分毫不动容。

没忍住落泪所以张谦背过了身去——李犷的个性他知道，娇纵如林瑯，在他面前也只是个无名小卒。

林瑯的额头点在李犷的朝靴上，疯了心神地磕着头。

又在其间用一丝理智拿捏着力道——生怕磕疼了李犷的脚，这唐玉树的唯一的一根救命稻草就会优哉地飘走。

他用白净的袖口擦拭掉自己落在李犷朝靴上的泪水，喑哑着嗓子哀求："求你治他吧！我这辈子实在没有几个人真心实意地对我好过……我平日里嫌弃过他、骂过他、打过他……这算是我的报应。但是……他定是也舍不得丢下我自己死的！他想跟我一块儿在这儿做个美梦——你不信，你救了他，你听他亲口说……"

"一块儿做个美梦？"李犷像是听去了心智蒙昧的孩童口中的胡言乱语，"嗤嗤"地笑出了声。

"对——"这个字刚脱口，残存的一丝理智让林瑯从面前这个人强烈的情绪里，捕捉到他对唐玉树的重视。那一刹那林瑯才意识到自己方才的求情说辞，不仅无法求得他的不刁难，反而更似乎添了乱。

心下一急，便口不择言地抛出试图挽回的话——"他醒了，我可以让他去随你！只要他醒了！"

沉闷的天色被唐突落下的第一瓣冬雪打破，落进林瑯的后脖颈里刺得林瑯生疼。

"你是在可怜我？"李犷的笑容终于收去了。

走的时候，林瑯只拿了三样东西：与唐玉树合伙开馆子的前夜一起摁了手印的契约，唐玉树常年绑在额头上早已褪了色的绛红巾缎，还有被李犷丢在自己身上的小瓷人"林瑯"。

走之前被李犷允许，去看了一眼唐玉树。

望着榻上的他脸色发白，额头上扎入了金针，呼吸还算平稳有序，林瑯倒觉得哭不出来了。

兴许是都流尽了。

只觉无望与无助，却又无可奈何。

最后只忍不住轻轻触了触他的脸颊，还被大夫呵斥道："仔细着别碰到针。"

不碰也罢。林瑯对大夫用力地笑了笑，走出了厢房。

林瑯随着张谦一并上了回金陵的车架。

张谦不敢同他说话，只忙着劝说顺儿——那边顺儿抱着陈逆不肯放手，哭得不成样子。

林瑯顾不得他，林瑯连自己都顾不得了。

像是被抽走了神魂一样，只紧攥着唐玉树买的小瓷人儿发着怔，眼神涣散成一片。

只是车驾出了陈滩的时候，林瑯才突然回了神来。

分辨清楚自己周身后，一把抓出对面张谦的手腕便发问："将军要把唐玉树带到哪儿去？"

"不知道……"张谦不敢对视林瑯的眼神。

"成都吗？"

张谦摇头。

林瑯像是并未操劳过一般，突然恢复了气力，捏着张谦手的力道让张谦疼得厉害："舅舅，我们自这儿下了车去，躲在这里，我们不回金陵去了！等唐玉树几日后醒了，好了，我们就把他偷出来，我去和他到别处开馆子，好不？"

纵使被捏得极痛，张谦也不抽手，只缓缓道："他是一品骠骑将军，我们只是平民……"

"如果……"林瑯的心思在飞速地筹谋计算，半晌后眼神皎然一亮，口中言谈过激得让人鼻酸，"如果忤逆了一品将军，被抓了的话会被斩首吗？会连坐吗？我记得我在金陵有认识的朋友，似乎有这种通路——舅舅，你说买凶杀人的话贵吗？我这儿……我这儿也没带钱，我先跟你借着，日后我还你，你要利也可以！"

"瑯儿……"张谦不知道该如何面对林瑯的穷兵黩武，只错开了他的眼神，抱住了他。

由他单薄的身躯发出的颤栗因拥抱而渐渐平息，继而，耳边却又发出了撕心裂肺的号啕。

张谦也无计可施。

他突然想起十四岁跟着自己走丝路的林瑯。

那年从高昌国离开的时候，林瑯想把他在高昌国捡的狗一并带走。可是丝路艰难，带一只老狗上路确实是个负累。回中原的那一天，自己用"如果不带大羽一起走，路过陇右时，给你买颗和母亲生前带的那颗夜明珠，一模一样的那种。"为条件说服幼小的林瑯放弃带狗走的打算。那天在车驾之中的林瑯，也与今日一般。

那狗追了载着林瑯的车驾很久，而林瑯也一直望着身影越来越小的大羽，不顾吃着一嘴的风沙，只顾号啕。

张谦会怕——怕每次将林瑯带走的都是自己，他必定也会恨自己吧。

可张谦也知道李犷的性子——他若想要的，会翻天搅地也要得了手，才肯作罢。

叁

李犷第一次见到唐玉树，是在成都城的城墙下。

正在值岗所以站得挺拔。

那不苟言笑的表情，出现在十七岁的还未彻底摆脱稚嫩的少年的脸上，显得几分有趣。

李犷停下了行径的脚步，看唐玉树。

值岗的唐玉树那双放远的眼神，偏就在此刻偷闲般收了回来，落定在他正前方的不远处，于是因方才的正色而显得威武的浓粗眉毛便展平了许多。他偷偷牵起嘴角的瞬间表情，就此成了李犷耳中的一声轻叹。

顺着唐玉树的眼神，李犷转了头去。

横过了街，李犷的视线也顺利捕捉到躲在对面檐下，交替着踢脚，对着唐玉树笑的小姑娘。

李犷掏出了从江南带来的冰糖，给小姑娘吃。

“抿在嘴里，别咽下去——甜吗？”

“甜。”小姑娘含着糖，把那份方才给她哥哥的笑脸，也毫不吝啬地给了李犷一份。

“你认得我吗——就敢吃我给你的东西？”

“认得。”青秧点头，咧开嘴笑所以露着缺失的门牙，“你是将军！”

李犷也一并坐在了檐下的台阶上，问她名字。

“我叫唐青秧！”

“青秧？——那是你哥哥吗？”视线因与小姑娘的对谈，而有了坦率落定于少年身上的理直气壮。

“对！”

“他叫什么？”

“哥哥叫唐玉树！”

青秧和玉树。

“乱世里凄苦阴郁的脸孔看得太多——我见他们两个，只觉得像光。”

李犷把茶饮了，探身出窗口向院子里的下人问道：“唐玉树的药服了吗？”

收到“喂下了”的回应，他才把头伸回来，对着陈逆一笑，继续说道。

——“我还记得十一岁那年，还不懂权倾朝野的概念，也不懂杀鸡儆猴的意思。”

“只听人们戏称父帅作——‘王朝栋梁’，我只晓得王朝栋梁就意味着万万人的敬仰，却不明白万万人的敬仰又意味着什么。那次父帅带着母亲去赴天子之宴，我因染了风寒所以被留在了府里——那时候我还哭了，如今觉得算是……幸运吗？呵，也不算——那次被禁军里三层外三层保护着的京郊盛宴里，竟能混入刺客？于是父帅和母亲被杀了。隔日举国悲鸣的时候，作为唯一血脉的我素缟而立，站在壮阔的府邸门前，单薄的，竟觉自己与那风中飘摇的每一张冥纸，大抵都没什么差别。”

“权倾朝野者葬身阶下，皇帝也演了落泪的戏码。抹着明明就很干燥的眼眶，挑着眉毛，对十一岁的我说：‘我叫你袭了你爹爹的爵位，你从此就是王朝里最年轻的将军。来日长大了，也要像你爹爹一样，替我效力，知道吗？’——你猜我什么反应？——当时的我对他冷笑了一声。”

“而后我就被干爹接到了江南——我干爹，就是张谦的父亲，林瑯的姥爷，你这把刀的……主人。”抵在李犷腰腹最无防备之处的刀刃，就着财神府三层阁楼外落进来的昏蒙天光，显得钝旧不堪。

他将刀刃用手轻飘飘地拨去，再给自己斟了一壶茶。

“替你林大恩人也罢，替你自己也罢……你恨我，我欣赏你。”

李犷并不在意陈逆这个持刀少年的威胁，这让陈逆的眉头更缩紧得深重起来。

“可恨我的人太多……我着实不能一一给个交代。包括他。”

陈逆知道李犷口中这个“他”，指的便是唐玉树。

“我以为此后一切的权谋斗争，都再与我无关。收好了伤疤，与干爹、姐姐、谦哥儿他们，一并悠游在江南，度过余生就作罢。可二十一岁那年，我又被召回了京城——王朝安稳了十年之久，突发叛乱的关头上，那群明明心狠手辣的人却堵在一处，无一人肯出征。”

叛军从南诏揭竿，一路北上，直至成都沦陷也就三个月。

“有一日，他们想起了还有个我——王朝最年轻的将军。他们为我加封，赏金银封王侯。送我出征的那场宴上，所有人都向我举杯相敬，所有人看着我，口中说的祝词我一句都没听清楚，我努力分辨了去——却明白他们赤口白牙间念叨的，都是——替我们去死。”

“要我替他们去死——可以。”

“我对唐玉树说起我的故事，他听得发怔……”

李犷垂了眼睫，陈逆见他此刻念着唐玉树时的神色，倒真有几分与林瑯相仿。

“他两条眉头拧着，像是心疼我。可他嘴拙，表达不出他的感受，只是愣在那里半晌，跟我说了一句：将军，我做你的刀，我护你周全。他说这话的时候，小我四岁，可却让我实在动容……”

“青秧有顽疾，所以我遣了皇帝赏我的大夫，去帮她看病——我每每带着大夫去找青秧，他都会笑着看我。我喜欢他对我笑的样子，于是我倾了一切我能给的在青秧身上，即使大夫早就告诉我——她治不好的。”

“唐玉树感念我的恩情。”

“有一役是在龙泉驿打的，当时苦战太久，而亲自上阵的我被人砍伤落马——说来好笑，我不该被标榜‘王朝最年轻的将军’，我该被称为‘王朝唯一不会武功的将军’……那次我以为我会死，可我在距战场五里外的军帐中平安醒来之后，他就睡在我榻下冰凉的地上，他守着我。”

当时的侍卫扶起苏醒的李犷，告诉他说：“唐伍长在横尸数千人的山谷里一个一个翻，终把您找到的，又背了您五里地扛了回来。他自己腹里有断刃，早上才挖出去就来守您了……许是麻沸散药效没褪，所以睡了。”

“我赶林瑯走的时候，林瑯跪在我面前哭——他说从小到大鲜少有人如唐玉树这般真心待他。我听了嫉妒——我本以为这是我一个人可以享得的。也从小到大鲜少有人如唐玉树这般真心待我，所以一旦有了，我幼稚得像个心智还未开化的孩童。”

“我赏他官职赏他钱财——若我是皇帝，我大约会赏他半个天下。”

“我召集全部兵马，我于城楼之上宣读唐玉树救我的功勋，还有我对他的赏赐。”

“赏了什么我全然不记得——我只记得我那时候的幼稚动机——被一个人如此珍惜，以命相待，对我而言要胜过打赢几百场战争的荣光。”

“我不知道该向谁炫耀，于是我向所有人炫耀。”

青秧的病是奇病，好不了的那种。

只凭着李犷将皇宫里带出来的各种奇药吊着她，若非强行与无常鬼相搏，她怕是早就死了。

“可他却一直对青秧抱着希望。有一次我随他去寻青秧，我听他们兄妹聊起以后。后来我偷偷告诉青秧——‘若日后打完仗了，我也不回朝堂上了，我解甲归田，去江南。’——青秧，你要吵着你哥哥，就说以后要去江南。”

“江南？”李犷犹记得她听到之后眼神明亮。

“对，江南。”

“江南好吗？”

“好啊——有糖吃，有烟花，有三月烟雨，广陵，姑苏，金陵城……”

“江南的人好吗？”

“将军算是半个江南人，青秧觉得将军好吗？”

“好！”青秧点头如捣蒜！

李犷萌生出些许恶趣味，问青秧道：“将军和哥哥……谁好？”

“一样好！”女孩思索半晌又摇起了头：“不一样的好！将军的好像温婉的水，蒙着雾气，格外好看；哥哥的好像是水边的岸，有点粗糙，但安心！”

——“她嘴甜，我喜欢她。”

叛军从最初的十万，被这个未曾读过一本兵书的将军讨伐到只剩八千。

成都城已经被夺回，内城里刚刚安顿整治好，可是却因浮世饿殍，闹起了瘟疫。

青秧染上了瘟疫。

“需要把她安置在外城——但，绝对不会亏待她。”李犷对唐玉树说出口时，情绪复杂。

唐玉树没有料想中的意气用事，只说好，“但我天天都要去看她。”

“可以。”李犷允了，“只是……防疫的药你要记得按时吃下。”

那日叛军是突袭来的。外城防守薄弱，被攻克得过分迅速。

——八千死士的恐怖之力，不亚于十万兵。

外城失守之时，唐玉树正在内城墙上。

他焦急地望着流民，最后跑到内城门前去，吵着要出去。

李犷的眼神幽幽地望着唐玉树，向把守着城门的士兵冷静地下令：“城门不能开。”

唐玉树见到李犷，以为见到了救星：“只开一个缝，我一个人出去，不用管我死活！”

李犷却将眼神转向别处去，像是一记白眼：“我的刀——要擅自离鞘吗？”

“……”唐玉树一时语塞，因为自己也回答不上来，但内心的焦急还是无法因此而消解，“可是青秧在外面！”

李犷总能在不合时宜的场合里，在脸上挑出笑意来，虽然是嘲讽与蔑视的情绪。他说：“呵——你没有当军人的觉悟吗？打开城门的风险，你一个人担得了吗？”

“没有！”唐玉树因焦急而愤怒，“我没觉悟，我参军就是为了赚军饷给青秧看病！”

李犷知道这是真相，可李犷最不想听到真相。

所以，唐玉树也该知道真相。

李犷冷笑了一声："她早该死了，若不是有我。"

唐玉树一愣，却仍冥顽地喊着："放我出去！"

李犷转身走开，几步后停下来对身侧的人吩咐："绑起来！其余人给我守好内城。耗死这八千，成都就平叛了！"

这话让在场的所有人士气大振。

——"除了撕心裂肺的他。"

"青秧不出意外地，死在了那场混战里面。那之后，唐玉树就不再肯和我讲话了。"

"你是不是也觉得我恶心？"李犷坐在了椅子上，将下巴搁置于桌面。不及陈逆回答，他自己就笑了起来："我也这么觉得——毕竟我剥夺了他去救青秧……或者说与青秧一同赴死的权利。"

"那时候的我，病态地，甚至有点嫉妒青秧。她拥有着唐玉树所有的爱，可她明明只是一个负累。"

"倒是我——我待他恨不能掏出心窝，他却还是选择青秧，与我远离。"

"战后唐玉树说答应过一个人，要带她来江南……那个人便是青秧。造化弄人的部分，便是青秧的江南梦——那本是我给予她的一份虚妄寄托，她当真了，他也就当真了，他为偿这一梦离我走了。他听青秧说起过江南少年温婉如水，如今他找到了那个少年，却不知道青秧口中的如水少年，是我啊。"

"其实我不是什么传奇话本里的反派角色……骄纵如我，有时候也想求得世人的一点点体谅——于大义处：我是将军，我虽不愿，但肩上还是扛起了一份职责，我不能因他一人，让所有内城的将士和百姓承担起风险；于私心：我知道外城的屠戮残暴，他一出去，就再也不会站回我身边来了。"

"后来我问过他——"

当时的李犷蹙了眉，常日他眼神里的轻蔑此刻四散而去，换成一种悲戚，他说："玉树，你就那么恨我吗？"

唐玉树不说话。

李犷那双眼显得格外清冷凄凉："墙外是尽染瘟疫的流民，墙内是残存的军力，我是将军，这个决定你要我怎么做？因为我把她挡在外面，你恨了我这么久。你可曾有过一瞬间，对我的处境有过怜悯？"

听到李犷说出这句话，唐玉树不懂得要如何回应他。

只抽开了李犷的手，义无反顾地转身走掉了。

“小弟弟，你相信宿命吗？——世人传闻我年少有为，有甚者拿我当蓝本编出什么‘少年将军’的传奇故事。我听过，听罢也只会随着众人笑一下。我这种人啊，不能说没有喜欢的东西，但从唐玉树转身离开的那一日开始就明白一件事儿……”

斟完壶中最后一点余茶，话也停顿在了这个节点。

陈逆手里的刀早不记得在哪个节点被自己收回鞘中。只抬起头看了一眼李犷——那张与“将军”身份完全不相匹配的姣美面孔上，犹挂着一丝浅笑。

李犷说：“很多东西……其实……注定就拥有不起。”

随从“咚咚咚”地跑上正堂的三层来，先是警惕地瞥了一眼提着刀的陈逆。却在李犷漾着微微笑意的平静语气发问“何事？”之后，才松懈，抱了拳禀道：“唐伍长醒了！”

陈逆转身跌撞着跑下楼去，紧随其后李犷的步伐也并没有多稳健。

从昏到醒，中间间隔整整十五天。

肆

那厢李犷将陈逆挡在了门外，自己进了厢房。

一进来，就见唐玉树吵着要下地——有吵的力气，想来这几日的补药应该不白下。

见李犷进了来，唐玉树一时没有反应过来：“林……将军？”

捕捉到唐玉树认错人的行径，李犷翻了个白眼：“我和他哪里像了？我比他好看得多吧。”

“我咋个没死？”唐玉树自己也有些意外。

“我没让你死，你怎么死得起。”

“哦……”唐玉树还有些混沌。

大夫向李犷禀告着状况：“血肿化开了……今后应该也不会有什么遗留症状。唐伍长身子底比较好，接下来这阵子气血补好了，应该就不会有问题了。”

李犷点了点头：“那可以行路吗？”

大夫道：“可以了。”

唐玉树清醒了：“行路？去哪儿？”

李犷说：“金陵啊。”

“不行……馆子耽误了十来天。”唐玉树说着就要下地，“林瑯呢？”

“走了。”

唐玉树看着李犷半晌，绕过李犷就往外走去，一面走还一面喊：“林瑯——林瑯！”

被李犷牵住了衣服："你回来！"

"我要去找他。"

"你现在敢去，我让你一辈子找不到他！"

从回来至今，整整十五天。

最初林瑯回林府的时候，林老爷是非常欣喜的。推却了近日来所有的业务来往，都安排给下人去全权打点。窝在府里也不出门，整日换着借口去林瑯的书房和寝房里转悠。

察觉到林瑯自回了府邸里之后，兴致一直不太高，知道林瑯喜欢玩儿鸟，于是林老爷又四面八方地张罗了一挂珍禽来。几日前甚至搬进来一个与人同高，通体嫣红色羽毛的黑喙大鸟，说是从吐火罗买回来的，叫什么……"火烈鸡"还是"火鸟"。

"总之……是现在年轻人喜欢的风格！"卖给他鸟的西洋贩子是这么说的。

林老爷不知道林瑯喜不喜欢，只有些病急乱投医的劲儿，大张旗鼓地把大鸟带到林瑯面前。

却也只让林瑯多瞥了几眼，还了林老爷一个笑，就回屋里读书了。

那笑里的不由衷太明显了。

不清楚这人到底怎么了——往日里总嫌林瑯不做正事，四书五经背得结结巴巴，可如今终日见他躲在书房里面仔细念书，林老爷却心头打鼓打得生疼。

"乖得不成人样了……"

就连顺儿也一并变了——不咋呼不唱曲儿也不往脸上抹胭脂，吩咐什么事就去做什么事，无事可做的时候，就蹲坐在林瑯书房前看天看云，看着看着就哭。

有一日林老爷前来书房里，凑在林瑯跟前没话找话"念累了就休息会儿，别变成书虫了。"说完便被自己的笑话逗得捧腹，可兀自笑了一会儿，对上林瑯平静的表情时，笑声又渐渐转为一哂。

见林瑯的笔架上不知何时挂了一个憨态可掬的小瓷娃娃，又伸手摸来把玩，比照着林瑯的脸："真像——谁给你买的？"

"自己买的。"林瑯似乎也努力地笑，回答的声音淡得不好听清。

把瓷娃娃挂回笔架时，吊绳的结扣突然松动了，那瓷娃娃应声落地，大颗脑袋和小小的身子就碎成了两截儿。这失手，吓得林老爷自己都不敢说话。

林瑯却笑了一下，从桌椅间挪出了身子来，走过去蹲在地下，用手一点一点将碎片拢起。那些碎片无情划破了林瑯的手腕，伤口处冒出了血珠，林瑯却对伤口的存在置若罔闻，偏执得可怕。

那娃娃是中空的，摔碎的时候里面掉出了一张纸片。

林瑯仔细地展开来了，林老爷立在一侧不敢凑过去，只望着林瑯像失了心神一般——瞅着上面歪歪扭扭的字就傻笑。笑着笑着又笑累了一样，张着嘴巴用力地呼吸——像是因为情绪太过浓重，却压抑着不肯流出眼泪的哭，又或者像是发不出声音的咆哮。

最后将手里的纸片重新卷起来，塞回了前襟贴身处。坐回桌椅间去继续埋头看书。

爹爹出去之后，林瑯才忍不住把眼泪掉了下来。

离开陈滩这十多天的光景，他总是在想唐玉树，在想他们的那一个梦。

就像是——有人将这些缝进了自己的神魂里面，用骨梗作针，脉络为线，缝出了细密针脚。

于是一旦拉扯开来，就撕扯得生疼。

林瑯想起来唐玉树当时写字的模样，圈着手臂不让他看，笨拙地写得别别扭扭。

才知道那字条上的字，是他死记在脑子里的话。

得知那字条上的字之后，林瑯再也读不进去任何书籍。只觉得那印刷整齐的宋体，全数变却了形状，于是硬读下去，脱口而出的全都是这句。

——“羽从琳琅拥轩盖，玉树流光照后庭。”

林瑯想——玉树怕是从未见过诗句里描述的，那种绮丽画面。

他不知道这些诗在讲什么，他只知道这押韵的七个字的句子，里面提到了他们俩。

这个人，简单纯粹得要命。

可惯常自诩“走过丝路”的自己，却甚至连好生收藏起他的温柔，都做不到。

是报应吧。从此以后，唐玉树是死是活，都不再与自己有关了。

未有战争时，听闻成都也是个繁华盛世。

唐玉树是从那里来的，带着那里的独特口音。

林瑯喜欢拿他的口音说笑，喜欢看他被自己捉弄之后，羞着脸，还同自己一起大笑的样子。

唐玉树乡音重，好些音分不清楚。

近来爹爹许是上火的关系，舌头上长了口疮。

几日前腊月廿七？……还是八，林瑯也记不清楚——总之是按习俗要吃饺子。

围在一张桌子上吃着饺子的时候，林瑯发了呆，爹爹唤了一下他的名字：“宁瑯——”

林瑯抬起头愣住。

爹爹又改口：“林囊——嘶，你说好笑不？这几日舌头长了疮，话都说不清呢……”

约莫是方才吃饺子蘸的醋太酸，冲得鼻梁生疼，林瑯突然埋下头去，明明不想哭，可是眼泪偏偏止不住。

昨日张谦来府上看林瑯，循着礼数去见林老爷的时候，林老爷眉头紧锁，头发花白得更明显些："不然放了他回去吧……"

"真的吗？"张谦意外。

"回来是回来了，变成这个模样我看着难受……"

"可是……李犷把他的后路断得死——姐夫，不是我说——你是他亲爹，也该知道他的性子。"张谦惯性按着太阳穴缓解头疼，"如今李犷把他倒是给你劝回来了，林瑯自己都在那立了铁誓，说要考功名做大官儿去——这哪一项不是你想要的？"

林老爷点头称是，可点了半晌头，才悠悠地探出一句："可这哪一项怕是都不是他想要的。"

张谦引导式发问："铁誓是他自己立的，不是吗？"

"哎呀……那是因为他把魂儿给丢了才这么说的！"林老爷急得跺脚，"那个李犷——你告诉我，他到底用什么招数把瑯儿劝回来的？魂儿丢了，那人说的便都是胡话——那能信吗？"

张谦点头："你想明白了就行。那你就放他回去吧，李犷那边我去对付。"

林老爷倒似乎是认真在考虑张谦的提案。来回踱步想了半晌，又问及："他那……小兄弟可好了？"

"李犷说，大夫说今日没了大碍——是旧年受过大伤，当下没发出来成了隐症，不过也从鬼门关给捞回来了，剩下的就看他自己醒不醒的了……"

"需要钱吗——给他点儿？"林老爷解决所有问题的最先思路都一样。

"啧，不是钱的事儿……"张谦摇了摇头，"姐夫，这世上，有多少钱都买不着的药。"

"这世上有多少钱都买不着的药……"李犷道，"意识到这一点之后，林瑯不想玩开什么火锅馆子这种过家家的游戏了。他怕有朝一日他也病倒了，多少钱都买不回命。他就决定要回去读书考功名做大官——想变得像我一样。"

唐玉树不信李犷的话："你为啥子要赶走他？"

被拆穿，李犷也懒得继续杜撰，只坦白道："因为他对你没有任何好处，还添乱。"

"我不需要他对我有啥子好处！"唐玉树怒目，"他就是好处。"

唐玉树护着林瑯的姿态太强硬，这让李犷看去了，心头揪得疼。但他不表现出来，只一如既往地玩味地笑："我不强求……你恨不恨我，我都会救你。我救你，也没指望你原谅我。"

"那我现在就去把他带回来。"唐玉树又要下地。

李犷说："那是林府——雇佣的守卫哪个都比你厉害，你乱来会死的。"

唐玉树突然不说话了，只把头低了下去。

半晌后再抬起来时，眼神里有了一种李犷从未在他眼神里见过的疲惫神色："当年是青秧，现在是林瑯，为什么每次都是你在阻止我……"

"……"李犷害怕那种神色——像是自己捻灭了一束光。于是纵使是演，也再没有笑的力气。

"你知道吗？我被你绑着的那一夜，想着外城里屠戮流民的敌兵，想着我幼小的青秧，我是怎么熬过来的……将军。"

那一夜，他在一段一段漫长如百年的时辰里，失去了所有活下去的期待。

"你想留我，最后留了一个不想活的我。"

唐玉树推开挡在自己身前的李犷："你来成都平叛时才二十岁而已，被当作送死的先锋。当时我愿意效忠于你不是因为你对青秧好——纵使你和她不相识，我也会帮你——因为那时候我真心实意地心疼你……"

李犷转过身来看着准备离开的唐玉树："为什么后来却变了？"

唐玉树停却了脚步，却不肯回头看李犷。他背对着自己："你也没变，我也没变，只是造化弄人吧……"

背后的李犷笑了一声。

唐玉树还是不肯转过头："所以我恨造化……但我不恨你。"

他说罢，推开了厢房的门。

"唐玉树你站住——"李犷终究乱了方寸，在唤停唐玉树的脚步之后他整理了一下心绪。

即使知道他不会转身看自己，但还是用尽全力挤出了笑容来，继续披上洒脱不羁的姿态："听大夫的，把身体养好了再开店。日后……对林瑯好一些。我不喜欢他，他的乖戾跋扈不比我少……他母亲是最照顾我的姐姐——而在我这厢你终究是欠着我的，就替我还给他——去吧。"

声音一如既往地经营出慵懒气息，略带了豁达的风情。

那是他与唐玉树的传奇故事收尾之前，他能撑起的最后一副场面。

从马棚里解下大虎，唐玉树跨坐了上去。

踏出馆子的门时，陈逆追了上来："玉树哥，带我去好吗！"

唐玉树愣了一下："馆子怎么办？"

陈逆不依不饶："那顺儿怎么办？"

两人僵在那里片刻，突然就一起笑了出来。

伍

把今日份额的书卷又温了一遍，林瑯打起精神替自己斟了杯茶，揉着酸胀的太阳穴。

林老爷进来了房间来："……不用这么刻苦。"

"不苦。"林瑯笑，"悬梁刺股的古人都有，相比之下我算是在偷闲。"

"悬梁刺股又是打哪里听来的典故！"在林瑯桌案边坐下身子，林老爷从怀里掏出个小瓷人，看起来似乎比唐玉树买的那只精致多了——唐玉树那个小瓷人是别人先前做好了，些许歪打正着地与林瑯相似。而林老爷掏出的这个，则似乎就是比着林瑯的模样做出来的。

只望着他花白的胡子虽开口而颤，说："给你！"

说话的时候语气里有几分谄媚。

"用不着这么样子……"林瑯接了过来，放在掌心里拨弄一番："都是些无关紧要的玩意儿，碎了就碎了。"

林老爷将林瑯为自己斟的茶端起，抿了一口，叹道："碎了可不能任他碎了，能补多少就补多少——笨手笨脚地摔了那是难免的事，可放着不管才是不能原谅的。"

林瑯没花心思消化爹爹的这句话。

将茶盏放在一边，林老爷开口道："先前你跑出府里的时候，可把我急坏了——小崽子，让爹爹一顿铺天盖地地好找。后来我就想，你这出了门去，定是会有花销，便在金陵各处票号放了话：所有兑我们林家银票的人，都留着点心眼儿给我！结果查着你的行踪了，却又把你吓跑了——那天爹爹急哭了，真的哭了，这么大年纪个老头子了，躲在你娘亲的祠堂里嚎得像个傻子。"

林瑯抬眼，看向了爹爹。

林老爷晃了晃身子，斜斜倚在桌面上："那件事之后爹就在想：我是做错了吗？想寻着你踪迹却把你吓跑了，你也没钱花，以后可怎么办？怎么吃饭？换季了怎么添衣服？万一遭个地痞子讨钱，搜你一遍身搜不出半个子儿来，他再起了歹心图你别的可怎么办？——我们瑯儿生得又好看……"

林瑯"咳咳"两声打断林老爷的被迫害妄想。

"……哎。我才明白，我是做错了。"林老爷说着声音又有点发虚，林瑯听得出来他的悲伤，也听得出来他的隐忍。林老爷继续道，"总是这样——太怕你有闪失了，所以兀自安排了很多手段来帮你筹谋替你规划，最后反而让你越来越害怕，害怕到逃了出去。"

林瑯没有说话，任爹爹继续说。

“你舅舅都对我讲了——讲了你去了陈滩，遇到了个靠谱的小兄弟，一起合伙儿开了个馆子，经历过不少坎坷，也还小赚了一笔……爹爹这么多年风风雨雨全都听过，可你这短短几个月的故事，却把我听得出神。”林老爷顿了顿，“你有这个本事，以后愿意继续做，爹爹愿意帮你。”

林瑯低了头去：“不做了。”

林老爷没听清楚：“啥？”

林瑯重复了一遍：“不做了。赚钱没意思……我现在更想去考功名做大官，所以买卖就不做了。”

林老爷愣了片刻，点了点头。在当下的空间和气氛里无所适从地晃了几下，最后伸手摸了摸林瑯的头：“今日是年三十，晚点的时候城里有烟火，你想在家里吃饭？还是我们出去？或者我把你舅舅给你叫过来？”

“不用了，今日乏了打算早点睡了……”林瑯说。说完后他又抬起头笑着补了一句：“爹不需要顾虑我，这年关上我知道你得有很多生意上的事情需要打点，去办吧。”

林老爷点了点头，走了。

俄而顺儿端着一堆杂七杂八的吃食进了屋里来：“少爷，吃点东西吗？”

林瑯说：“不了吧，没胃口。”

“你近日都没胃口。”顺儿说，“真比小孩子还不好管了。”

被管辖者言语僭越的冲突感，让林瑯才忍不住笑了一声，“哎，顺儿我问你：若你想吃什么都能立刻变一桌子给你——这个时候你想吃什么？”

顺儿不假思索：“想吃火锅。”

“……我也想吃。”林瑯点头，“你觉不觉得火锅有这种气质？——就是不管是什么时节，什么日子，发生了什么事情，跟什么样的人，只任你心里头想要热闹火热，就会想吃！”

“对！”

“这也是个卖点！”窗外刚被点起的灯笼，光线一厘一厘流转在林瑯的眸子里，“若是主打这句主题，写成诗供人们口口传诵——哎，你说找金陵城里有名的大诗人来写，宣传的效果会不会更好一些？”

顺儿呆呆地看了林瑯一眼，闪避开林瑯眼底里亮晶晶的光，匆忙地应了一句：“会吧……”

林瑯也才想起什么似的，把沉沉的身体窝进椅子里。

片刻后，幽幽地叹道：“其实……如今所有都是我自己一手造成的。如果我当时没有逃出林府，没有去陈滩，没见到唐玉树，没吃过他做的火锅，没和他经历一切，他对我来说——会不会就是个陌生人？”

他看向顺儿：“而一个陌生人的死活……于我，是不是也就算不得什么大事了？”

顺儿问：“可是你甘心吗？”

“若问……的确是不甘心啊。”林瑯将身体坐起来一些，“我那天想什么？你猜——说来都好笑。我那天突然想啊：如果带了现在的记忆，再重来一次的话，我会怎么做？”

“我先是觉得我应该是不会去陈滩了，这辈子都不去……可转念又觉得，还是去一下好了，我只佯装路过一趟，远远地看看他——他若是没遇见我的话，他应该是在码头上做工，也说不准或者做了别的……也不去打扰他，也不发生什么故事，就只躲在远处看看他……”

顺儿出主意：“那你要假扮个卜卦的先知，告诉他：‘早点去看看大夫啊——早些治隐疾！’”

“对！”林瑯一拍手，倒像是生活真的任由他规划了一般，“可转念我又想到这一点，便觉得不能枉由他病死了。我要早早地赶过去——在他没来之前，在他的病症没积大了之前，就把药方子开了，把他治好了！哈……”

夜色彻底笼了金陵城。

并未点灯的昏暗书房里，林瑯被灯笼的光亮镀上了一道红彤彤的边缘。

“我大约会……会把他记一辈子吧……昨晚我做了个蹊跷的梦：我梦到我在成都战火里，他守着我，用一柄钢枪为我杀开一个圈子——不大不小，只容得下我。而后我又接着梦到他教我骑马……我同他打趣，说‘等我学会了，我就骑着大虎嗒嗒嗒嗒地跑回金陵去，不跟你在陈滩这种穷山恶水之处过苦日子了！’你猜他说什么？”

“他说什么？”

“他拧着眉头，还以为我变了卦，急得额头直冒汗：‘那我不肯教你骑马了！我把你连同大虎一处拴起来！’”

说完和顺儿笑成一团。

笑着笑着，却又渐渐噤了声。

戌时到了，掐着点儿外面的爆竹声接连而起。

林瑯听得心慌，吩咐顺儿把窗户关了。

可关得再紧，也阻隔不断那些欢愉声声挟入自己逼着的耳道，于头颅里恣肆着耀武扬威——大抵人间的悲欢喜乐是有个均衡的——就如同此夜一般，整个金陵城歆享多少份额的美好，便亦有等量的苦楚在暗处滋生。

而这些苦楚，料是全含进了自己口舌之下。

林瑯想起唐玉树某个夜里和自己讲的故事。

小时候他与青秧有一次过年，冒着雪从外面捡回一些被油彩涂抹的废木料，围起来生了火，两人取暖。那些油彩在火舌之间间或迸起，冒出一寸一寸的火星，以及“哔叶”的声响。

青秧问：“这是什么？”

唐玉树也不知道，蹲着看了半天，告诉青秧：“这是烟花。”

他讲完的时候兀自笑了起来，笑了好久之后转过头来，却看见林瑯眉头皱着情绪复杂。

唐玉树有点慌了：“不好笑呀……不好笑我再讲个——”

“好笑！”林瑯点头配合。

干笑了几声之后暗下决心：一定要在金陵烟火最美的那一夜，带他去最好的酒肆，最贵的看台上，看最清晰的烟火。

顺儿似是觉得如此安静的书房里坐着不适，起了身说：“少爷，我们也去看烟火吧。”

“你去看吧，我困了……”潦草地卷好书桌上的书，林瑯却又反了悔，转过头来对顺儿道，“好，我们去吧！”

习惯性地朝后院的方向走，打算翻墙溜出去，却被顺儿提醒：“今天是除夕，走正门出去也没关系的。”

林府内灯火通明，家丁用人们说笑声此起彼伏。

没拐到正门的时候，林瑯听到门前似乎有人拥着吵嚷，口中还念叨了一句“是有什么事吗……”却突然被爹爹的一声呵斥声吓停了脚步。

门前的吵嚷声也恢复安静。

林瑯和顺儿又向前走了几步，突然听到一道执拗的声线：“我要见林瑯！”

脚下一软，林瑯跌跪在地下。

顺儿疾步跑上前去，冲着门外站定了脚步，半晌才喊出了一声“唐少爷！”——再接了一句“陈逆！”的时候声音就破了。

林瑯是自己站起来的。

虽然白天没怎么吃得下饭，可突然觉得很有力气。

跌撞着绕过了弯来，视线越过林老爷和一圈家丁，只见唐玉树牵着马站在林府的大门前——与往日里一模一样，囫囵的，分毫不差。

陆

“看着挺老实的一个小伙儿……”林老爷眉头紧拧成了一片疙瘩，鼻腔里喷出的不屑气息吹着胡子颤动，“怎么就把我们瑯儿骗得五迷三道？”

张谦压着笑意“啧”了一声：“姐夫你什么身份啊……偷听人家悄悄话的事都能做得

出来？况且你家林耶生了一副什么玲珑心思，你又不是不了解他……到底哪个把哪个骗得五迷三道还说不定呢。”

张谦嘴上说着，其实自己也竖着耳朵分辨了片刻。察觉到除却顺儿的抽抽搭搭之外再捕捉不到任何声响，索性还是拉扯着林老爷出了外面来。

其实张谦心里失落，他想知道林耶和唐玉树当下的情况，他们还好不好？他们会不会因这道坎坷而放弃他们共同的梦？唐玉树是如何摆脱李犷的？林耶如死灰一般的心自此是否能复燃？

张谦想问个清楚——若因李犷而真破坏了什么……张谦迫不及待地想去补偿挽回一些，虽然这些事情完全与他无关。

与李犷久别这么多年，早已脱离了“阿犷最喜欢的谦哥儿”的角色，他还是习惯性地想要替李犷摆平任何残局。

单方面地大手包揽下一切关于李犷的顽劣和恣肆，是张谦可以在两人之间自处的唯一方式。

因各自思索着什么而一路无言，两人从林耶的卧房门口走回了正堂去。

林老爷还在那边板着脸。

张谦也能看得懂姐夫的心思——林耶从小到大要强又独立，像是含不化的冰。可这天地之间何时何处突然冒出一个家伙，让这块冰消融成一摊脆弱又柔软的水。“被依赖”的角色，林老爷死都不愿意拱手相让给那个臭小子。

——如果林耶又跟唐玉树走了，林老爷便又只剩自己一个人了吧？

张谦也替姐夫感到心有戚戚。索性先收拾好自己的心事，随口向姐夫搭了段谈资来闲闲叙话：“今天大年夜，万家欢声笑语。你这里——偌大的林府……就没想再添点儿人丁？我姐走了这么多年，也没见你有过什么动作。”

“添什么啊……”林老爷被张谦成功地从苦思之中拉了出来，吸溜着抿了一口烫茶，心头才回了温。约莫是额头皱了太长时间，此时鼻根处些许酸胀，便用手指轻轻捏着放松，悠悠才叹出一句：“我这辈子啊，家业拼出来了，有情人也遇到过了，膝下还有这么个没出息的……这就满当了——还添什么啊？”

“真好，我姐若知道你过得知足，定会开心的。”张谦以茶代酒，将杯盏伸去林老爷手边碰了个杯，嘴里兀自又重复了一遍，“真好……”

林老爷看出张谦笑得苦涩：“你姐走得早，你算是我亲弟弟了。你的事我不能不操心，我这辈子是满当了自在了，你呢？坊间闲话你张小爷悠游万花丛中，片叶未曾沾身。好听的，说的是你心高气傲赏不来庸脂俗粉。不好听的，说你无能。你倒从不打算有个交代？”

“交代谁？——交代给坊间吗？”张谦笑说，“没人需要我交代，我也没必要交代什么人。”

“也是。”林老爷笑说，“李犷呢？——你那义弟，唐玉树都来寻瑯儿了，他不至于留在陈滩过年吧。”

“他……回京城了。”张谦答应得有气无力，似是不想聊这件事。

抿完热茶，两人皆禁了声。

今日是除夕夜。下午水运司里还是有一堆事情需要交代，忙到酉时张谦才回的府。

虽是年关可府邸上也空落落的——平日里一门心思都在事业上放着，与人叙述闲话时也总是自诩“了无牵挂”，可家家团圆的时刻，只能面对自己的张谦心里也没有很好受。

样貌算不得惊艳四座，却也是个端庄大方举落不侪的，因此关于他的风闻也并不少。张谦从来只是一笑了之，只趁着年轻一把心思钻进了事业里，把家业做得此般大，闲言碎语才碰不得他。

往常年份总是出去周旋——皆是这样，各路名流都把年节过成了交际，抛却各自家人在外交错觥筹。

张谦今年照例收到了很多邀约，可却没心情。

姐姐和父亲离开后，就很少过过年了。有几次是跟姐夫和林瑯，有几次索性不过了。张谦不矫情，过不过节团不团聚的都无所谓。

每天过踏实了，就好了。

酉时末李犷从陈滩回来的，到了张府，没有进门，只是将车驾停在府邸前刚点起的红灯笼下，差了人进门来报。

张谦跑出来时，还喘着粗气。眸子里明灭地映着灯火，望向掀帘而起的李犷——那张面庞除却黯然的红光晕出的轮廓之外，其余部分都深藏进了黑暗里。

张谦试探着问他：“回来了——怎么还不进门？”

“只是路过。”

“哦……唐玉树呢——”急切地想知道结果。

李犷哂然一笑：“去找林瑯了吧。”

“那你——”

“我回京城去。”

“不是说好了以后要留在金陵吗？”

“谦哥儿……”李犷用年少时候惯用的称呼叫他，“假如我挟着唐玉树住在金陵，你面对这一切……你也愿意我这样留在金陵吗？”

张谦不遮蔽卑微，摇着头，嘴里却道出“愿意”二字。

李犷沉默了许久，最后笑说：“你何苦？我对你一直都不曾用心……”

张谦点头，这次却否认李犷的话：“我不苦……我自愿的。”

李犷愣了一下，低了头去说了一句：“还是……别了。”便招呼车架行起，拐出了巷子，挤入与人流鼎沸的大街上。

别了。他说。

是拒绝还是道别，张谦照单全收。只用力咽了一口哽在喉头的情绪，并没有追上去的力气。

既然得知林瑯与唐玉树重会，张谦也算放了半颗心。前来林府里和林老爷小坐一会儿，就着热茶闲叙了几番话，便告了别打道准备回府。

林瑯卧房这厢，是顺儿大哭的现场。

这家伙抢戏太过严重，可众人也都没呵责，不吱声儿，安静地任顺儿抒发。

——好蠢的样子。

林瑯心底里评价此刻顺儿的模样。接着又想到自己这段时日的阴霾状态，大约也和顺儿的哭天抢地差不了多少，其实也没什么立场嘲笑顺儿。

唐玉树看了号啕半天的顺儿，又转头看着林瑯，想说好多话却又说不出来，只憋出两个字：“真好。”

林瑯看着那炯炯有神的眸子，忧心还没散尽：“全好了？”

“全好了。”

“好透了？”

“好透了。”

“那就好。”

“那就好……”两人生硬地搭着话。明明是并肩作战过的老友，却像极了年岁尚小生涩害羞，尚不熟悉彼此的孩提一般。

这不该……大的坎坷也挨过了，总不能还比以前生分。

于是清了清嗓子，林瑯差遣：“行了够了别哭了！去后厨吩咐烫壶暖身子的姜茶来喝。”

顺儿这才后知后觉地意识到林瑯也需要个抒情的空间，应了一声，抹了几把眼泪，拽着陈逆就往门外去了。

两个小孩儿跑出去之后，屋子里便空了。

就着暗火瞥到唐玉树望着自己，林瑯还是有点不知所措。

唐玉树却突然一把抓住林瑯的肩膀：“你……”

“我……”林瑯愕然，把眼神扭向一边去。

“你咋个瘦了嘛！”

“……”林瑯的眼神转回了唐玉树脸上，又翻了白眼跑去了他处，“……”

唐玉树似乎察觉不到气氛，只一脸憨笑着说笑：“你爹爹不好好喂你！”

林瑯打心底里觉得唐玉树没治了，皱了一下眉头，问唐玉树道：“你来林府做什么？”

唐玉树倒不解了：“接你回去啊！”

“……”林瑯又问，“为什么要接我回去？”

唐玉树有点懵了：“开馆子啊！”

“……”耐着性子继续问，“为什么非要今天来接我？”

唐玉树一脸茫然：“因为……我醒了啊！”

“……”林瑯放弃了，“你给我滚滚滚……”

唐玉树搞不懂林瑯的心思，看着林瑯转身走回床上去气鼓鼓地坐下，自己站在原地思索了许久：“那……我等过完年再来接你回去？……初几？”

林瑯觉得自己胸腔里憋了一口老血。

见林瑯不肯理会自己，唐玉树心里有点急了，向林瑯的榻边走进几步，眉头皱了起来：“你不是不肯回去了吧？”

林瑯不耐烦地抬起头来：“你怎么这么笨啊！”

“咹？”

“咹你个头啊！”林瑯猛地给了唐玉树肩头一拳，落在他身上的时候力道又收敛了大半，“你那将军……顺利放你走了？”

“放了！”唐玉树点头连连。

“他人呢？”

“回京城了……吧。”

“哦……”

“他是不是给你苦头吃了？”

“……”

“对不起啊。”

“对什么不起？”林瑯也急了，“不许站在他那头跟我说话！”

“哦。要嘚。”唐玉树点头连连。

终于忍不住，两人一并笑了起来。

柒

金陵城里华灯比以往都要明亮。张谦沿途浏览，却无心驻足。

半月前唐玉树旧疾突发那一夜，凌晨时分顺儿跌跌撞撞叩开张府大门，随下人来到卧房里声音哑地说不完整话，焦急慌乱地向张谦通报：“舅爷！唐……唐少爷要死了！”

睡得半懵的张谦一时间在脑中没对上“唐少爷”这个人物。

可方才听得动静还在抱怨“吵死了”的李犷，却从榻上猛然坐起，颊上的横肉不自觉地抽动而致使下眼皮半阖，视线因此显得凛冽而尖锐：“他怎么了？”

问询清楚病因之后李犷起了身迅速穿戴，指使张谦先去准备车马，自己将随从的大夫从侧院里都叫了起来。

去往陈滩共两辆车驾——张谦独自一辆在先，李犷拉着顺儿和大夫们局促地挤在后一辆车里，焦急地讨论着沙场上曾有过得此类病例，关于唐玉树的伤势，关于病症处理。

张谦听着也一同焦急，可被排除在事件之外无法分担任何，也孤独无措。

快到陈滩的时候李犷和顺儿换了车来坐，张谦才得以询问：“有救吗？”

“那个傻子——总是把自己作死。”李犷咬牙切齿，“以前就这样，所有事情都自己消化，疼死都不肯说……现在好了，小事一桩生生拖成大案——就算我带了一车无常鬼去帮他还魂，都得看阎王爷心情怎么样！”

李犷回答着的是张谦的问题，可没有一丝注意力从唐玉树身上分离出来。

张谦知道李犷后来负气赶走林瑯，想把早与自己辞行的唐玉树再拢回身边来——是非发生不可的事情。

张谦对他太熟悉了，以至于他一举一动，张谦都能猜得出意图。

……也阻止不了他。

小的时候府邸花园里一到春夏，便总有些许蝶舞蜂飞。张谦嘱咐幼小的李犷，这些虫子可碰不得：“它们长着刺，会扎手，生疼！”偏执的李犷不肯轻信，必得自己去碰了，最后遭了殃，才懂怯生生地收回手。

如今唐玉树不肯再随李犷走，一门心思惦记着林瑯。

想必这疼，要更胜过蜂毒无数倍吧。

张谦第一次见到李犷是十七岁那年，那日忘记是为什么事而被爹爹罚站在书房门前的檐下。

只记得当时左手是姐姐右手是爹爹，两人牵着那个早被提起过无数遍的“可怜的孩子”前来，交在张谦手中：“好生带他玩儿，不许欺负他！”

张谦满口答应，冲李犷咧嘴笑。

李犷性子孤冷，不知是不敢还是不屑于，总之不肯吭声。

张谦望着这个十一岁的小孩子，脸上挂着漠然的表情——太不搭了，于是在他耳边悄声逗他：“你跟着哥哥，哥哥保你不被欺负。可否？”

幼小的李犷突然就笑了，点头。

张谦从腰间布囊中摸出油纸包好的糖块，递在李犷嘴边：“你唤我一句，唤对了，我就给你吃。”

李犷甜甜地开口：“哥哥！”

那句“哥哥”张谦记得很清楚。

就一句哥哥而已，像是一句咒语，牢牢锁住了张谦。此后漫长的成长年岁里面，他不知为何，所做的一切事情，都只为了努力配得上李犷口中的兄长身份。

李犷生性冷淡，却习惯性地会对人笑。

总笑，对任何人。

张谦在任何事情上都聪慧敏锐，除了情绪这一厢。

他未曾多揣摩过李犷的笑脸。

张谦喜欢李犷紧跟着自己的样子——醒时跟着，睡时也要跟着。冬季时说“一个人怕冷”，纵是盛夏炎热时，也强说着“怕鬼”。怕什么都罢，张谦从不拆穿李犷的话——怕什么，都只要知道来找谦哥儿，一直被需要着，就好。

从小小的一个身影，成长成高挑清俊的少年。从未变过的，便是用那双清亮的眼睛，随时望着你——似是崇拜你，仰慕你，将你视作他的整个寰宇。

整整十年，就这么被李犷跟随着。

李犷被朝廷接回京城的前夜，他携了壶酒与自己在屋子里小酌。

各自三杯下肚，李犷突然开口说：“我走了……你不必挂念我——是因为义父的慈爱收容，我的命里才有的你……们。这十年来我只当是老天爷平添的一份恩赐，可这份恩赐不是我的常态，我不该习惯，我不能当作理所当然……我是王朝的将军，注定是一把刀。”

张谦说不出什么反驳的话，只一边斟酒一边道：“真的不能不去吗？”

“我爹爹与义父不一样……义父聪明，甘愿被释去兵权，领个闲职和犒赏远离京城。我爹爹太过简单又偏执，他甘愿为王朝之刀，而从未想过王朝是否还需要他这把刀，终究是不识时务的下场……可王朝如今点了名要我出鞘，你觉得……我有得选吗？”

“我陪你去呢？”

“陪我……”李犷低头了很久，扬起脸来，笑得明朗，“别自以为是了——我开口叫你的第一声哥哥，就是讨好的，谄媚的。我年方十一岁，已经需要处心积虑来揣度我接下来要生存的地方。我要分析局势——你是这个家里的掌上明珠，我要化身为唯你马首是瞻的小跟屁虫，骗得你的宠溺，我才能活得不错。”

这番话太刺耳，他直接了断地否定了这十年岁月的亲密与美好，将十年的真实解释成一场被编织出的美梦。

张谦听得鼻酸又心酸：“你何苦？我对你一直都很好，像亲弟弟一样。”

李犷说：“你真好笑啊！你是金玉香榻里爬起的公子哥，我是寄人篱下的落魄儿。你享受我崇拜你，追随你对不对？喜欢我望着你，跟着你，对不对？你以为这些是我真实的依赖，对不对？”

张谦说“对”，“可你现在想告诉我——这些是你从十一岁就开始演的一出戏？只为了在这个府邸里活得好一些？”

李犷将壶中最后的残余倒进自己杯子里，晃着手中的铜杯用调笑的轻浮态度点头：“很自私吧……但这是我的生存法则而已。你若恨我，倒不如站在我的境地想想看——在最没有能力的年纪，是不是骗取宠爱才是最可靠的谋生方式？”

第二天李犷便随朝廷的车驾走了。

离开时，路人纷纷拥簇围观着那座华美的车驾——传说里面坐着的是王朝最为年轻的将军。

张谦没有去送行，站在正堂三层上依栏而望。

——那单薄孱弱，总是依赖着自己的小孩子，如今被套上绮丽的金甲，从他沉溺十年的南柯梦中苏醒，要回归到他腥膻浓烈的真实人生去了。

这么想的时候，张谦又觉得恨不起他。

一个月后张谦就随着父亲旧友的商队，带着林瑯远赴丝绸之路，离开了金陵城。

彼时正值成都战乱那几年。少年将军李犷的传闻故事，张谦是在高昌国驻足时听到的——都说蜀地一个年少貌美的少年将军，只身涉险探听敌人情报也罢，瞒天过海大乱叛军计划也罢，所有关于他英武有为的传奇故事，换得天下人喝彩讴歌，在张谦这厢却都听得胆战心惊。

那些振奋人心的英雄传说，张谦看得透彻——无非是远离战火的堂上帷幄间，朝倌们的操纵手段，安稳人心宣扬朝威而已。

一把羸弱的刀，被极尽所能地利用。

好在听到的一直也都是连连捷报。每次看那些讲述最新的“少年将军传奇”的说书客们用笑意盎然的脸来开场，张谦便能松却一口气。

回到金陵后又正值家父病逝那阵子，一面殡仪一面是家业接承与打点。

张谦一度想借机忘掉李犷——那是庙堂之上的白玉镂刻而成的王朝偶像，纵有交集，也注定不会为了他而驻步。

可战后李犷的信却到了。言语不多，信尾处一句“没死成，我居然觉得空落落的。谦哥儿，你说……以后要怎么活？”

张谦不顾繁杂事务，收拾行囊即刻动身过了成都去。

再见时，清冷孤傲的少年被沙场的风磋磨出了更为柔润的轮廓。

人和人是不一样的。都说战场上下来的男儿会变得刚毅而粗糙。可李犷不一样，这个心头缺乏安定的人，拥有着另一套反其道而行之的生存法则——就像鹅卵石，任尔消磨，我自圆滑。

这让张谦心疼。

回到府上时，院子里嘈杂得不太寻常。

缘是府邸里下人们在忙碌着，张谦也没有心情顾他们在做什么，只是径直走。回正堂的路上被一个老家丁给无意冲撞了，张谦蹙眉：“在急什么？大年夜的，快去休息吧……”

那老家丁脸上苦笑着，慌张回头看了一眼灯火通明的正堂：“这不是二公子回来了嘛……吵着还没吃饭，要我们在你回府前张罗一顿年夜饭——你们还饿着，我们哪敢休息？”

“二公子”是已经鲜少再在张府里听得到的称呼，那是当年——爹爹和姐姐都还在，自己屁股后面还总跟着一个小小身影的时候，下人们惯常对李犷的称呼。

张谦错开那个下人，往正堂里跑去，脚步更颠得视线模糊又清晰。

灯火明灭间，自己似乎是掉了眼泪。

拨开沉重的被帘，正堂里暖意洋洋，翻出旧事衣着的李犷与当年的身影别无二致，斜斜坐在椅边与下人们调笑。

随动静抬头见傻站在门前的张谦，李犷一笑：“大年夜还要出去野？还差两个菜就要开饭了！”

张谦用呵气暖手来掩饰抹泪，小心翼翼又迫切地确认：“不走了吧？”

“该上的刀山火海也走过了，该了结的遗憾也已经了结了……想通一件事——哪张床睡得最舒服，到头来还是该睡那一张……”李犷举杯向张谦，“新学到的——生存法则。”

张谦咬着牙关克制情绪，避免在众人面前掉泪的情形。只望着李犷，猛然用力地点着头。

捌

且说唐玉树大病初愈，醒转之后就踏马奔金陵而来，要把林瑯找回去。

顺儿那边沏好了姜茶，回了林瑯寝房来，给唐玉树倒了热腾腾的一杯："刚才碰到老爷，说是一会儿想要见见玉树哥。"

"嗯行，我们一会儿过去。"林瑯接过递来的姜茶，"倒完茶去安排一下后面去烧几桶水，给你玉树哥洗个澡，躺这么多天浑身都是馊味儿。"

顺儿连连点头，拉着陈逆又一块儿跑出了林瑯的寝房。

戌时，林府正堂。

林老爷拨着胡须望着对面坐着的唐玉树，摇头晃脑地品着茶："尝尝吧，既然是蜀地来的客人，帮我品品这雨城露芽，味道够不够正？"

唐玉树硬着头皮面对着林老爷矍铄而凌厉的眼神，心底里暗道果然林家的眼睛都是一个样……又将眼神缓缓转移到林瑯脸上，只见他把玩着朱樱绒簪缠在下巴上的丝带，紧紧盯着他的爹爹。

唐玉树虽然迟钝，也明白这气氛的确是不太对。只道着"谢谢伯伯"，端起茶盏凑到自己嘴边喝了一口："咹……我的这杯咋个是白水……"

林瑯抄过唐玉树的杯子，冲林老爷道："你欺负他干啥！"

林老爷被林瑯的反应吓到，却又不悦起来："我怎么欺负他了？"

林瑯没耐心："你不是说要见见他吗？现在拿他取乐，有没有意思？！"

林老爷更不悦："他是你爹还是我是你爹？你怎么向着他！"

林瑯"啧"了一声："你幼不幼稚！我哪有向着谁？"

顺儿适时跑了上来打圆场："茶可能是那些不长眼睛的下人倒错了，我……"

"你说谁不长眼睛呢？！"林老爷气得吹胡子瞪眼，"你小子皮松了是不是？"

顺儿没忍住笑："老爷……原来茶是你倒的呀？"

林老爷阴谋无意间败露，却还硬着嘴不肯认："哎？你、你胡说！"

顺儿也不再拆台了，机灵地上前来端走唐玉树面前的茶盏："我去给唐少爷换一杯。"

林老爷无差别攻击："唐少爷？他怎么成你少爷了？你卖身契可是在林府的！"

"我俩是拜把子的兄弟，顺儿叫一声唐少爷不应该吗？"林瑯把自己的茶杯推给唐玉树，"你再这样我们现在就回陈滩！"

林老爷才尿了，小声嘟囔着“儿大不中留，胳膊肘直往外拐……”气不过又惹不起，只得差使顺儿，“……去去去，换一杯。”

唐玉树看这个场景有点蒙，也不明白林老爷对自己的敌意从何而来，只赔笑着：“没得事没得事，我喝白水就行……”

见唐玉树那小子的性子还挺好，相比之下倒显得自己这个林“老爷”咋咋呼呼地失了身份，面子上有几分挂不住，林老爷清了两声嗓子向唐玉树道：“你……咳！来接他走的？”

“是嘞。”唐玉树僵硬地点头。

林老爷：“……哦，什么时候走？”

“……今天。”

“今天？！”

料想爹爹听罢计划一定会是这种反应，林瑯接过话茬：“一会儿要带他去秦淮河畔看看金陵的烟火，吃顿好的，然后直接回陈滩。我现在可是掌柜的，爹你也知道饭馆儿到了节日时可都是最赚钱的，我们哪能说扔就扔下！”

林老爷：“那……人驿站不过年啊？没有车马你怎么走？”

林瑯：“骑马——唐玉树骑！”

林老爷：“冻着怎么办！”

林瑯：“怎么会冻着！”

林老爷：“不行——最起码初三才能走！”

林瑯：“没得商量，我们馆子生意好，已经荒了半个月没开张，可架不住再拖。”

林老爷：“不行！三天你们能赚多少，我十倍给你。”

林瑯摇头：“赔多少都不行！不是赚多少的事情，做买卖最重要的是过程积累！这几日正是最热的关头，客流量足，消费心态足，话题讨论度足——你若真不让我们回去张罗个‘开门红’，那今年我都没信心了！”

“说的倒是头头是道！果然是老鼠的儿子会打洞……”林老爷向林瑯翻了个大白眼儿。

“……你这什么破比喻。”林瑯没忍住笑了出来。

“走吧走吧……”林老爷还是打心底里舍不得，可皱着眉又喝了几口茶，把郁结的气逼出了身体，转头唤唐玉树道，“唐玉树啊……”

被点到名唐玉树立刻直了腰杆：“在！”

音量太大把林老爷握杯子的手惊了一个哆嗦。

“瑯儿从小锦衣玉食，跟着你一起打拼是受罪了。”

“……是。”唐玉树炯然的眼神有几分黯淡。

“但不让他跟你，我还真不放心让他跟谁。”林老爷笑了起来，“瑯儿是个刁钻的性子，他只要离了我去，我信不得这个世上有什么人还惯得下他一身的臭毛病……”

林瑯：“啧！”

林老爷无视林瑯的不满：“你们在陈滩的故事我也听了有七八分，没听到的部分，来日方长，以后慢慢讲给我听……”

唐玉树点头。

“你孑然一身，还愿意陪这个不靠谱的贵公子赌上自己的全部家当……我这儿有个物件儿，我老丈人——瑯儿他姥爷留给我的……”说着从怀中摸出一个金丝玄色囊，丢给唐玉树，“我膝下也没闺女，也不指望瑯儿收了心去娶个贤妻，这物什就给你了，好生收着……”

唐玉树将那玄囊谨慎地捏在手里，却也不敢收下，只瞅了林瑯一眼。

林瑯使眼色：让你收着就收着。

“不是多值钱的东西，你也别有负担，只管拿着就行……”林老爷也继续幽幽道，“瑯儿的姥爷没什么文化——当年也是从战场上下来的。可这物什里面的智慧，却是花一辈子总结出来的——你要把它像命一样珍惜，懂吗？”

“要嘚要嘚！”唐玉树点头称是，小心翼翼地放进了胸前。

最后吩咐了顺儿和陈逆“别贪玩儿太久，初一晚上戌时前一定要回到财神府”，和父亲道了别，林瑯一路小跑着从后门去会唐玉树。

两人跨上大虎，顺着林瑯指的近路去了秦淮河边的酒肆。看了花灯和烟火，看了封冻秦淮河上的冰嬉舞，听了曲子，吃了烫酒。唐玉树不记得太多细节，只记得这温暖美好的人间烟火。

逗留至子时，欢腾也并没有结束，两人一马穿梭于汹涌的人群中寻找出城的路。

走到一处十字路口时唐玉树回过头来问林瑯：“继续往前走吗还是转弯？”

林瑯没及时留意到唐玉树脚步的停滞，险些照面撞上去。花了很大的力气将身形将将停顿稳当之后，不逾几寸的距离里面，少年线条干净明朗的面孔落进视线之中。

高高的眉弓下是一汪清澈的眸子，毫不吝啬地容纳着金陵灯火。

鼻梁线条从上至下在三分处有一个轮廓清晰的浅浅驼峰。

“要怎么走？”

“哦……别直走了，往右拐吧——今夜有彩车华灯，我们不急，慢慢走就好……”

到渐渐人流稀疏处才终于得以上马。

视线高处人群后，唐玉树打马转头看向灯火辉煌的城市，望了片刻后侧过头去对林瑯说：“好美啊……”

林瑯亦点头：“是。”

驾着马开始向出城的夜色里走去时，林瑯突然想起什么似的：“哎……玉树哥！”

唐玉树侧过头来：“嗯？”

“你知道吗？”

唐玉树轻轻耸动眉毛示意林瑯继续说下去。

林鄢想着那张字迹丑陋笔画错乱的字条——那是唐玉树死死记在脑子里的，仔细而笨拙地描画出的，简单却灼热的心意。

林鄢转回身去指着远处缓缓行过的华盖彩灯，装点满灯火的辉煌城阙，随风轮转的明媚花灯，指着一切盛大而美好的火树银花：“你要知道：这些景色……就叫作‘羽从琳琅拥轩盖，玉树流光照后庭’……”

·第九回·

小计谋偏惹无名祸
憨掌柜再现战时威

壹

且说时隔了二十多天，一群群憋坏了的陈滩人让林瑯和唐玉树忙得不可开交。

自巳时过半开始便有人来人往，客人送完一茬又来一茬。还有不嫌天气冷的，直接自己搬了桌椅凳子在廊下，吵嚷着：“不坐堂里吃也行！”

站在台阶下仰望着哄吵笑闹的正堂里烟火浓郁，林瑯觉得心里很满当。虽然一路走来都是笨手笨脚地瞎折腾，可是终究还是折腾出了像模像样的成果。由不得他再发感慨，便被客人叫去结账，刚忙着收完几桌的账，还没缓过气来，就又有客人吵着要加酒水。

早上阿辞送来的三十坛酒已经卖空，林瑯准备差使陈逆去找阿辞再多搬几坛，却找不到人。正要发作时，却看那小子已经牵着木牛车回了馆子里来，车上拉着十余坛酒。

“眼疾手快的……行啊！”林瑯心下称赞，这才坐回账台前偷闲片刻。

申时过了半，馆子里的客人渐渐少了一些。

过了个年关，生意似乎变得比以前更旺了不少。

林瑯仔细思索：也不清楚这“旺”是因为借了年关时节的光，还是纯粹因为馆子本身生意变得更好了些——想不通这一点，就没办法贸然招募人手。

今日午时待客的精力的确是往日的数倍，四个人手忙脚乱才将将把这接连不断的客人给一一顾到。若是招人的话，那往后的生意日日如今天这般红火才好。可倘若出了年关，人们的消费热情渐渐冷却，生意没这几日好，那招来的人又总不能闲闲养着……

想不明白解决之道，林瑯有点头痛。

那厢唐玉树在灶台边，裹了个粗布围裙认真地洗涮着碗筷。林瑯本想开口和他商量，可转念又觉得那个家伙哪能懂这些逻辑。恰在此刻陈逆抱着一锅不知何物的东西走进了来，找了个盆从水瓮里舀了几瓢水，将那锅盛满。

“那是什么？”林瑯凑了过去。

“筷子。”陈逆笑，“聚仙楼倒了——听说孙掌柜自给我们馆子下毒之后被镇上人讨厌了，生意一日不如一日；后来迷上了赌钱，结果赌运不佳还把整个店给搭进去了，现在撂下店铺子跑路了。现在大过年的，债主们变卖聚仙楼里的东西收债，这些筷子和门外俩木架子，我花一钱银子买的。”

顺着陈逆说的，林瑯转头向窗外看了看他搬回来的架子——两个颤颤巍巍晃晃悠悠的木头架子，带着掉漆，破落不堪，“一文钱不是钱啊，买这些没用的劳什子干什么？还嫌这店不够破的。”

“破不破土不土的，想那么多干什么？”陈逆把锅煮沸了，用来烫干净筷子：“少爷您见过漂亮东西才知道什么叫作‘漂亮’。我们没见过那些精致的风物，便只管它实在处的功用。再精巧好看的，它也是个架子，和我捡回来那两个没什么差别。雕梁画栋的难不成就比破破烂烂的能多装几个萝卜吗？是不？您不也懂这个道理？”

知道陈逆是个机灵鬼，但林瑯一时也没听出这机灵鬼的话外之意，只皱了眉：“你说我懂哪个道理？”

陈逆笑得狡黠：“金陵城里那么多俊俏公子哥，也没个值得咱们少爷拜把子当兄弟——偏偏最后玉树哥成了。”

这才明白这小子竟是要拿自己取乐，气得林瑯先是辩驳：“唐玉树可不是破架子！……不，什么乱七八糟！”

见林瑯瞪起了眼，陈逆立刻嚷嚷着“客人要顾”便一溜烟跑了出去。

丢下林瑯在这厢愤愤不平地抱怨：“这小孩儿越来越没大没小了，现在就敢拿我取乐，以后还怎么管得住！”转向唐玉树想讨安慰，却见唐玉树在那边偷笑，捕捉到唐玉树这个表情的林瑯更急了：“你……连你都笑我！你笑什么？”

唐玉树吸鼻子，抿着嘴忍笑：“没啥子……就觉得日子过得……巴适。”

且说那厢陈逆得了空，不知从哪里弄来些许钉子榔头把那两个架子给拾掇稳固了，又摆在廊下避免风吹日晒。蒸煮过的竹筷也被他沥干又收拾整齐了，仔细地放在了柜子里。

林瑯见他前堂后厨来回跑着照顾客人，还要应付咋咋呼呼帮不上忙还一个劲儿添乱的顺儿，还做完这么多事儿，越发觉得这个小孩儿像极了三头六臂的哪吒，赏识之意渐渐浮上心头。

本来想着大冬天的没人愿意在室外用食，于是院子里的桌椅也都被陈逆收起来了，码在了南边的墙根底下。未料到晚上的时候，馆子里的客人更比中午还多出了一倍。

林瑯看着这般客流，眼睛瞪得奇大无比。

一面觉得生意好得跟年三十那夜唐玉树在院子里烧的庭燎一般，一面想到今夜又是一场劳碌就头脑发胀浑身发酸。以至于林瑯顾不得隆冬天寒，用红纸裁了些方寸大小的纸写上一二三四作筹子，一面给等位的客人发放一面吆喝：“愿意在院子里凑合的就自己搬桌占位，不愿意的就散——馆子里没人手，顾不过来！”

本意是想用“就餐环境恶劣”来劝退顾不过来的客人，却不料林瑯这一声令下之后，众人们蜂拥至南墙根儿下搬桌抢椅，甚至有人互骂着“我先抓住的”“我先抬起的”生生拽断了一只桌腿儿。

林瑯觉得自己平生第一次因为太幸福而有点窒息。

不，准确地说是第二次——第一次是年前腊月十五夜……此事不需赘述。

没有一家馆子会排斥生意变好。

可是为了多赚这几两……好吧，几十两银子而把大家忙得焦头烂额，的确不是林瑯愿意看到的场面。

送走最后一桌客人（唐玉树按：最后一桌其实是被林瑯卷走的！）（陈逆按：卷，蜀地口音，骂人的意思……）（顺儿按：累得按不出来了……）已经是丑时将末。

视线从坐在门槛儿上倚着打盹儿的顺儿，再到洗碗刷锅关节处冻得通红的陈逆，再到脸上灰一块儿黑一块儿，炒底料呛得直咳嗽的唐玉树，最后落到面前铜镜里满脸愁容的自己，林卿不觉得这副惨相是火红生意带来的美妙，似乎更觉得像是被山贼掠夺糟蹋过的悲凉……于是气得一巴掌拍到桌子上：“明天不开张！放假！休息一天！”

唐玉树说：“咋了嘛……今天很多没吃着的客人，我们不是让人家明天来吗？”

林卿任性：“我不管，他们吃着吃不着关我屁事，反正我累！”

陈逆说：“太任性了！”

顺儿帮腔：“太任性了！”

林卿被堵得气顺不过来，将视线投射在唐玉树脸上时，却听唐玉树也悠悠道：“太任性了！”

丑时过半两个小孩儿才去躺了。

林卿也被唐玉树打发回了厢房里，就着油灯躺在榻上，心上又苦又乐。苦在这一天下来遭的累的确是难堪其重，乐在生意好说明自己眼光好，也投资对了地方……和人。

其实嘴边叫着苦，可心里的甜其实自己也无法忽视。如今爹也松了口，事业任由着自己去做，压力就少了许多。

想起爹爹，林卿又觉得几分愧疚。往年里过年节爹通常也不在府邸——越是这般时节，越是他与生意上往来的客人做人情的关键时机——只是翌日宿醉着回府，还是会把自己叫到正堂里去，一边喝着醒酒茶揉着难受的肚子，一边讨好般地让下人端进各路稀奇物什儿，一股脑堆在林卿面前，还要强行出演一幅严父角色，叮嘱着：“虽是赏你的玩物，但切忌玩物丧志！要好好读书考功名！”

林卿几句敷衍潦草地应对过去，这年节就算是过了。

可偏偏今年他推却了各路邀约，打算留在府邸里陪自己过年的时候，自己却被唐玉树接走了。如此想来，大概也能明白爹为什么要刁难唐玉树。思索至此林卿却没忍住又想笑——一个纵横金陵乃至整个江南的商贾大鳄，如今却将一个呆傻武夫树立为敌人，着实有趣。

翻过几遍，思绪却由着自己放飞至九霄云外，没办法安然入睡，林卿索性坐了起来。虽说这馆子在短短时间内迅速地发展了起来，但每日忙碌着，算到底二十来张桌子每天净赚也就三两银子——坊间相传林家日进斗金，斗金是五百两金子，五千两银子——自己要怎么追赶，才能拼得过爹的成绩……

真是应了那句“不当家不知柴米贵”……回想当年自己还是个“贵公子”的时候，招呼着一群狐朋狗友学着从父辈那里看来的习惯，学模学样地推个杯换个盏，一顿就能花销掉十几两。而有的人却得为了给妹妹凑几贯买药钱去沙场上赌命……林卿只恨自己没在那个年纪遇到他，予他温饱，为他倾囊……

惦记起唐玉树，林耶又睡不着了，不知道那家伙还在忙碌什么，于是索性揽好衣裳出了院子来。

唐玉树正在西厢檐下，早把炒好的火锅底料仔细地灌了瓮里，等其受冷凝结成了块儿，再封了存起，此刻正在一个一个小心翼翼地查看着。见林耶裹着单薄的外衣就跑了出来，急了起来：“快回屋里去！”

林耶想说“你不休息我也睡不安生”，可话脱口前才觉得有点害羞，便又无由地生起闷气：“你瞎忙活什么呢！”

唐玉树指了指一排封好的罐子：“我多炒了一些存起来，明天就不会忙不过来了。”

林耶横眉竖眼地：“明天不开门儿！”

唐玉树“可是……”了片刻，闭了嘴一溜小跑过了这边来低声哄道：“要嘚要嘚，我不忙活了，躺起躺起！”

翌日，林耶睡醒的时候还是带着隔夜的怨气。

昨日明明才大年初二，林耶想破脑袋也想不明白馆子里到底为什么会有那么多客人。只是个巴掌大的小馆儿，硬生生凭着两个掌柜两个小厮，一日内迎来送往了足有两百来张嘴……林耶一面笑脸收着人递上的银两，一面心头碎念：“忙死我算了！一个个就知道吃吃吃！”

虽然昨天放话说了今天不接待客人，但馆子上下没人听从林耶的差遣。

陈逆已然起了个大早将食材采买好了，顺儿把正堂和院子里的桌椅又胡乱地抹了一遍，此刻正在飞扬跋扈地扫着院子。

所以暂时也无事可做，林耶出了西厢房来，冬日末已然转暖的天光着落在脸颊上，微阖起眼还是有金光穿过眼睫，映出大片温柔惬意的绯红。

闲闲靠着西厢房前廊下的柱子，端详着那些唐玉树手打的桌椅。

最初筹谋自己的火锅馆子时，想的完全不是这个样子——精致气派的馆子门头，里面是紫檀榛木桌椅。可如今尽数看去了——却是开业那日被火燎烧的焦黑门头，搭配着手打的形态呆笨的乌漆桌椅。

——日子虽然没有完全吻合自己的设想，可因那个人留下的每一处的笨拙又真实的细节，倒也都让人心安。

唱着小曲儿的顺儿搭配着唱词舞着扫帚，扬起的尘埃被日光映成颗颗金色，乍看之下还真有些许“凌波微步，罗袜生尘”的浪漫——只是有点呛人。

林耶扇着鼻子呵止顺儿“消停几分”，顺儿听罢随手丢开扫帚在一边，只把林耶的言辞兀自扭曲其意，领会成了“好生休息着别干粗活儿了”，往林耶怀里跑，还把一脸土蹭林卿一身："还是少爷心疼我！"

林卿花了好大劲儿摆脱这个八爪鱼，顺儿突然想起什么："少爷，一大早有人说要我们预留一张桌子，午时三刻过来用食。"

"……预留？"林卿皱眉："凭什么？"

顺儿点头如捣蒜："我也是这么跟他们说的！"

林卿额头冒汗，心想……倒也不用这么直接把话说出口。可顺儿逞着一副"英雄所见略同"的笑容，因吻合了少爷心思而期待着被嘉奖。林卿只得干笑一声："那人是怎么回你的？"

顺儿伸出手来，露出攥着的银子："那人给了银子，说：'预付你们饭钱，要不要赚？'"

"……预付？"林卿挑眉："不赚白不赚啊！"

顺儿点头如捣蒜："我也是这么跟他们说的！"

林卿额头又冒汗："……"

接过银子后点了点，叮嘱顺儿去账台上记下。身后唐玉树笑说："是谁说今天要关门的——结果一见银子就开心！"

林卿寻声转了头去，西厢房檐下唐玉树正在那边跨坐着一把晃晃悠悠的梯子凳，仔细地修理一只折断了竹皮框架的灯笼。林卿走上前去帮唐玉树掖了掖袜子："脚脖子露着也不怕冻烂了！一会儿我写个招工启示，你去贴外面——昨天那不是气话吗？我总不至于隔一天关一次门儿吧，还是得再招些许人手，把生意做下去啊……"

唐玉树把修好的灯笼又转了一圈儿检查一遍，便下了梯子来，冲林卿笑："要是忙不过来的，就喊我。"

林卿听着心里暖和，却惯性嘴硬呛唐玉树："你会算账吗？"

"玉树哥主要负责的是后厨，没人取代得了他。林少爷负责账房，玉树哥的确也帮不上什么忙……"陈逆插嘴圆场，"昨天之所以手忙脚乱，是因为客人太多，玉树哥也需要去送菜，林少爷也需要帮忙洗碗，所以大家乱作一团。"

林卿皱眉："对，客人太多所以前堂只靠顺儿一个人完全顾不过来。可是我担心我们馆子生意好，是因为年节的关系。我若是贸然招人，出了正月生意要是冷却下去，那招来的人总不能说辞就辞了吧……"

陈逆点头总结："所以要解决的关键问题就是前堂人手不够。但是又不敢贸然招人……"

像是一道无解题。

却说那厢顺儿从后厨里思索着什么出了来，并未参与"到底要不要招人手"讨论的他又给林卿增加新的困扰："少爷，我觉得你应该重新分配一下每盘菜的量！"

林卿茫然："哎？"

顺儿解释道："比如说一些青菜，客人点了就是吃着解腻的，但我们每盘都放得太多，几乎所有桌都会剩很多……又比如玉树哥腌的牛肉好吃，但我们每盘放得少，客人点一份吃不尽兴，点两份又会觉得吃不下……"

听到后半段林瑯已然有点窒息，脑子就像是卡住了一般转动不开。

——你以为开个店，挨过了最初立足的困难时期，就会变成顺水推舟的日常轮转了吗？不会的，这个馆子总是会在不经意间丢出许多很细琐的问题让你头疼。

深深换了一口呼吸，林瑯挥手制止还在叙述的顺儿："停停停够了够了——今天还是得关门……"

却听陈逆唐突的一句："不用关！"

"不关门我们哪有时间想这些问题的解决方案！"

"可以解决……都可以解决！"只见陈逆一拍脑门儿，站起身来，"林少爷，你若信得过我，今天我就可以把这些问题都解决！你，玉树哥，顺儿，各自忙各自的，像以往一样——若我办不成，你再招人也不迟！"

林瑯听罢将信将疑，却听唐玉树果断应答道："就按你说的，搞起！"

贰

且说点绛唇馆子大年初二再度开张。

出出进进的汹涌人流把财神府前的众人直看呆了眼，不消一天这红火的场面便在陈滩镇上被传了个遍。加之数月前众口悠悠间相述的"黑脸财神与白脸财神"典故，越发把点绛唇馆子给吹捧得神乎其神。偏因此，八乡四邻之间的好奇心反而被激起了一般，自陈滩至烟塘，金陵周边镇上各有不辞辛苦的人，趁着正月里闲来无事做，呼朋引伴簇拥而来。

问陈逆那小鬼有何妙计，他却神秘兮兮地不肯多说。

不做一试也不知道结果，况且近来林瑯对陈逆这小子越来越赏识，索性点头给了他这个"权力"，全由着这个小毛头折腾一番看看——万一有个偏颇，自己只消盯紧点儿，便也不会有什么大的差池。

午食的客人以往都是巳时末才来的，可因昨日点绛唇爆满，今日客人们最早的在巳时就已经候在了院子里。

林瑯看着挤满廊下的客人们，心头打起鼓：

还有半个时辰就要开张了，陈逆能有什么招儿，可以应对得了这么多人？

难不成要变成三头六臂的哪吒？

就算是三头六臂的哪吒，那他也只能顾得过来一桌人啊……

还是说哪吒的头和胳膊可以伸得很长？几尺内的桌椅都够得到？

……那不会把客人吓着吗？

……不对不对，胡思乱想什么呢！

拍了拍自己脑门儿让自己保持清醒，林瑯绕到后厨去，倚在门口打算偷偷看陈逆在做什么勾当。

只见陈逆持着一柄刀，优哉地劈着泡了水的竹筷，一根根削得极细。而在一旁忙活的唐玉树也被陈逆的动作吸引了注意力，一面看着一面啧啧称赞："刀工真好！"

"好什么好！"林瑯急得掀帘进去，望着一堆竹筷子心疼，"好端端的，你糟蹋这些筷子干啥？"

陈逆赶忙解释："这是我买回来的那批，不是店里的。"

"不是店里的，也不能乱祸害啊！"

陈逆笑："我自有用处，少爷不用顾虑了——玉树哥，快管管！"

林瑯瞪圆了眼只恨没胡子可吹，却被唐玉树赶了过来，半推搡着带出了后厨："咱说了信得过人家，就别管了，这后厨可不是你能搞得明白的地方……"

林瑯不服："柴米油盐酱醋茶，能有什么难的？我可是走过丝路的人，一个后厨我还管不了了吗？"

唐玉树撅起眉毛，揶揄林瑯道："走过丝路的人，那天不还被老鼠吓得爬上了桌子去？"

林瑯辩解不过，气得掐了一把唐玉树的耳朵，恨恨地回了账台去。

却说陈逆那厢一根竹筷劈作六条签子，不消片刻光景，便堆出了小小一座签子山。

不慌不忙地把顺儿哄来，与自己一起用签子穿了食材。又在正堂与院子里把昨日扛回来的架子各摆了一处，用油纸仔细铺了面子，把用签子串起的肉和菜，各样分门别类，整齐地码上了架子。

做完这一整遭，正踩在午食营业的点儿上。

按先来后到，林瑯早给客人发了标着号码的筹子。午食营业时间一到，便按顺序招呼客人去正堂里落座。安顿完正堂里的，与昨日一样，又向后面等位的客人吆喝："着急吃的，愿意就坐在院子里，不愿意坐院子里的就继续拿着筹子等！"

这边林瑯喊完，那边陈逆也吆喝道："爱吃什么，劳烦老爷少爷们自己去架子上取——想吃什么拿什么，爱吃多少拿多少，不用跟小的招呼，尽管拿！等锅开了直接下，不用耗着等上菜，一根签子两文钱！"

恰逢这时候阿辞进来送酒，听罢没忍住笑。在墙根下码酒坛子的时候，陈逆把这套词儿喊了三遍，正往回走来。阿辞与其笑说："奇了！你们这馆子：掌柜的打发人家坐院子里，桌椅板凳让人家自己搬。小堂倌儿不上菜，让人家自己拿。客人们能愿意吗？"

陈逆挤眉弄眼，沾沾自喜道："这不就省了我们再招堂倌儿吗？——想让客人心甘情愿地自己服务自己，要看你的话术——你若强调：'这般便可以自主地控制分量随心所欲'，客人便会觉得自己得了什么便宜一般，自然高兴！"

阿辞拍陈逆肩膀："小脑瓜子挺好！"

陈逆果然还是年纪小，得了夸赞嘴巴咧得大发，高兴间，只觉另一处肩头也拍下一份力道，转了头看，只见林琊竖着个大拇指，正色点头："行啊你小子！"

如陈逆所料，这日随客流极多，但明显馆中的四人都轻松了不少。

唐三树还是间或炒个料开个锅，除此之外就是洗涮一茬一茬换下来的碗筷；林琊的工作量相较以前还是多了不少，但收钱收得频，多记几笔账也不是什么苦差；顺儿照例在前堂或院子里跑着与客人调笑，听候客人的些许需求；陈逆则优哉地用签子串着食材，隔半个时辰去两个架子上补个货。

虽这日打烊还是到了子时过半，可至少没昨天跑出跑进那么累。只是多了处理签子的一道工序，却也不是什么大不了的工作量。

了结了今日的账目，林琊转出账台边来。

陈逆正一面蒸煮着签子做清洁，一边津津有味听着洗碗的唐玉树聊着他当年战场上的趣闻。林琊倚着梁子听了半晌，也没听进去故事的细枝末节，只把唐玉树谈话时爽朗的笑声细细品咂了良久，才上了前去。

唐玉树转头看到林琊，笑问他："怎么还没去睡？"

林琊也不答唐玉树的问话，只向陈逆问询道："签子蒸完之后怎么处理？"

"沥尽了水后收回柜子里去——别晒，这么细的签子容易晒脆了，会断。"

得了答案林琊便点头："真有两下子——下个月开始跟我这儿领工钱吧，每个月二两。"

陈逆愣了半晌，又哂笑："当初的恩情还没还完，您干吗给我钱……"

"不要钱？"林琊佯作苦恼，"你一小伙子兜里没点儿钱，日后如何讨媳妇儿？"

陈逆腼腆地点头："那行……"

"行了去吧，竹签子我来处理就是了。"林琊绕过顺儿，在靠近唐玉树的一侧站定了脚，"顺儿已经回屋了，今天估计累坏了……你也去睡吧。"

语落见陈逆对手里没做彻底的活计还有几分迟疑，林琊又补了一句："你不回去他睡不安生。"

小伙子才连鞠了几个躬，一溜儿小跑出了后厨去。

走了陈逆，后厨里便只剩了林琊和唐玉树两个。

碗碟在盆里琳琅作响，盆在地上放着，唐玉树把一个凳子横倒来坐，洗碗时的姿态才比较轻松。

恍惚间，林瑯还真觉得，如今的这一切都像个梦。

林瑯听过一个传奇，讲的是有个人在大树下打了个盹儿，在那个盹儿中过完了离奇的一生，醒后才发觉那真切的一生都只是浮沤泡沫，而真实的世界里才过了半晌光景。

少时听闻这个故事，年幼的林瑯还替这个传奇里的主人翁捏了一把汗：若是偏不巧有人那时路过，脚步声惊动了他的梦，那醒在半截处，岂不是着实失落？

此刻林瑯又提心吊胆了起来——万一这一切都只是自己杜撰的南柯一梦？而真实世界里，唐玉树并没有来金陵接自己回去……或者，唐玉树没有在那场昏迷之中醒过来……再或者，连唐玉树都是自己幻想出来的人罢了……

想到此刻林瑯觉得有点冷。

“你困了？”唐玉树从百忙中抬起头来看向林瑯。冲着林瑯笑。

林瑯似被惊醒了一般，眉头皱起又松开几个来回，才终究把视线又凝固在唐玉树脸上，眉梢，眼睫下黝黑却明亮的眸子……

应该不是梦。

虽然有了妙招应对突然变大的客流，但生意接连转了好几天之后，初八那日林大公子还是受不了了。强行从床上爬起来时，窗外已经日头高挂，可脑袋还是昏昏沉沉的——睡不够。

思来想去，跑到后厨里来寻到唐玉树：“不干了！”

唐玉树说：“不干啥子？”

林瑯按住唐玉树忙活着的手：“今天不开门了！”

“这几天累坏了？”

“嗯。”林瑯皱着眉头撅嘴点头。

捕捉到那张脸上鲜少出现的一种表情，唐玉树觉得又好笑又心疼，放下了勺子：“听你的。”

大少爷再度喊着要休息，这次没人反对。

不需辛劳营业，如蒙大赦的四人又各自爬回了床上去。

唐玉树倒没觉得后厨那些活计有多操劳。不是不累，近来每个白日都过得充实于是夜夜都是倒头便睡，却充其量也只是充实而已。毕竟这些颠勺洗涮的动作，相较操戈挥刀，宛如小菜一碟。但林瑯是着实消化不了高强度的工作量。从小到大衣来伸手饭来张口的贵公子，翻个书都由顺儿代劳，别说什么“手无缚鸡之力”，就让他去捉个鸡，跑掉半条命能抓住根鸡毛也算他赢。

躺回榻上去唐玉树其实也并不困，只与林瑯两厢侧卧着互望。

“读书累，还是开馆子累？”

“读书。”

“读书不就坐着吗？”

“一直坐着才累……”林瑯回忆起小时候，“干坐着也就罢了，还不许开小差，不许玩儿鸟，不许看画谱。没背会功课的话，先生还要去告状……还是开馆子舒服。”

唐玉树是没办法理解林口中说的这份累的——小时候也想去读书，但家里贫寒，没机会。再大一点的时候，母亲没了，妹妹常年生病．唐玉树也想过以后赚了钱，送青秧也去读读书。

林瑯突然开口：“你想学写字吗？”

“想啊。”

“好。改天我教你——写字很简单的。”

闲聊到此，窗外传来了敲门声。

叁

陈逆开了门儿，从一条缝儿里向外看，迎面对上一个客人兴冲冲的神色，来者扬着手里的报纸：“此处便是点绛唇？”

陈逆点了点头，揉着惺忪的睡眼：“我们今天休业，不开张。”

那客人“哦”了一声，思索片刻又继续问：“那明天开吗？”

“开。”

“能预定吗？”

“预付两贯钱就可以。”

那客人掏钱掏得利索：“果然大馆子自有大馆子的规矩——哎，你们馆子在《江南月报》上的测评你们看了吗？哇——那写得叫一个诱人！”

陈逆混混沌沌地思索半天，才从记忆里找出一张模模糊糊的脸：“白……白什么？”

“白渡！他是《江南月报》头牌采风郎，被他写过的馆子，就等着爆火吧！”客人说着，将手里的报纸塞去了陈逆面前。

陈逆接了下来，赔笑着寒暄几句，打发客人走了。

关了门转身回来时，林瑯正整理着衣服，满脸不知何故的怨怼情绪："什么人？"

陈逆晃着手里的两贯钱："客人，预定了明天的位置。"

林瑯板着脸。

陈逆又晃着手里的报纸："这客人还说——说我们的馆子被那个白渡，《江南月报》的采风郎写了稿，他说他们是看着这个寻来的。"

林瑯板着的脸突然舒展开，快步走了过来接过报纸看，看了良久笑了起来："就是这个杂碎讹过我们的钱——还记得不？"

陈逆凑上来看："记得。"

林瑯右手指弹了两下纸面，笑得合不拢嘴："没想到写得还……挺好的。"

唐玉树那厢进后厨去忙活了。

林瑯也没心思再睡——自那趟没眼力见儿的敲门声之后，隔三岔五的就又有一趟客人造访。临近午时，光收预付的钱已经收了近五两银子。

与唐玉树难得的闲聊时光被打断的失落感迅速被"生意看来是真的变好了"的喜悦冲淡，把手里那张报纸反反复复看了个遍，林瑯开心到几乎要飞了起来。

走到后厨外，听得顺儿正在那厢和陈逆争执。

一个哄着说："王叔做的面好吃……"一个吵着说："我就要吃唐少爷做的饭！"

唐玉树在中间打圆场："没事没事我不累，那中午我做饭，你们想吃啥子？"

"玉树哥你就会惯他……"陈逆苦笑，还试图劝顺儿，"好歹让玉树哥休息一天吧。"

顺儿在那边胡闹："做饭哪有多累？你诓我，别以为我不会做饭！"

"你会做饭？"唐玉树和陈逆一同吃惊道。

明显顺儿是说的疯话，可那疯话总有傻人听。

见两人如此惊讶，顺儿此时骑虎难下，又要面子，为了增加可信度于是索性直接把少爷一并拉下水："我家少爷也会！"

"我……"林瑯这才赶紧走进来试图辩解。只是"不会"二字没来得及说出口，唐玉树那厢却也一副欣喜的表情："真的吗？"

"真的！"顺儿点头如捣蒜，"并且做得很好吃！"

林瑯瞬间有掐死顺儿的冲动。

顺儿根本就是无由胡诌——打林瑯记事起，十指就从来没有沾过阳春水。若非要说与做饭有分毫相近的经验，那应该是有一年腊八，在府邸里的后厨玩儿，出于好奇的心态，帮着后厨里的师傅搅了搅那锅粥。

然后搅翻了一整口锅。

然后被罚抄了一整本《中庸》。

可顺儿言之凿凿地作保之下，唐玉树对“林瑯会做饭”的事情居然笃信不疑，只拿一双乌黑澄澈的眸子望着林瑯来，脸上还扬着几分期待的笑意。

如果告知他“我真的不会”……那笑容会消失吧？

加之陈逆那臭小子在侧推波助澜：“啊……今天做了好多力气活呢，玉树哥你是不是累啦？”

林瑯满心被“唐玉树正在期待着”这个念头给填满，索性一咬牙一跺脚——没吃过猪脚还没见过猪跑吗？——“累了先去休息一会儿，今天我和顺儿一起给你们做饭。”

时至此刻发现自己也逃不脱干系，顺儿才开始起了一点点“悔不该”之意。

揉面揉到一半的时候，林瑯后知后觉地有些害臊。

刚来财神府时的自己多骄傲，颐指气使横行霸道，一道大白线划清楚河汉界，横眉竖眼地向唐玉树吆五喝六。

如今倒翻了个天，洗手做起了羹汤……气得糊了自己脑门儿一巴掌。

在灶台边调汤头的顺儿被林瑯突如其来的动作吓得一机灵，把手里的勺子一扬，打翻了灶台上的糖罐，小半罐白色晶粒便簌簌落进了锅里，迅速地融在了汤底之中。

这个小变故所幸没被林瑯看到，顺儿迅速将糖罐扶起，装作无事发生：“少爷，怎么了？”

“哦……没事儿。”林瑯也才想起来屋子里除了自己还有顺儿，于是也装作无事发生，撅起下唇吹气试着把脑门儿上的面粉清除掉，然后开口道：“你干嘛说我会做饭？自己吹牛就算了，拉扯着我也下不来台！”

顺儿赔笑：“我明明就记得少爷会——不是有一次我们在什么馆子吃烧鹅，你用面饼卷了葱丝鹅肉，刷了酱给我吃吗？很好吃啊！”

“那是……那怎么是做饭？那跟做饭是两码子事儿！”林瑯跟他也解释不清。

这个顺儿别看是个小厮，从小被买进林府里也没受过罪也没做过苦差，生活能力跟那些大少爷一般低下，卷个鹅肉卷儿在他眼里就是下了一趟大厨。

往常从没碰过所以并不知道——今日亲自揉起了面，才知道这和面也真是个累人的活儿。两条胳膊几乎都快断了，林瑯也没把面和出个所以然来。水是水，结块儿的面粉则各自成军，一坨一坨四散开来，随面盆的晃动而晃动，不肯融成一团。

一顿饭就让自己累成这样，而唐玉树日日忙碌后厨之事，还能顾得过来馆子里四个人的餐食，林瑯又觉得自己捡了块宝。

“你穿的是——新衣服？爹爹给你买的吗？”

“老爷没买衣服给我，今年给了赏银！——这身上的是我的‘爹爹’给我买的！”顺儿语带藏不住的兴奋。

林琊不解：“……你爹？”

“早上出去倒泔水时被胖姑拉住了，她塞给我这件袄儿，说是爹买给我的！”说着又攒起袖口来，露出一只银打的镯子：“然后瘦娘塞给了我这支手镯！”

“瞧给你开心的！”林琊笑，“她们俩姐妹之前不是还骂你吗？”

顺儿摇头：“现在她们对我好了！”

林琊心想你这孩子还真不记仇。

转念又觉得不记仇是好事。除夕夜和唐玉树连夜赶回来的时候，财神府里已经挂好了灯笼贴好了春联儿。也听陈逆说过自己走后虽然馆子也没再开，但也是王叔阿辞两人帮忙打点着许多杂事儿……这镇子不大，人和人之间却都挺帮彼此的。

揉捏了几把手里稀烂的面，思前想后还是开口向顺儿求问：“面和稀了，是不是要再加点水？”

顺儿茫然着一张脸，显然不知道。

“算了算了！”林琊把眉毛拧改成了一整块疙瘩，“帮我抓一把玉米面。”

“玉米面是什么？”

“棕色的那种面粉。”

“好嘞！”

话说后厨被林琊和顺儿占领之后，唐玉树和陈逆两个坐在外面闲着没事做。

年节的爆竹把陈滩上的寒意炸退了几分，天气近来都温和得多。唐玉树那厢斜在栏杆下阖了眼享受阳光，恍惚间觉得这一切像场梦一样。

从那个锦衣少年冒失地推开财神府大门撞见裎赤的自己开始，再到如今，整篇故事美好得过分。

容颜姣美，气宇通明，不似凡俗——难不成还真是人们讹传的“财神下凡”？

唐玉树想着想着笑了，笑着笑着却又失了神。

他性子温驯又豁达，向来于这世间无所渴求。可青秧那场梦，醒于撕心裂肺。李犷那场梦，醒于无可奈何……那林琊这场梦呢？会醒吗？会以什么情绪醒来？醒转之后又将如何度下余生？

唐玉树蓦地原地站了起来，想寻到后厨去看林琊一眼。

白面出锅的时候，伴随着蒸汽扬起阵阵不太对劲的气味，林瑯心就凉了半截去。

四个碗摆在锅边，满满当当地盛了前两个碗后，第三个碗里林瑯只谨慎地夹了两根……盛至第四个碗时，顺儿突然大叫“少爷我不饿我不吃！”……林瑯大约就知道顺儿负责的汤头部分，约莫也是一场旷世灾难。

唐玉树恰在这时进了来，林瑯把勺子往他手里一塞：“来得正好，你自己盛吧……”说完便溜了出去。顺儿紧随其后也溜了出去。

唐玉树望着林瑯背影傻笑，想也知道他做不出什么好吃的东西来。自己把两碗白面浇了汤头，端出了院子来，和陈逆一处儿坐下吃了起来。

面条……或者说面疙瘩的确不好吃，汤头里也全都是糖，吞下一口后唐玉树抬头冲林瑯笑。林瑯和顺儿一面像闯了祸的小孩儿，躲在院子另一头饿着肚子不肯自食“苦果”，一面又频频望过这边来，期待得到唐玉树和陈逆的反馈。

唐玉树那句“好吃！”随着陈逆呕吐的声音一起发出时，林瑯站起了身走过来，夺了唐玉树的碗：“难吃就难吃，还诓我！”翻着白眼儿把陈逆手里端着的碗一并夺过，转身将两碗倒进泔水桶里：“顺儿那个蠢货把一把胡椒粉当成玉米面给我丢面盆里了，哪里能好吃？——走，去王叔面摊儿上吃吧！”

两人如蒙大赦，一溜烟跑出了馆子。

独独余下刚被林瑯骂过是“蠢货”的顺儿，把林瑯随手放在廊下的碗筷收回后厨去，脑子里思索了半晌，才弄懂什么一般点起了头：少爷并不是生我的气……而是生唐少爷的气！

——唐少爷诓他说面好吃……可面其实并不好吃；少爷最讨厌别人诓他。

理清一切逻辑得出“少爷生唐少爷的气，唐少爷要遭殃了”这个结论之后，顺儿皱着眉头，也紧张地走出了馆子来。

肆

当日唐玉树病倒之时，整个陈滩镇都提心吊胆着——除开林瑯不说，单论唐玉树这个小伙子，在陈滩人眼里便是极好的：样貌堂堂虎头虎脑，性子简单待人真诚，端得是一表好儿郎。日常时又广行便利之事，东边帮刘奶奶拾掇个坏门儿，西边帮王伯伯修缮个破窗，四邻八乡谈及唐玉树，都是竖直了大拇指。

因此，那天林瑯大半夜发疯似的绑住一票大夫回馆子里，逼他们通宵达旦地守着唐玉树，众人对此也并无微词。

至于林瑯嘛……大约并没准确地长在众人的心坎上：眉目清冷眼神料峭，虽唇红齿白，但其间脱口之辞频生刻薄……总的相较之下就输了唐玉树几分。

不过这冷冽娇公子和热忱傻军爷的搭档组合，自最初起就吸足了陈滩人的眼球。从一照面就闹上衙门开始，发展成两相结义共创辉煌……财神府这个蒙尘多年的宅子就成了一个自带话题性的陈滩地标。

坊间甚至萌生出传说——“那黑脸财神偷了仙女的口脂，被打下凡间，要赚够千万两黄金才能回去……而白脸财神作为黑脸财神的结拜弟兄，一并下凡来帮他的！”叙述完道听途说的传奇，陈滩人得意扬扬地享受着外地客人们的惊讶表情。

王叔一边盛面一边笑，把面端上桌去的时候也一并加入了话题：“这传说还有后续——”

外地客人们视线齐齐拧过来：“后续？”

“后续，对。”王叔现编起了故事，“年关前各家衙门不都得结算这一整年的功过盈亏吗？天庭也一样。可黑白两财神都下了凡来，天庭账房一时间忙不过来，那黑脸财神就被玉帝给叫了回去，足足半个月……”

讲到此，王叔故意停顿卖关子，果然便有别桌的陈滩人也聚了过来，作证道：“果真啊……怪不得那唐掌柜无端昏了十五天！林掌柜把全陈滩的大夫叫来都没用！”

一面是传奇一面又是真实，两厢应和下众外地客人听得眼睛都直了，直拍桌催促王叔继续。

王叔得了诓人的乐子，一面煮面一面继续信口道：“对——再说那白脸财神不知个中缘由，只见黑脸财神半死了过去，以为是无常鬼抓错了人，急坏了，搬来个当年在天庭时的旧友故交，就吵着要大闹阎罗殿——却说这位旧友，原是天庭一员猛将。虽是猛将，却生了一副姣美面孔，眉目如画落雁沉鱼——我且不说这人是谁，客人们都应该听过这位猛将在凡间的传奇……”

众客人听到此处面面相觑，半晌才有人试探地问：“难不成是娇……少年将军——李犷？”

剧情或虚或实，在此处又全都相穿插于一处，《财神府》便得以成文。

且说这边王叔才打发完客人，得了片刻清闲财神府里四人先后出了来。为首的陈逆脸色煞白，晃荡着舌头，还忧心地问唐玉树：“……死是死不了吧？”

唐玉树一阵笑，向王叔打了招呼，叫了四碗面。

“今天怎么不开业？沾你们生意红火的光，方才我这儿替你们招待了一堆慕名来吃点绛唇的外地客人们。”王叔起了身重新开锅，“有银子还不肯赚——你俩真成俩财神了！”

林瑯过了来，落座在唐玉树一侧，回应王叔道：“累啊……接连忙了这么多天，总得喘口气吧。”

将提前拉好的面条煮进锅里面，王叔从柜子里摸出一包物什递给林瑯：“玉树托我给你做的。”

林瑯接过，看了一眼唐玉树，他正咧着嘴一副招牌笑。林瑯于是低头拆开了包，里面堆得满满，全都是朱樱绒簪：“怎么攒了这么多？”

王叔耸肩：“这才用了一半唐玉树给我的线。”

林瑯心窝里暖得很，可脸上却不肯表现出来，只是平淡地把那一包红球球放一边儿去，憋了半天说了一句：“怪浪费的。”

顺儿观察着两人的互动，更替唐玉树捏了一把汗：少爷一直喜欢戴朱樱绒簪，唐少爷拿满满一包给他，他都不高兴……少爷该不会是生唐少爷的气了吧。

虽然顺儿不通世故，但以他的视角看，他可不希望林瑯讨厌唐玉树——往日在金陵里林瑯身边的朋友们，对他都有所企图，只有这个唐少爷是真心待他的……吸溜着面汤，顺儿努力想找点唐玉树的优点，试图挽回一下林瑯对唐玉树的好感。可这优点又不能找得太生硬，总要借点什么发挥……

却听林瑯一句：“王叔的面，汤头真好喝！”

小眼珠一转，顺儿跟着开口了：“唐少爷的汤也好喝！”

生硬的一句夸赞把唐玉树唬得愣了一下。林瑯也愣了一下，转头看顺儿：“那么辣你能喝？”

“能喝！”顺儿嘴硬，“好喝！”

林瑯搞不懂这个小孩儿在想什么，只又转头看向唐玉树，思索了片刻：“你要不要试着煲点新口味的，不辣的汤底？再照沈曳大哥说的——我们再打些阴阳锅……”

林瑯在说什么不重要，顺儿只觉得林瑯否认了“唐少爷的汤好喝”这件事，又提起故友沈曳……顺儿觉得天要塌了——少爷这次是真的跟唐少爷杠上了。

唐玉树那厢消化了一下林瑯的建议：“……可是……现在的不好吃吗？”

“好吃——那是对于你来说。对于我来说——”林瑯分析道，“以前咱们自己煮火锅吃，那是咱们消遣。但如今用它来招待客人，那我们不能只把一种口味做到死。你想想，前天有一桌客人带着小孩子，结果那孩子一吃辣就哭。”

“我不是出去给他买了果子吗！”

“哦，没赚到还自己贴了进去钱。”

唐玉树憨憨一笑：“小娃子不能吃辣，总不能让他饿着吧。”

“你想想，如果这汤底不那么辣，甚至不辣，我们是不是能多赚这一个小孩子的钱？”

“一个小孩子能吃多少……”

“你怎么这么傻——我只是比喻！不能吃辣的大人也多了去了——江南虽然也气候湿润，但毕竟和蜀地有差别，人们口味习惯不一样。”

“你不是说过这就是风味吗？”

“啥时候说过？”

“你带我头回去金陵的时候。”

“……好吧这的确是风味——风味我们最大程度的保留，但还是要做细微的调整。”

唐玉树脑子转不过弯来：“可……那不就不是火锅了吗？”

“你个死脑经！”林瑯伸手敲唐玉树脑门儿，“你就说你吧，你来了陈滩，还不是学着说起金陵官话？你就不是你了吗？”

“哦……”唐玉树这下听明白了，思索了半晌，“可我只会炒这一种底料……”

“所以，我们就必须要学习！”

把经营业务上的问题沟通顺畅之后，又继续埋头吃起了面。

顺儿那厢却战战兢兢——少爷和唐少爷到底说了一通什么，他也没听个明白。他只从少爷与唐少爷的对话里捕捉到“傻”“死脑筋”之流的关键词，再加少爷伸手去凿了唐少爷一脑门儿——怎么办？怎么办？打起来了……

顺儿呼吸不畅，面也没心思吃了。

四人吃完面回馆子，到了门前林瑯又站住了，说要去铁匠铺子里打阴阳锅。

唐玉树说要陪林瑯一起去，林瑯佯作不耐烦地打发唐玉树回馆子去休息——原是林瑯有私心：除了打锅的事情，林瑯还想打一对手环儿。

有一日闲听客人们桌上叙话，说谁谁家小孩儿糟了病，家人给打了手环送去庙里开了光，回来带上就好了。

林瑯不觉得那小儿的病痛是因一件物什儿的寓意就能治好的，当下听了还嗤笑，可又隐隐把这事儿记在了心上——唐玉树日常虽结实活泼，可自从那次变故之后，在林瑯眼里便成了一个脆弱的小瓷人儿，林瑯平时自己对他动手动脚的，可打心里又生怕他磕了摔了，就碎了。

以往无所顾虑的时候，林瑯不信神佛不怕鬼魅。可如今又变了个模样，开始变得担心忧虑，甚至亲自去做“打一对儿手环”的傻事。

“……傻事。”

林瑯嘲笑着自己，却又觉得这天下能有多少人，有幸去犯这份傻。

于是又把自己哄开心了，走起路来都高扬着下巴。

未时末林瑯还没回来，唐玉树本是没多想，只当他贪玩儿去了哪处逗留。

申时过半唐玉树真坐不住了，出了馆子去寻到铁匠铺，被告知林瑯午时来，坐了一刻钟说明了需求就离开了。陈滩也不大，别处林卿也不熟，唐玉树想不明白林卿如果是自己去玩儿的话能去哪儿。抱着“说不定在我出来的空档回了馆子里了”的希望又着急地跑回财神府，一推门儿进去阿辞和陈逆神色慌张地蹲在院子中央。

唐玉树有点害怕，问说：“……怎么了？”

陈逆结结巴巴地捏着手里的纸：“玉树哥，林少爷他……”
“被绑架了。”阿辞冷静地补充。

·第十回·

温语中相续陈潍梦
笑谈里互望少年人

壹

林瑯自午时与其他三人告了别，独自去了铁匠铺后，一直没有回来。

虽在陈滩上生活已然久矣，可林瑯日常时，也鲜少出门与人打交道；整个镇子里能被他说得出口的街道名字，拢共也不会超过五个……

唐玉树有点担心他，于是几乎每隔一刻钟，就会隔着院子喊东厢房那边的俩小孩儿："林瑯回来了没得？"每每都收到"没有"的回应。

在榻上躺着翻来覆去，还是越想越担心。申时过半，唐玉树索性潦草地披了件外衫，从西厢房里出了来，就往外走去要寻林瑯回来。

出来厢房时，顺儿正在院子里胡乱地扫着地，只把院子扫得烟尘四起。

唐玉树也无暇管他，着急地出了门向铁匠铺跑去。赶到铁匠铺时，又被告知"林小掌柜来了不过一刻时间就走了"……

因此，唐玉树的小顾虑，瞬间变成了天大的担忧。

却说唐玉树跑出馆子时，并未去告知陈逆和顺儿两人"自己要去找林瑯"的消息。一是不想让他们一并随自己出去乱跑；二是分秒必争地想要找林瑯去，一刻也不想耽搁。

于是对一切一无所知的陈逆，同顺儿在东厢房里优哉惬意地吃着顺儿从后厨里端回来的果子，并肩躺在一处闲聊。

距酉时还差一刻的时候，院子里突然发出一阵细小轻微的响动。

顺儿坐了起来，推开窗子往外瞧去。

陈逆本还不以为然："约莫是扫帚倒了什么的……你好生躺回来，咱俩继续说话。"

顺儿却瞧得认真，可瞧了半天还是没瞧见什么东西，并不放心地躺了下来，嘴里却念叨着："不然我……"

"我出去看下！"陈逆接了话，避免顺儿担心，于是起了身去。

因为顺儿放心不下方才院子里的响动声，所以陈逆出了来替顺儿查看。除了东厢房把院子环视了一遍，才注意到院子中间唐突地落着一包东西。陈逆凑近了些，才看清那是林瑯的外衫。

陈逆心下生疑——只见林瑯外衫的两只袖子打了一个结，将整件衣服裹成了一个团状。小心翼翼地把结给拆了开来，只见里面包着一张纸条，上面的字迹明显是为了避免被人发现而用左手写下的，歪歪扭扭。

字条上写的是——“亥时前凑齐三百两银子，赎人。”

有句古话说“主仆同心”，陈逆觉得这话着实没错——倘若换作平时，就算是房梁塌了，迷糊的顺儿都不一定注意得到。可今天这点小动静，他却如此担忧。

这边陈逆一阵冷汗冒出，后脊发麻。

那厢顺儿还不知道状况，从身后的厢房里走了出来，向陈逆发问：“是什么？”

陈逆熟悉顺儿的脾性，生怕他知道事情后情绪失控，声张出去……若是林耶被绑架了，绑匪还可以用手段将信件和林耶的衣服投进馆子里来，那么绑匪定是在某个暗处偷偷观察着一切……敌暗我明的情况下，稍有动作让绑匪感觉到危险信号，那林耶便命不可保。

极短的时间里，陈逆迅速整理好这场局势，决定对顺儿隐瞒此事，等唐玉树回来再与他商量。于是把林耶的外衫尽量挡在身前，转过头去向顺儿笑说：“没什么……”

顺儿迷迷糊糊地站在原地，脚步似乎有向自己这边迈出的趋势。

决定先把顺儿支开，陈逆又迅速地随口编了个幌子：“出去……找阿辞姐搬两坛酒回来！”

“哦……”顺儿似乎并没注意到什么异样，只是乖巧地应了，蹦跶着出了门去。

趁顺儿出去的空档，陈逆把林耶的衣服藏回了西厢房里去。然后将字条潦草地揣进袖中，又跑了出来。跑到中庭时，正逢阿辞和顺儿各自搬着一坛酒进了馆子里来，阿辞笑着与陈逆问话：“你们馆子，今天不是不开张吗？怎么要酒？”

顺儿把自己抱着的那坛酒码在了墙根下。阿辞这坛酒，陈逆则伸手去接过，向她胡诌道：“哦……不是给客人的，晚上我们打算自己喝……嘿嘿！”

接过酒坛的时候，那字条突然从袖口里掉了出来；可陈逆的双手已然被酒坛占住，无法先行夺回，字条于是就被阿辞捡了起来……

陈逆倒吸一口凉气。

却好在阿辞是个稳重的人。那简短的几个字本是她捡起的过程中无意扫见的，可却还是怔了一刹那。意识到陈逆所有的动作都是想要隐瞒这个消息，于是字条又被她平静地叠好，塞回陈逆前襟去。然后阿辞转头向顺儿问道：“有热茶喝吗？”

单纯的顺儿不知自己被蒙在鼓中，欢快地点头：“姐姐等着，我给你去倒！”

顺儿跑去后厨的空隙，阿辞的表情才迅速严肃回来，压低了声音：“什么时候的事？”

陈逆也压低了声音：“就刚刚！”

唐玉树也是此刻回来的。恰是酉时。

哄骗着顺儿回了屋里“自己玩儿去！”之后，三人呆呆地杵在院子里。

冥思苦想了良久，阿辞开口道：“林瑯往日里……得罪过什么人吗？”

陈逆揉头：“……”

唐玉树也揉头：“……”

阿辞瞬间明白了答案：“……也是，他得罪过的人实在太多了……只是，三百两银子虽不是小数额，但实在也不至于冒着这么大的风险来绑架人呐……”

唐玉树急得堆着一脸横肉，眉头压得过低，将重睑挤出了第三层褶子。只见他蓦地站起身来：“我去报官！”

“报官太危险！”陈逆及时拉住了唐玉树，“绑匪在暗处我们在明处，我们的一举一动都可能被绑匪看在眼里——我们是完全被动的！要是想保证林少爷的绝对安全，这时候我们一定不能轻举妄动……只能先凑钱给他们，安静等他们后续吩咐！”

唐玉树听罢陈逆的话，才定住了脚步：“那咋个办？”

阿辞小声道：“陈逆说得对，我们先顺着绑匪的意思去做……过程中间看能不能抓到什么线索……若实在不行，三百两换林瑯回来也是值得的！”

“当然值得！一万两都值得！”唐玉树站在原地气得捏拳头，只恨那绑匪在暗处躲着，自己这拳头又不知道该向哪里挥去。

——绑架信是用林瑯的外衫裹着被丢进院子里来的……那么林瑯现在身在何处？会不会被冻着？

越想越慌张，唐玉树浑身冒着汗，焦急地跑到账台下开了锁去翻银子。

——不能报官的话，只能先想办法凑出钱来，静候绑匪下一步吩咐。静候静候莫慌莫慌！

潦草地点了点馆子里的钱，林林总总加起来有二百五十两左右。唐玉树把所有钱都拢进一个口袋里，丁零当啷地就拎出了院子来：“这钱还差得远啊……”

陈逆问：“差多少？”

“五十两！”唐玉树眉头拧成一块大疙瘩，冷静不下来，“咋个整嘛！”

阿辞安慰道：“玉树哥你先别急，我回家去一趟，我那里能凑五十两出来！”

唐玉树的额头上汗出得离谱，像淋了雨一般。听到阿辞愿意慷慨解囊相助，立刻单膝跪地抱拳颔首：“谢谢白姑娘！等瑯儿平安回来，我定做牛做马报答你！”

“别这样！”阿辞把唐玉树扶起来的时候，已经感觉得到唐玉树的手发着烫又在颤抖。转头叮嘱陈逆：“你先和唐少爷回厢房去想想对策，我去去就来”，便跑出了馆子去。

陈逆是第一次见唐玉树这般模样。

心想着刀光剑影下应对过来的人，居然也会被吓得口齿含糊……料想他把林瑯看得可是比命还要重要。

带唐玉树回了西厢房，先坐在榻上休息片刻——刚刚一路跑着来回了一遭铁匠铺，粗气还没平息就让他得了这般消息，陈逆生怕唐玉树一口气缓不过来。

安顿好唐玉树，陈逆又摸起林瑯那件外衣来，观察了半晌，从中抠出一根寸余长的草芥。他仔细嗅了嗅，又觉得这衣服上似乎沾了些牲畜的气息。

怕自己的判断不够准确，陈逆递给唐玉树去看。

唐玉树将那草芥摸在手里翻来覆去地看，又伸进嘴边轻轻嚼了嚼，分辨出了结论："这是干藏茅——上好的马草！"又从陈逆手中拽过林瑯的外衫，凑在鼻子前用力地嗅了几遍，"有马粪的味道！"

整个陈滩镇上只有一处地方会有这种东西——"西市骡马棚！"——两人异口同声。

阿辞带着五十两银子回来，进了西厢房里来。三人聚在了一起分享了线索之后又制定出一份搜查西市骡马棚的计划：

"不到万不得已时别惊动任何人！"

"一会儿我们偷偷翻进骡马棚去！"

"阿辞你在外面放风！"

"如此这般如此这般……"

一并从西厢房里出来时，顺儿正在院子里站着，在那边一手捏着林瑯的一只靴子和一张字条，正在努力地辨认着字条上的字迹。

三人怔住，交换过眼神后陈逆跑了过来，从顺儿手里抢过字条："……写……写了什么？"

顺儿一脸茫然，噘着嘴不好意思地嘟囔道："带偏旁的我都不认识，不带偏旁的我只认识七个字……"

陈逆缓了一口气：看来并没有惊动到这个家伙。

唐玉树则是从顺儿手里抢过鞋子，观察片刻鞋底的泥泞，更加确定了林瑯被囚于何处，抬了头也向顺儿问道："什么时候捡到的？"

顺儿还是一脸茫然："就刚刚啊——你们在西厢房的时候……我听见声音就出来看来——少爷怎么把鞋子丢在这里了？少爷人呢？"

陈逆怕顺儿越问越多，大家本就手忙脚乱地，再要花力气应付顺儿实在是太累了，索性又扯了个谎道："少爷……他去买东西了，马上回来！"

顺儿好骗，得了答也不生疑，只蹦去后厨里寻吃的了。

陈逆如此欺瞒顺儿，于心实在不忍，可又着实害怕单纯的顺儿没有办法消化"少爷被绑架"这个消息。愤愤地掐了自己一把，转身与阿辞和唐玉树一并出了馆子去。

第二张字条上也是左手写下的笔迹，歪歪扭扭。

字条上写的是——“亥初初刻前，将银子放在西郊出山口石敢当下，犬吠三声为号。”

贰

唐玉树和陈逆把骡马棚翻了个底朝天都没发现分毫与林瑯有关的线索，还被骡马棚的众伙计发现了动静，以为是盗贼潜入，抄起家伙来把两个家伙打了一顿。

推搡中挨了几发闷棍，唐玉树后背上火辣辣地疼。

陈逆也伤得不轻，前额上被打掉一层皮，淤青里渗着血丝。

被发现了唐玉树还不依不饶，扬言着“把这儿整个掀翻了也要找出我的宝贝来”，最后几欲闹到要报官，才被阿辞劝开：“喝多了耍酒疯才翻进骡马棚里的……大家都是乡里乡亲，并无意冒犯，不是有意要擅闯民宅更不是偷盗。”

赔了五两银子打发骡马棚的伙计们喝酒去，这才将两人带出来。

从骡马棚里一步一跌地扭出来时，唐玉树已经被折腾得有点蒙了。陈逆那厢，方才与众人打作一团时膝上挨了棍，走路有点跌跌拐拐地。

唐玉树“嘶”着凉气忍痛：“可是……瑯儿不在骡马棚，那衣服上啷个会有马尿味儿？”

阿辞亦在一侧忧心，思索了须臾：“算了，先回馆子里去……免得顺儿生了疑！”

天彻底黑了下来，顺儿把馆子各处的灯给点了，独自在院子里站着，才渐觉入了夜，有点冷。

三人回来时已然戌正近初刻。

落魄地进了馆子里，顺儿本高高兴兴地迎出，见到陈逆跛了脚，便大哭起来。

安抚完顺儿的情绪，阿辞支开了他去找大夫给陈逆看伤。出了院子来唐玉树已经把装着银子的袋子拿上，牵了大虎出来坐上马背去准备出发。

第二张字条上要求银子要在亥初初刻前放在西郊出山口石敢当下。西郊出山口距财神府二三里地远，半个时辰内走着倒是也能赶得到。可是陈逆的腿脚受了伤，留他在馆子里候着的话，让一字不识又脑子不灵光的唐玉树独自前去，阿辞又着实不放心。

于是喊住了唐玉树：“我一并去！”

唐玉树说：“不用，我自己一个人能行。”

阿辞不由他分说，利落地上了马来：“你别逞能，真当林瑯是你一个人的？”

唐玉树便也不再辩驳，只夹了马，二人向西郊去了。

按照指示，把钱放在了石敢当下，唐玉树四周环视了一遍。

绑匪聪明，定的地址是个很利于自己藏身的地方——西面是出山口的城墙，拔地而起三丈有余。除此之外南北都是坦阔的旷野，东边则是来时的路。

唐玉树知道，绑匪藏身处就是出山口的城墙上。

敌在暗我在明，纵使此时绑匪与自己的距离也就百尺之间，唐玉树也不能轻举妄动。

拳头已然握得骨节“咯咯”作响，却着实是无可奈何，只耻辱地乖乖学狗叫了三声以示“一切到位，请君查收”……然后牵着大虎，与阿辞佯装离开了。

所谓“佯装离开”——自然是藏身城墙之上的绑匪眼中看到的。

只见那二人一步步地走远，走近丛林掩映之中，却又在其间躲了起来。

躲的技术本就不够高明——大虎无时不在晃动的尾巴，加之唐玉树那个傻子还时而探头出来窥看，便暴露了他们的藏身之地。

于是片刻后，唐玉树身侧滚过一颗鲜红的绒球。

——那是林瑯的朱樱绒簪，随一张字条被绑在石子上。

唐玉树低声骂了一句：“被发现了！”

又手忙脚乱地解开绒簪捆着的字条，焦急地看了半晌又递给阿辞：“我不识字，你说，写了啥子？”

阿辞接了过来第三张字条，又是左手写的笔记，歪歪扭扭，看完却倒抽一口凉气。

写的是——“回馆子去，再守着就撕票。”

准准地掐死了唐玉树的命门。

骂了一句唐玉树便脱去了束手束脚的外衣，重重照地下一摔就要冲出树丛往城墙方向跑去。

被阿辞眼疾手快地拦了下来：“你要干啥？”

“老子要跟他们拼命！”

“你是傻子吗？！那城墙那么高，等你跑上去，林瑯也早被抹脖子了！”

唐玉树气得发抖，又照城墙上怒骂道：“老子——”前两个字脱口出去，唐玉树才彻底明白了——骂也没用，说不准还会激怒绑匪，说不准他们还要踹林瑯几脚，说不准打他两拳。林瑯那性子骄傲，定是被塞住了嘴巴发不了声，挨了拳头也得默默受着。林瑯身板又单薄，哪撑得住他们的拳脚。

越想身子抖得越厉害，捶了几拳树，唐玉树才将将冷静了下来。

阿辞说："我们全然被他们控制着……现在想保林瑯平安，只能听他们的……放心，勒索个三百两银子而已，他们不至于会犯血案。"

唐玉树点头，喃喃地重复阿辞的话："听他们的……走吧走吧。"更像是在劝服自己。

两人一马向回镇子的方向走出几步，唐玉树又回了头来，阿辞正要拦他，却见他站在原地也并没有出格的动作，望着城墙上望了半晌，喊道："你们听着——我们立刻离开！最晚亥时过半，林瑯必须给我毫发无损地回馆子里来！这钱你安心拿了，相安无事！若是差一分一毫，我唐玉树——不管你是何路神仙，就是上天入地，也要把你擒了生吃！"

喊完话之后，唐玉树才转回身。

不走能怎么办？以林瑯的死活做要挟，唐玉树没有可以选择的余地。

阿辞瞥了一眼他，只见他眼白红得紧，额头上的青筋因充血而狰狞。任自己说什么，他也不回应，牵了马一路沉默着回了财神府。

明明是两里地，可回到财神府唐玉树就觉得自己脱了力一般，跪跌在门前影壁下，再也站不起身。阿辞看了难受，却也不知道该怎么办，只把大虎栓回了马棚里，兀自从廊下撬开了一坛酒，也不安慰也不说话，坐在一边抱着啜饮。

顺儿想是没见过唐玉树这般模样，吓得不敢说话，只躲在陈逆身后，不时打个抖。

亥初初刻有脚步声渐近，唐玉树挣扎着转了头来看，结果是个客人。

那客人笑嘻嘻地在门前问："可以预定吗？"

唐玉树显然失望恼火，不回他，转了头回去。

此时唐玉树又听得身后响起一道熟悉的声线："可以预定，预付二钱银子。"

再度猛地回过头来，挣扎起失了力气的膝盖，半跌着扑了过去。也不顾客人在侧，连带着把灰头土脸的林瑯扑倒在了馆子门前，抱紧了不肯放手，狼狈不堪却也顾不得："他们怎么你了？有没有受伤？有没有吓到？"

反反复复问着这几句，问着问着就号啕起来。

到此刻，对点绛唇里今日发生的一切都一无所知的，自顾自热闹着的财神府市集，才似乎感受到了什么不太对劲的气息，一瞬间安静了下来。

这边林瑯被乱了重心的唐玉树扑倒在地，视线里是整个财神府市集的摊贩和客人们齐齐投射过来的不明所以的视线，只讪然笑着安慰号啕着的唐玉树："没事没事。"

轻轻拍了拍着他的背，感觉自己在哄一个个头过大的小孩儿。

众人都各自忙乱，扶人的扶人，关门的关门，没人注意到林瑯和顺儿，偷偷换了一个眼神。

子时西厢房里。

唐玉树那厢余惊未了，经受了一天的折磨之后尚有余悸，心脏跳动得很快。

背着林瑯而坐，还有抽泣声。

林瑯笑，调侃他："丢不丢脸，没点儿男子汉的包袱！"

唐玉树便抹干净眼泪，转回头来冲林瑯笑。

只是着笑撑不住须臾，就又被情绪摧垮了，还是把眉毛拧回来正"八"字，忍不住地落了泪。然后又怕林瑯觉得自己丢脸，又再背着林瑯而坐，不肯让他再看到自己的表情。

一整套憨傻的动作被林瑯看在眼里，心情复杂。

看着，林瑯突然注意到唐玉树后背的衣衫上有几处深深浅浅的印子，上前去碰的时候，听得唐玉树隐忍着却还是没克制住地倒抽冷气。

"这里怎么了？"林瑯说着，又轻轻摁了一下唐玉树后背上的异样之处；隔着衣服，能感受到皮肤上微微隆起。

唐玉树含糊地回应林瑯的问话："没得事……"

林瑯便再摁了一次。

唐玉树转醒三分："疼！"

林瑯皱紧了眉关："咋回事？"

唐玉树不得不老实交代："……病急乱投医，为了找你，去马棚里闹了事，挨了板子。"

脱下衣服来，林瑯眼里是七横八竖的淤血印子，每一条都有青色的轮廓，打在何处都清晰明了……长条形的淤血边缘，再由青色退成了暗红。

林瑯看着发怔，唐玉树却回过头来嬉笑："不疼！"

林瑯也没说话。

唐玉树见他情绪好像不太对劲，还想是林瑯毕竟被人绑了去，吓着了也说不定。便安慰他道："陈逆帮我上过药了——睡觉吧！"

灭了灯躺下好久，唐玉树终究还是忍不住问道："他们是什么人？有没有为难你？你要知道什么线索，尽管跟我说，我去提他们脑袋来见你！"

"你问好几次了……"

"可你都不清楚地说撒！你知道吧……刚才他们丢小石子把纸飞给我，说逼我回馆子里来，不然就要杀你！我多害怕！”

林瑯不应声。

“我没办法原谅他们，那感觉——我明知道他们在哪个方向，知道你在哪里……但我眼看着，就是没得办法去救你。就像当年……”

“被关在外城的青秧一样……”

“是……”

林瑯却翻过了身去。

半晌撂出一句：“以后不会了。”

唐玉树点头，好久，才安心地睡去。

本以为事情到此就结束了。

可半夜里唐玉树起夜，撒完了尿又拐去后厨拎了一壶茶，以防林瑯半夜口渴了想喝水。

拎起茶壶后，却不小心碰掉了茶壶下面压着的一张纸。唐玉树随手捡了起来，那些字唐玉树是看不懂的，可铁匠铺那个锤子图案唐玉树不是认不得。

——可林瑯自亥初初刻回了馆子，到此时，明明也未曾出入过后厨半步……

站在原地良久，右手脱了力气。

水壶掉在了地上，茶溅了一身。

叁

林瑯小的时候，爹是常年不在家的。

有一次爹回金陵来办事，在府上歇脚了一个多月，临走的前一天晚上，林瑯动了小脑筋躲了起来。当时整个府邸上下惊作一团——少爷失踪了。

爹娘都吓坏了，甚至报了官府。官府来的捕快们眼尖，在林瑯书房里搜查线索的时候，把林瑯从书柜后方的空隙里拎了出来。

爹那次动了很大的怒火。

林瑯在梦里重温这个片段，都犹记爹那时的愤怒眼神——他急坏了，眼眶发红，目眦欲裂。

林瑯吓得要死。

半梦半醒间，林瑯突然被唐玉树叫醒。他端着一盏灯，站在床边，眉目在暗灯下有些威严——像爹。

唐玉树唤自己名字："林瑯。"

林瑯迷迷糊糊地醒了过来，却在清醒的片刻，冒出一身冷汗。

唐玉树手里拿着铁匠铺的订单。

那订单是未正时辰，自己回到馆子里后，随手放在后厨灶台上的。

唐玉树语气里听不出情绪，他问："这是啥子？"

林瑯看着那订单纸，又看唐玉树，回答得结巴："……订……订单。"

唐玉树又问："怎么会在灶台上？"

林瑯刚被叫醒，脑子里睡意笼罩着的混沌还没彻底散去，一时编不出谎话。可没有谎话来搪塞唐玉树，林瑯又瞬间想起父亲那时的怒意——眼眶发红，目眦欲裂。

林瑯吓坏了，从榻上下了来，光着脚踩在冰冷的地上，慌张说："我跟你说实话，你别生我气……"

唐玉树没应这句话。

把"阴阳锅"的构思与铁匠讲完的时候，那铁匠指了指墙角的一摞锅，说"您看正巧了。"——聚仙楼倒闭后债主们低价变卖馆子里的物什，铁匠一时上头便把这些锅买了回来："买回来了才发现不值当……留着用吧，我也用不过来，溶了吧，也费事……正好我给你在锅中焊了隔叶，便宜算了您的！"

林瑯自然高兴，交代完了锅又交代了要给唐玉树打的银手环。签了订单，便从铁匠铺出了来——出来的时候，是未初初刻。

从铁匠铺出来，林瑯还在回味自己怎生如此好运，这么便宜便弄到了这么多口锅——沾沾自喜着"天助我也"。又想起这聚仙楼说倒就倒，一时好奇，转去东市那边专程去看了一眼。

往日还算是个陈滩上的大馆子，如今招牌也被砸了，门扇窗扇皆被卸空，像个空壳子。

林瑯感慨一番恶人终有恶报，转了身去，踩过午后空空的东市市集，自甲字院回了馆子里去——这便是未时林瑯回点绛唇，却未被人看到的缘由。

回了馆子里，林瑯径直先去了后厨寻水喝，又正巧碰上在后厨偷吃的顺儿。

嗔骂了他几句之后，林瑯倒茶给自己，顺手便将那铁匠铺的订单丢在了灶台上。

顺儿那厢偷吃被抓包，便想拉林瑯一并下水，招呼林瑯道："唐少爷做的小糕点，可好吃呢！"

林瑯笑："你今天怎么左一句右一句地夸他？他给了你什么好处？"

"少爷你的心思不好猜——我见你近来总苛骂唐少爷，我生怕你不喜欢他了！"顺儿说起了本意，"我是不懂人情，却也不是个傻子。跟了少爷这么多年，你身边围绕着的人我也都看过了一遭，没几个是不图你什么的……偏偏只有唐少爷是真心待你！我可不希望你不喜欢他！"

林瑯听顺儿说完，接过顺儿递过来的小糕点，塞进嘴里，甜甜的："谁说我讨厌你唐少爷的？"

顺儿不解："那你还总欺负他？"

林瑯愣了片刻，叹了口气："这是我的错了。我太幼稚——就是习惯性地想要作弄他几下，仿佛只有不断寻衅滋事，才能在这个过程中确认他也是认真对待我的——你也该知道我这性子。的确是个臭毛病，我得改……唐玉树是真的好，也值得我改。"

顺儿听着林瑯这么说，自己也是开心的。

只听林瑯继续道："只不过啊……越好，我就越担心失去——他现在待在这儿，可下一刻还会不会待在这儿？今朝待在这儿，明日还待不待在这儿？……有时候我也觉得我贪心，我想过多无聊的问题你知道吗？我甚至在想——此生待在这儿，来生还会不会待在这儿？"

说到这里，主仆二人笑成一团。

顺儿说："你是局中人，自然不明白他的好。我们局外人，都看得一清二楚。"

总觉得自己是得了称赞一般，林瑯有几分骄傲，却还道："那有一日，可要让我做做这'局外人'，我倒要看看他是怎么个好的！"

"行啊，你要想看，我现在就有一招！"

林瑯挑眉："什么招？"

被顺儿塞在马棚里的时候，林瑯起初是拒绝的："脏不拉几的，这衣服可贵呢……"

"嘘……"顺儿也躲了起来，只见唐玉树从西厢房里走了出来，隔着院子叫道："陈逆！"

"哎——"陈逆回应，"怎么了玉树哥！"

"林瑯在你们厢房吗？"

"不在。"

"哦。"唐玉树又退回了屋里。

顺儿挤眉弄眼："你看，现在就急了——你若是愿意，多待一会儿，你且看他会问多少遭！"

直到申时过了一刻，唐玉树此番反复地询问了十余次。

申时过半唐玉树终究坐不住了，跑出了院子来。此时恰逢顺儿在马棚附近与林瑯说着话，吓得顺儿抄起扫把把林瑯的头拍回了草芥堆中继续佯装扫地，所幸唐玉树并未注意到顺儿的动作，更没功夫搭理顺儿，径直冲出了馆子去。

顺儿觉得这下够了，待唐玉树的身影出了馆子，把林瑯从草芥堆里刨出来："局外人少爷，看开心了吗？"

"看开心了！"

“行了，回去吧。”

林瑯却上了瘾：“不行还不够，我得吓唬吓唬他！”

顺儿瞪眼：“吓唬他干啥？”

林瑯道：“这只是平时——我得看看若我也遇了难，他会怎么做！”

差顺儿去账房里取了纸笔，林瑯用左手写了个绑架字条。为了增加悬疑感和危险性，林瑯又脱了外衣把字条裹了。

“行了，你跟我打配合就够了，先回去。陈逆那小子精，你别让他生疑心。”

之所以写三百两，是因为林瑯要设定这个关卡是难度适中的：一则林瑯知道账台下银两总计二百五十八两七钱，数额接近的情况下，不会太为难唐玉树；二则林瑯又需要给唐玉树发挥的空间——具体是借是讨，林瑯只想看看他会为了自己，做到什么程度。

约莫又隔了一刻，林瑯把团成球状的衣服用力丢了出去。

接下来陈逆捡到绑架字条，又意外地牵扯进阿辞，唐玉树着急忙慌地凑钱，还因借钱之事向阿辞下跪行礼。

唐玉树的每一个举动和表情，林瑯都看在眼里。

三人不知道在西厢房里商议了什么，之后跑出了馆子。顺儿才慌张地跑了过来：“少爷，我们玩儿过头了！唐少爷他们决定去西市骡马棚找人！以唐少爷的个性，一定会出乱子的！”

被顺儿这么一说，林瑯却又觉得收场不容易了。

“不然……我直接出去？就说我自己逃了出来？”

“你自己逃了出来，他们不得去报官？一报官，我们哪里经得住查？到时候真相露出，我们就完蛋了！”

林瑯想了想：“也对……那，这戏得演下去……”

于是写下了第二张字条：“亥初初刻前，将银子放在西郊出山口石敢当下，犬吠三声为号。”

这次也要搭配一件贴身衣物……那就……靴子吧

“等他们从骡马棚回来，就把这靴子想办法丢到院子里给他们看，我先行去出山口躲着！”

顺儿不解：“为什么是那里？”

“那里空旷！我好藏，唐玉树不好藏——我可不能让他逮着！”

说罢林瑯从甲字院绕出去，一路躲着行人，去了西郊。

却说顺儿拿着靴子，冥思苦想，也想不到该如何在两个会武功的人面前营造“靴子突然掉落在院中但是与我无关”的桥段，正急得满头大汗间，三人回了馆子里来。

顺儿灵机一动，从靴子里掏出字条来，扮演捡到字条的角色，与陈逆说："带偏旁的我都不认识，不带偏旁的我只认识七个字……"

再说林瑯埋伏在西出山口，等到唐玉树和阿辞送来银子，又看到他们藏身在小树林。

藏得不好，马脚尽露。林瑯躲在城墙上偷笑——大虎无时不在晃动的尾巴，加之唐玉树那个傻子还时而探头出来窥看，便暴露了他们的藏身之地——林瑯也替自己捏了一把汗：若我真被绑了，单单由着这个傻子折腾，我早被撕票了！

本打算趁机从西山绕道回财神府里去，却临时起了贪财之心：怎忍心让那馆子辛苦赚来的银子被弃之荒野？林瑯决心把银子捡回去。

捡回去，便要把唐玉树支开。

于是林瑯掏出笔纸，写下了第三张字条，用朱樱绒簪绑了，趁他们躲藏时把纸条远远丢了下去。

唐玉树彻底被激怒了，第一次听他骂人。

听不懂他骂的是什么，但听得出气势倒是蛮唬人的。

那边唐玉树骂完后，又交代道："你们听着——我们立刻离开！最晚亥时过半，林瑯必须给我毫发无损地回馆子里来！这钱你安心拿了，相安无事！若是差一分一毫，我唐玉树——不管你是何路神仙，就是上天入地，也要把你擒了生吃！"

往日里只见他事事都让着自己，却鲜少见这等气魄的一面。

林瑯这下才彻底心满意足了。

等唐玉树真的走后，便下去将钱囊给捡了，埋在出山口处一棵松树下。

这便回了馆子去。

听林瑯讲完一切，唐玉树默不作声，脸上也没有表情。

其实直到林瑯回到馆子里，都没觉得这件事把唐玉树折腾得有多惨。只是从一进门便被唐玉树抱着扑倒在地，硕大个头儿的人哭得像个小孩开始，林瑯心里才打起了鼓。

接着便是端上热腾腾的面，反复问着"烫不咸不辣不好吃不"围着自己转。接着又是没完没了地烧水，一桶接一桶地拎回西厢房来给自己洗澡用。间或把绑匪用林瑯听不懂的蜀地方言骂了个遍，又反复摩挲林瑯的脑袋安慰着"别怕了别怕了，都没事了"……

林瑯觉得唐玉树其实才是最害怕最无措的那一个。

而且自己这个"局外人"的戏码，明显演过头了。

林瑯害怕唐玉树生气，站在唐玉树一边，也不敢动，也不敢与他说话，甚至做好了“挨几拳头也甘心”的心理准备……可听到唐玉树将手中的油灯重重摔在地上时的响动，林瑯还是被吓得一阵战栗。

唐玉树没让林瑯挨拳头，却出了院子去，一脚踹开了东厢房的门，拎起睡得迷糊的顺儿：“你演戏演得真好啊！”

顺儿被吓坏了，发着抖。被林瑯伸手救下：“你别吓着他啊……你生气你打我都行！”

唐玉树将顺儿推向林瑯，冷冷地看向林瑯：“你们一处作弄我，玩儿得开心吗？”

林瑯也不敢回话。

黑暗里对峙了良久，才听到唐玉树用力地克制着怒火，说了一句：“我不想看到你。”

肆

被唐玉树赶回了西厢房，林瑯这边翻来覆去睡不着。

没心没肺的顺儿已然过了害怕的劲儿，打起了鼾。

把多余的被子都拢在了自己怀里，林瑯的心还是安生不下来——本没有想要把唐玉树吓成那样的意思，可偏又生着患得患失的老毛病，最后将事情搬弄到这步田地，林瑯也觉得自己实在玩儿过了头。

自知犯了大错，可又不知道该怎么处理，一番苦想后用拳头狠狠敲了自己脑门，骂了自己一句“蠢货！”

骂完自己便打了个喷嚏。

也不知道唐玉树现在睡了没有……

脸发了烫，头也沉了起来，可身子却又有些发冷……于是又把被子整了整，裹紧了自己。

昏沉了半晌，林瑯突然想起了什么，从榻上惊坐了起来。

且说唐玉树把顺儿林瑯主仆二人赶出了东厢房，自己却也毫无睡意。

唐玉树舍不得生林瑯的气，唐玉树这辈子也不想从林瑯眼神里看到对自己的恐惧，可还是觉得今天发生的这一切都太害怕，怕得几乎要了唐玉树的命。

陈逆说要去后厨给唐玉树煮壶热茶来，被唐玉树喊住了：“你好生睡吧。”

“你不睡吗？”

“我睡不着。”

看着坐在榻边上情绪低迷的唐玉树，陈逆想了想安慰道：“别生气了……顺儿和林少爷这次真的是玩儿得太过了。”

唐玉树点头："……太过了。"

陈逆又道："顺儿这么坏……我也有错。"

唐玉树不解："你有啥子错？"

陈逆摇晃着脑袋低下了头去，一幅悔不当初的样子："就是说啊——平日里我一味惯着宠着，由他骄纵着，他指东，我就绝不往西半步……总觉得：他就算把天都给折腾塌了又怎样？我去补就是了！——你看吧，到头来把我给折腾了。"

唐玉树看了眼陈逆，又低了头去，把他的话回味了许久，才听出他暗讽的意思。伸手捞了陈逆后脑勺一把："你小子——这是在笑话我！"

被发现了本意而挨了巴掌，陈逆却笑了起来。

于是唐玉树也笑了起来。

观察到一通说笑之后，唐玉树的情绪没方才那么阴沉了，陈逆幽幽地叹了一声："玉树哥……我坐在这边，你坐在那边——此时这个场面，好熟悉啊……"

唐玉树"咹？"了一声。

陈逆看了唐玉树一眼，又低了头去回忆："只不过是人换了——腊月十五你昏过去那夜，也如此刻一般，我坐在这边，林少爷坐在那边……"

唐玉树静静地听他继续。

"不过那夜没这么安静。林少爷的性子你知道——他把镇子里的大夫们全都叫了起来，关着人家在馆子里不肯放人家走；一会儿对着大夫们又骂又闹；一会儿又怕骂恼了人家不肯给你治，又变了脸做小伏低地道歉求情……慌得像个神志不清的小孩子——馆子里再难处理的事情都发生过，我见过他发脾气，也见过他抹眼泪，可那是我第一次见他疯了一般……"

陈逆顿了顿，观察着唐玉树的表情。只见他眉头还是皱着，可嘴角却有一丝上扬而起的弧度。

陈逆便继续道："后来他差顺儿连夜回金陵请张舅爷来，却没料到请来了李将军……他那么骄傲的性子，知道李将军想带你走，由着李将军羞辱他，还跪在地上求李将军救你……李将军说要他林瑯离了这馆子，才肯给你治。他不甘，可也就乖乖走了……"

"后来听顺儿提起过——从五岁到如今，林老爷劝了十余年的学都没把这个纨绔之子劝动分毫。因为你，他决心去从仕途，五年也罢十年也罢，他想去做官入朝，想有朝一日爬上比李将军还高的高位……这才有与之抗衡的底气。你若再病了，他以为天下的灵丹妙药便都能给你弄来——听着多荒唐，可那是他唯一可以保护你的方式。"

唐玉树听得发怔，片刻后拍了拍陈逆的肩："你去把顺儿再给搬回来。"

两人一并从东厢房推了门出来，恰见林瑯搬着一团被子晃晃悠悠地在台阶前来回踱步。

林瑯见唐玉树，不敢说话也不敢看他，只把被子递上来。

唐玉树说："大半夜这么冷，你做啥子？"

林瑯才回答："顺儿把被子带过去了，你没被子盖……"

唐玉树说："那你盖啥子？"

林瑯别着脸说："你不用管我……"

唐玉树下了东厢廊下的台阶，伸手碰到林瑯才察觉他烧得发烫，用手反复在林瑯和自己的额头间试温度："你回去睡，我去把备着的风寒药煎了——白天脱衣服又脱孩子（陈逆按：蜀地口音，鞋子的意思……）的，这下耍开心了吧？"

林瑯抬头看唐玉树："你不生气了吗？"

唐玉树摇头："听着林瑯——我唐玉树，说了你到哪儿就跟你到哪儿，那就是板板儿上钉钉钉儿的事！是饿了该吃困了该睡渴了该喝水尿急了就该尿！是天理！是用不着你反复证明的事儿！晓得？"

林瑯点头，又着实分不清脸上发烫是因为风寒还是高兴。

被唐玉树拍了拍头，乖乖回了西厢去。

"绑架案风波"自此平息，再不赘述。

却说翌日点绛唇便又再开了张。

前夜里一通折腾，四人都起晚了些，于是准备工作便做得手忙脚乱的，好在客人赶到前也都准备妥当了。

生意红火，于是三十坛酒半个中午就被点光。陈逆便拉着木牛车，又向阿辞搬了一些来。

搬回酒来时，阿辞在后面跟着陈逆一同进了馆子里来，手里还捉着一只巴掌大的小狗，在阿辞手中"嘤嘤"乱叫："这小狗是你们的吗？"

林瑯那厢正好结了几笔账，得了空来院子里晒晒太阳。跑了上来便摸着小狗道："不是——这狗好乖！"

众人轮流来逗，那小狗也不怕人，耷拉着耳朵摇头晃脑地舔人的手指。

林瑯喜欢狗，这下把狗接了过来搂在怀里："你在哪儿捡的？"

阿辞指了指馆子门口："就那边晃悠——我还以为是你们养的。"

"那就先留着吧，有人寻的话再还他们，没人寻就是我的了！"林瑯毫不收敛爱狗之情，喉咙里挤出些怪腔怪调的声音，与怀中小狗调笑。

这边唐玉树从后厨里出了来，把装着五十两银子的钱囊还给阿辞。

阿辞问他："哎？……你们有钱了吗？"

唐玉树不太会撒谎，涨红了脸，笨拙地结巴道："有……有了。"

"别逞能！你们有了钱，也不用急着还我。馆子里用钱的地方多的是，先留着，富余多了再还我也不迟。"

被骗了却还在那厢替他们做打算，阿辞还真是个好姑娘。林瑯在一侧听了羞愧，抬头道：“没事没事……我们不缺了，谢谢阿辞。”

边说边瞥了一眼唐玉树，只见唐玉树也正瞪着他看，又吓得埋下了头去逗小狗。

——“哎呀！”

却被小狗给咬了一口。

唐玉树吓了一跳，跑过来着急地查看：“咬伤了没咬伤了没？顺儿快去找大夫！”

林瑯赶忙伸手示意自己无恙：“没事没事，只是破了点皮而已……这小乳牙，哪能把人给咬伤了！——顺儿快回来别去了！”

无意间却见阿辞盯着自己看，林瑯回看她。

阿辞开口笑说：“林瑯？老实交代——最近是不是欺负玉树哥了？”

林瑯心虚地笑：“没有没有……”

“那这小狗怎么偏偏咬你？”

恰有客人催促结账，林瑯才得以夺过阿辞的审讯，说了句“哎呀我去忙……”便把狗塞给唐玉树就跑了。

唐玉树抱着那小狗，有几分疑惑：“为啥子说他欺负我了？”

阿辞解释道：“很久前的事了——林瑯发过誓，他若再欺负你，就要被狗咬的。”

路过的陈逆听了也笑:“林少爷发的誓若有用的话,恐怕早被恶犬啃得骨头都不剩了！”

众人说笑罢，便四散了各自忙去。

之后的生意一如前几日般红火。

林瑯定好的阴阳锅到了之后，唐玉树在王叔的指导下也学会了煮些清淡的汤头。两味的锅子出来了，口口相传一遭，馆子生意便又更火爆了起来。

接连忙到正月十四那日，林瑯终究又撑不住了：“索性我们往后每隔七个日头便休一次业吧！”

送走晚上最后一波食客们，另外三个也早已疲惫不堪。

没有人投反对票，林瑯在账台上铺开了纸，挥笔写下明日休业的告示，吩咐顺儿和陈逆去馆子外贴了。

丑时初才躺下的。

枕在了松软的枕头上，林瑯闭了眼揉着太阳穴。

唐玉树关切道：“累了？”

林瑯接着话茬：“嗯……浑身发酸。”

“来来来！”唐玉树趁着油灯还没熄，“我帮你按一下肩膀。”

“那敢情好！”林瑯毫不客气地背对唐玉树坐好，享受着“会武功懂穴位”的唐玉树的好处，非常畅快。

“日子过得真好啊。”

“巴适、安逸。”唐玉树丢出两个蜀地方言。

话音刚落，却突然感觉鼻腔因充盈着温热的液体而堵塞了起来。接着就见几滴血掉在了林瑯后脖颈子上，沾湿了他洁白的衣服。

因察觉到唐玉树按摩的动作有所停顿，林瑯侧回头来看他。刚想催促他继续，却只见唐玉树捂着口鼻不知所措，指缝里渗出猩红色。

“你……怎么了？”林瑯怔住。

被抹成一片的殷红血色，在他手背上触目惊心地晕开。

伍

这场虚惊差点把林瑯吓到魂飞魄散。

结果这次大夫连药方子都没开，只笑着对林瑯道：“你且不必担心，丁点儿问题都没有。之前颅中的淤血早就化干净了，现在唐公子结实得很！”

林瑯眉头才平下三分，却还是追问：“那他怎么无端流鼻血呢？”

“唐公子正是血性年纪——这鼻血只是身体健康，阳火旺盛之故。”

林瑯听罢，这才缓下了心头焦虑。

送走大夫后两人坐回了厢房，唐玉树拍着林瑯的背替他散去余惊，道：“我壮得像头牛，你别老担惊受怕！”

“我是怕你死了，我一个人忙不过来。”林瑯嘴上依旧强硬着。

且说翌日，金陵城华灯盛放。林府里聚拢了一群人喝茶闲话。

自过了年至今林瑯也没回来过。林老爷修书问去了，回信却说元宵节也并不打算回来。

看完回信，林老爷吃着龙眼跟众人骂道：“这野种！就是死外面儿，老子横竖也不管了！”

骂是骂着，嘴角却几乎要咧到了耳朵边儿。

客人发问：“贵公子是做什么营生呢？”

林老爷端起一副苦恼的做派，言辞中却尽是炫耀：“嗨……开了个什么小破酒馆儿！买卖挺好……这不，大年夜就跑回去了！今个元宵也不肯回来，说生意忙得腾不开手！”

引得一众商贾大鳄将话题转了方向。

“这年头投资餐饮不错，你家公子有眼力见儿！”

“确是！”

“说起餐饮业来，你们知道吗？金陵边儿上那个陈滩镇，开了一家馆子！光靠着那个馆子，陈滩今年春节期间的游客量涨了多少！”

“是那个“点绛唇”吗？《江南月报》上都写了。听说那馆子开在一处别院，前后有几十亩大，摆满满当当的桌子，客人多的都招呼不过来……”

“提起那个点绛唇……老朽正好借职务之便，向众位提供些门道儿——”林老爷寻声看了去，开口的原是鸿胪寺卿秋大人，只听他缓缓说起这个所谓的门道，“去年春末成都平叛结束，安顿战后蜀地百姓的置业营生，便成了朝廷最关心的事——鼓励百姓安居乐业，重现成都城昔日的辉煌，便要从精神上去鼓舞他们……”

——这便是鸿胪寺的职责所在：监测并研究舆情，再利用舆情去引导民生发展。

“譬如当时平叛战争时期，树立‘少年将军李犷’这个人物，讲述他的传奇故事，并对故事进行传播，便是用以鼓舞民心的有效手段……而现在时值战后重建阶段，少年将军的传奇早就翻了篇，朝廷需要的是创业故事来鼓舞民生——‘点绛唇’如今便是被鸿胪寺看在眼里的典型。”

林老爷事业有成后虽也学模学样地读了几本书，可听罢秋大人的话还是一头雾水不明所以：“老秋你说的是啥意思？”

秋大人一笑：“众兄弟想做投资不妨早点下手——《财神府传奇》的话本鸿胪寺已经拢了一众编剧在准备了，预计今年入夏便会在街头巷尾听得到说书人们讲这个‘点绛唇’的故事。”

不管林老爷听没听明白，一向擅长投机的花大人倒是听明白了，立刻站起了身来：“这馆子要大旺啊！”

秋大人看着花大人无缝不叮的嘴脸，“扑哧”笑出了声，只转了头向林老爷，复述了一遍花大人的话道：“这馆子要大旺——就是这个意思。”

花大人那厢生怕生意被在场的人抢走了：“众位都别跟我抢！我早先就听我女婿提起过那个馆子——那馆子的掌柜，似是我女婿的旧友——你们要投哪里，姑苏还是临安，我花某也管不着，但金陵这儿，我先说好我要投一家！”

林老爷挑眉：“你女婿——沈曳那小子？你打算投资多少？”

花大人眼都不眨：“一千两吧！”

林老爷摇头：“不行不行，你想投，前期至少就得这个数儿！”说着比了个五。

花大人嘲笑林老爷道：“老林你糊涂成这样，是怎么赚到钱的？五千两？有必要吗？”

林老爷优哉地呷了一口茶："要投点绛唇，要先选址——林府正门那栋楼刚空出来，恰对着一处旺市，又兹临秦淮河边儿，我看选在那里正好儿——选址已经要如此豪华的地段，那你不得掏个五千两？"

花大人继续嘲笑："老林是想让我给他在家门口开这个点绛唇，好让他日日能吃得着！"

林老爷被反复取乐，倒也没有不悦，晃着脚优哉道："我能不能日日吃得着咱先不提，你花大人连五千两都吝啬的话……我倒觉得你可怜了。'

花大人讪然："我怎么可怜了？"

林老爷道："错过了我儿子这么好的女婿，跟老沈家结了亲去了——这是第一份可怜。错过点绛唇这么好的投资方案——这便是第二份可怜了。"

"怎么着……老林，你是想跟我争这个这案子？"

林老爷撅起嘴，一副"为你遗憾"的表情，看着花大人摇了摇头，然后又看向众人，一副"恨铁不成钢"的表情，云淡风轻道："说来巧了——这点绛唇啊，便是犬子和他拜把子的兄弟开的。"

满坐皆哗然。

当然，林老爷很受用这种惊叹声。

正月最后一日打烊后，便又是点绛唇的休业日。

陈逆在后厨里煲消夜汤，顺儿在院子里咿咿呀呀地唱着曲儿，唐玉树回了西厢房洗澡去，林瑯结算清了账，在账台案前揉着太阳穴。

说来好笑——唐玉树昨个听顺儿闲说起林瑯在府里时，喜欢玩儿些鸟儿雀儿，今日便起了个大早去了西山，抓了两只山鸽回来。一手一只攥着脖子任它们扑腾着，就往林瑯怀里一递。

林瑯先被吓了一跳，得知了缘由后又笑得时前仰后合，最终众人决定炖了煲汤喝。

早先说好了明天要随林瑯回一趟金陵去看爹爹，此时唐玉树正坐在浴桶里心头打着鼓，筹谋着明日见林瑯爹爹时要如何应对。那厢林瑯端着山鸽汤回了西厢房来，见他愁眉苦脸地，问他怎么了？

唐玉树幽幽道："你爹爹吓人。"

林瑯"扑哧"笑出声："他哪里吓人了？……说真的，我听府里人传话说啊，他还挺喜欢你的，天天像吹自己儿子的牛一样，张嘴闭嘴'我儿子他好兄弟'，后来索性就说成是'我干儿子'了……你别怕。"

唐玉树压低的眉头才起来几分："真的？"

“真的！”林瑯把热汤放在桌案上：“他不是还把一个我姥爷传给他的宝贝送你了吗？哎，说到才想起来，快！看看里面是什么？”

唐玉树从桶里站起来，光着身子在屋子里乱跑。只见他拎起里衣，从前襟的口袋里摸出一只金丝玄色囊，递给了林瑯。

林瑯拆开了囊来，里面有个小木盒子；再把小木盒子拆开来，里面又有个小囊；再把小囊打开，里面是一个裹着布条的片状物；把那缠在片状物上的布条一遭一遭拆开，只见里面是一片生满了锈的——“刀刃儿头？”

林瑯不解，唐玉树却发现了玄机：“那布条上有字儿！”

林瑯又把布条捋顺了，仔细看去——只见那字迹因年代过于久远而洇得含糊。林瑯仔细辨认了，逐字读去：“胆敢……让吾儿……受……半点……委……屈？……写得什么啊……老……子……定打……断你狗……腿？”

唐玉树吓得倒退好几步，摸起身侧一叠衣服就紧捂下腹。

“这就是你姥爷留给你爹的宝……宝贝？你姥爷是二流子吗？”

林瑯笑得捶着桌案上气不接下气，一时脑子里又想象起父亲从姥爷手里拿到这件“宝物”后的神情。

笑累了，才赶紧哄唐玉树：“就你手里拿着的那身儿——那是新衣服，快穿上给我看看，明天见我爹爹时穿这套。”

擦干了身子，余惊未了地换上林瑯给他买的新衣服，唐玉树皱眉道：“越发不敢去见你爹了！”

林瑯上前来替他整好了领子，看着唐玉树还是忍不住笑，笑着笑着，又忍不住夸赞：“挺精神的，我眼光还真不错！”

唐玉树点头：“这衣服是挑得不错！”

“蠢！”林瑯骂他，可强硬的语气，却又在片刻后转而变得柔和起来，“……我说的是挑人的眼光。”

忘记剪油灯的灯芯，所以灯焰晃得厉害。

跃动着的灯火下，林瑯与唐玉树对望着。

如此望着，林瑯便又唐突地回想起初来陈滩的那一日。

那时离了金陵城，循着记忆里的路线茫然地向前程进发时的自己，慌张又无措。

站在财神府的院门前，他莫名地想要掉眼泪——推开这扇门，便是推开了一场无法再回头的梦……以往的所有全部都清零，自己余生的筹码便只有这一栋冷冰冰的宅子了。

以后的日子要怎么过……林瑯在脑海里无论做多少次规划，终究还是不敢细想。

“走一步看一步吧……”林瑯喃喃着。

背对着小镇的烟火和温柔的夕阳。他闭了眼，战战兢兢之间推开了那扇梦。

一声“吱呀——”传入耳道。

以为本该是清冷孤寂的宅子里，早已被命运附赠了一个少年。

只见他额前束了红色头巾，浑身未着一物，裎赤坦白地站在木桶里。

一阵晚时风从其间穿梭而过，少年头巾的尾端掀动翻飞而起，清澈通明的眼神便落在了自己身上。

·番外· 财神府传奇

财神府尚未开府的时候，天河岸只是一片荒芜的原野。

说是“荒芜”，可天上的景致毕竟是人间不可比拟的：绝艳的仙葩错落丛生，衔云带雨的珍禽逗留其间；有风露远携了须弥山巅的朝晖施施而来，绕过宫宇巍峨的天上皇城，洇出天河岸的一片生机。

所谓“荒芜”，竟是如此。

更别提：再向东去，进了天门，便是深锁云烟的天上皇城。

五步一楼，十步一阁。廊腰缦回，檐牙高啄。

可纵使天上美及这般，每每放假时，天上的仙人们还是都喜欢自天河岸边坐了渡船，晃去人间游玩。

天上云霞华美，相比人间烟火，却总还是差了些味道。

在天河岸等船的时候，仙人们喜欢三三两两挤在岸头的一棵树下庇荫。

这树一身玄色，其实不算高得出奇，也不算壮得离谱。没有盘枝，也没有错节，只在笔直的树身上端，仅仅岔开三两处枝丫。

简单得彻底。

可坐在这树下，却可以盛夏不知晒，隆冬不知寒。

没人知道这棵树的来头。

仿佛这树像是于开天辟地之时就萌生出来一般，存在得太过坚定且久远，所以没人了解它是被什么人所种，是何纲目从属，长成要开什么花，终了要结什么果。

它也不期于被谁人明了，只是万年不变地、静静地长在天河边。

“怕是一棵呆树。”

可是，某日这树却闯出了一桩奇案。

那天，最后一批去人间玩耍的仙人们渡天河回来，在岸边停靠的时候，正值司空殿的绣女们就着天河水，给新出缸的染缎滤色。

她们遇到彼此，招呼在一起，边在玄树下歇脚、边分享起人间游玩时淘来的宝贝。

有仙女去了锦官城，买了人间画师梁阿吒的绘本图谱和香脆可口的小酥肉；有仙女去了苏杭，买了人间的漂亮衣裳和最新妆品。

其中有个仙女，摸出一个巴掌大的白玉圆盒，神秘兮兮地展示给众人看，“是新款！用白玉盒装的，里面是绛红色的香脂，可以涂脸颊，可以涂嘴唇——一物多用！”

这新奇的妆品引得众人纷纷围上来，都想试试。可那仙女却吝啬了起来，急忙把胭脂盒盖好，白玉盖子与白玉盒子相撞，“琳琅”作响。

奇案就是在这个关头发生的。

就在那仙女刚刚盖起胭脂盒时，众人皆听得一阵奇异的响动。寻着声仰了头看去：明明此刻无风，却见那玄树的树枝莫名地轻颤起来。颤着，突然又催生出一条枝蔓，径直伸了下来，在电光火石之间从人家仙女手里夺下了那盒香脂。得手后，便把枝蔓退了回去。

那盒香脂就这么挂在了玄树上。

这荒谬至极的突发事件把天河边的仙子们都吓蒙了。

一个绣女被吓到，不小心把翠色头纱打落，掉进了天河里。那翠纱被水流铺张成一片缱绻缠绵。

于是人间顺德十六年夏，有个傍晚的天色，是翠绿的。

这事儿闹到天帝那边的时候，天帝正和一众仙班探讨着“如何盘活天上经济”的重大事宜。这个问题迄今已然探讨了百年，倒是从来也没能有人说出个所以然。

众仙班被扣留在天帝案边正也愁苦着，这桩突发事件倒算是替大家解了围。

“玄树抢仙女的胭脂！事关重大，陛下该去看看！”

“是流氓！该去看看！”

“是不祥之物！去看看！”

众说纷纭的嘈杂声里，天帝蹙起了眉端。

阶下的一众仙官神将，哪个不曾有着叱咤风云翻江倒海的传奇经历，如今却将如此鸡毛蒜皮的事情危言耸听作“重大”……是该感慨于天官的差事琐碎无聊、乏善可陈？还是该庆幸于天上的民生顺风顺水、缺灾少难呢？

叹完这口气，天帝敷衍地传召：“把那玄树带上来！”

“……”

“哦，是树哦……那孤走过去吧！”

同在帝位，父辈招安过造反的石猴，祖父辈斗过舞戚的刑天。偏是自己，在位百年的时间里毫无建树。若真让“玄树抢胭脂”一案成为自己任职内的最高政绩，怕是要被天下苍生笑死吧……

天帝如此盘算着，落寞地走到了天河岸来。

案发现场，被抢了胭脂的仙娥哭得梨花带雨。

天帝隔着叆叇浮云往人间一瞧去，只见扬州城的梅雨季被她提前哭来了一旬。

天帝心上浮躁不已，安慰仙娥一句“别哭了，我叫玄树赔给你”之后，转了身去与那玄树对峙而立。立了半晌，天帝清了清嗓子“还给人家！”

不知道为什么，天帝总觉得此刻对着一棵树下诏令的自己，显得比“玄树抢胭脂”的事件本身更荒谬了几分。

那玄树抗了旨……天帝倒也没觉得是意料之外的事。

只是在一阵唏嘘之中，天帝坚强地仰起脖子瞧着玄树——这黝黑的家伙一枝拈着盖子，另一枝捧住盒身，两根枝丫像双臂一般挥动，胭脂盖与胭脂盒向一处合拢，玉和玉相击，“琳琅”作响。

随着脂粉弥散而起，玄树微颤起来，像是在嗤笑这一众围观的仙官神将。

这轻蔑的做派彻底惹怒了天帝。

于是圹埌的天河岸上，天帝大摆起了一场堂审。

先由被抢走胭脂的仙娥讲述完来龙去脉，再是一众目击者七嘴八舌地补充细节，末了由天帝将惊堂木那么一拍，向那棵玄树问道：“何方妖孽？”

那玄树还是没搭理他……

也不怪神树，天帝觉得自己都懒得搭理自己。

天上今值太平年代，没有邪祟妖魔，没有兵荒马乱，经济虽称不上是“飞跃之势”，但也达到了全民小康的水准。“如何搞活经济充盈国库”这件事情没弄明白也就算了，此时倾尽朝野之力，处理的却是此番家长里短的纷争……

累啊。

可先前一时冲动把阵仗摆得太大，此时草草收场倒有点下不了台了……天帝这厢只好焦头烂额地撑着场面，搓了搓鼻子，再抬眼，又看到那玄树杀千刀的模样——它却对天帝的威严似乎并不在意，还在兀自用枝丫撞着白玉胭脂盒。

散落在空中的绛红色脂粉把气氛染出更加尴尬的色调。

一阵恼羞冲上天灵盖，随便拿住身侧的一个，天帝便正色质询：“为什么树不说话？”

偏是太白上仙不幸与天帝对上了眼，只好硬着头皮对答：“树……自然不说话……”

“自然不会说话，那自然就会抢胭脂？”

“……”太白上仙在心里觉得天帝这小子……简直无情无义无理取闹。

好在此时有人出了个主意：“人说神兽谛听能辩万事真相，不如请来与玄树交流一番？”

天帝照做，召了神兽谛听来帮忙。

谛听遵召前来，在玄树身侧听了须臾，最后来到天帝案前汇报：“听完了。”

“听出了什么？”

“什么也听不出来——这树对自己的来历也毫无思绪……”

“……”

谛听走之前，出了个主意：“世间草木都归花神所辖，想要玄树归还胭脂，找她吧。”

天帝照做，召了花神来帮忙。

花神遵召前来，轻抚树身，用植物的语言对玄树好言相劝，最后来到天帝案前汇报：“劝完了。”

“劝好了什么？”

“没有——这玄树好像不是树……”

“……”

花神走之前，也出了个主意，“或许可以找广寒宫当差的吴刚，砍断枝丫，便能取下胭脂了。”

“没错，软的不行来硬的！”天帝照做，召了吴刚来帮忙。

吴刚遵诏扛着巨斧前来砍树，斧刃每每磕在玄树身上便是一道刺耳的声响。几斧子劈下去，玄树除了徒增几道伤疤之外，并未被撼动丝毫，倒是吴刚的斧头先被挫坏了刃。

众仙官朝玄树身上的裂缝里看去，里面质地通明，虽是玄色，可映着天河中盈盈星砂，流转着干净的光泽。

吴刚来到天帝案前告罪：“砍不了了……”

“……”

吴刚走之前，又出了个主意，“命大力神前将玄树连根拔起，或可取下胭脂。”

天帝扶额，半晌缓过了气，召了大力神来帮忙。

大力神遵召前来拔树。双手拿紧了树身，拔了三刻，玄树树身分毫不移，倒是拔得脚下的地隆隆作响。

如此，已然折腾到了夜半。

远处天河上施施然飞来一个珠光宝气的女子，朝着这边破口大骂：“补一次天很贵的！

上一次不周山倒时补天花的钱，天庭还没给报销完！”

大力神尿了，躲到天帝案前，“还拔吗？”

天帝已经被这桩荒谬的事儿折腾到双目泫然。

树没拔下来，倒是惹来了女娲嬢嬢。

不得不再次说起天庭的财政状况。

由于财神位常年空缺的关系，天庭的账务一直是一团乱麻。女娲嬢嬢当时补天的工钱，至今还没给人家报销完。可是没办法……这陈年烂账是代代累积的结果，而天界的经济却一直都没什么起色，仙人们就连放个假都爱去人间花销，天界资金向人间外流，天庭哪还拿得出钱来给嬢嬢……

一波未平一波又起，天帝都快愁哭了。只得把女娲嬢嬢拉到没人处小声道：“晚辈在位以来一直励精图治，偏偏财政这厢自己理不清不说，天庭也一直没有可用的人才……国库空虚，真的拿不出钱来给您呀……”

天帝算是小辈，自己也是看着他穿着尿布长大的。嬢嬢心软，也没真心要跟天帝计较，只帮他出主意道：“都说人间经济做得好，你派能人下凡去学——学成归来帮你打点财账！”

“嬢嬢说的我何曾没想到过？只是仙官们各司其职，什么职位都不缺人才，偏偏缺个善于生财的——嬢嬢心疼我的话，干脆给我捏个顶精明的人儿当我的财神算了！”

嬢嬢只当天帝讲的是疯话，只由他兀自恼着，向旁人去问清了奇案的来龙去脉。

听完，女娲嬢嬢走到了玄树旁，看着玄树思索了好半晌后，她的表情变化了。

“这玄树……”

“怎么了？”天帝从远虑中挣扎出来，打算先解决近忧，“嬢嬢您有办法对付它吗？”

嬢嬢神情复杂，仿佛回忆着什么似的，沉吟片刻后，照着树身一指，闪着金光的“智慧”便从女娲嬢嬢的指尖涌向那玄树。

片刻后，玄树化身出一个少年的模样来。

众神看着那少年，又继而面面相觑。

玄树化出了人形，一个肤色黝黑的少年，穿着简单的玄色布衫，套着一条白色裤子，而脚是根系所化，于是深扎在泥土里拔不出。

少年也没有拔出脚来走动的意愿。只是就地一坐，亮着一双澄澈的眸子，端详着手里的白玉胭脂盒，左手拈着盖子，右手捧住盒身，双臂挥动，胭脂盖与胭脂盒向一处合拢，玉和玉相击，“琳琅”作响。

随着脂粉弥散而起，少年笑了起来。

玩儿这最后一遭，少年伸手把胭脂还给了仙女。

仙女看着少年的风姿，倒是害羞了起来，掩着嘴却掩不住笑，“傻树啊，脂粉都被你扬没了！这盒子你要是真喜欢，我送你便是。”

少年眼睛一瞪圆，似是有无尽欣喜。可须臾之后，还是下了决心一般，递回了胭脂盒。

遭了这么多折磨，他倒是无怒也无惧，只归还了抢来的东西，又低头照着自己的一身伤疤看了去，大概明白了“对”与“错”的区别。

女娲嬢嬢又开口了，“里面的胭脂都被你玩儿没了！”

少年望着她，又转头望了望仙女。他沉默了片刻，抬起一只手臂，停在半空，一挥，化作玄色树枝，枝头催生出几瓣玄色叶子来，又从叶心里开了一个玲珑剔透的花骨朵。

众神呆滞。

那花骨朵迅速地长熟了，开出了一朵花。

五个瓣，就着风，轻颤，一瓣磕着另一瓣，“琳琅”作响。

女娲摘了其中一片花瓣下来，递在仙女手上：“他赔给你的。”

仙女震惊。

那玄玉花瓣辗转诸仙之手，在一阵唏嘘声中被传回仙女手中。

有人说：“一瓣一姑苏，一花一江南啊！”

“值这么多？”天帝也震惊了。

“没错！”女娲点头，“就值这么多……”

天帝也凑去看了那玄玉花瓣，看了好久，看到眸子里都发了光。突然灵光一闪，便转头去问那玄树化作的少年，“你还能开花吗？”

少年没说话，似乎初得“智慧”的他还不会整理言语。

可天帝却如获至宝，跑上前去晃着少年的肩膀，“孤封你为一品财神，做不做？开花便是了，没别的事！”

女娲嬢嬢乐了，“小子，你让我的钗子去给你当财神，日后赚了钱再还我？——你自己这么会打算，你自己兼财神算了！”

天帝傻了，“您的钗子？”

嬢嬢点头，讲起这玄树的身世来。

——当年补天之时，女娲嬢嬢曾遗落了一根玄玉钗子在天河岸边。

这玄玉钗有灵性却无欲求，所以一直未曾成形，不通人情，不解世故，不曾蒙受教化，只仿着这天河边的草木而生。

不曾蒙受教化，所以遇到心之所求时，它便只会抢。

“方才我认出它来，才对这个已然成了形的东西施以教化，告诉了它是非对错。它便决定把这胭脂还给你，再用玄玉花瓣补偿你。”女娲嬢嬢替玄树道了个歉，“希望仙子原谅它。”

仙女连连点头表示没什么大不了的。

天帝终于弄明白了来龙去脉，“所以玄树如今得以成形，是因为它遇到了它的心之所求吗？”

“对。”嬢嬢点头。

天帝猜测：“胭脂？”

太白上仙：“神位？”

仙女：“我？”

女娲：“……”

所有人的揣测都被嬢嬢摇头否定了，众人冥思苦想却不得其解。

却在这时，事件中心的主人公却仿佛像是周遭的一切都与自己无关一样，它兀自将停在半空的手臂一挥，缺了一瓣的花又重新长成。

五个瓣，就着风，轻颤，一瓣磕着另一瓣，“琳琅”作响。

嬢嬢笑了，替玄树解释道：“它呀，爱慕的是一阵声音。”

一棵树，倾慕一阵声音。

天帝这下懂了：一阵声音而已，给就给！

于是他随手从天河中摸出一把星砂，混着天河水揉作一团，又扬了扬手，将寰宇间的“琳琅”声悉数收入其中。他指着这个雕像告诉玄树少年，“现在整个世间的‘琳琅’都在里面，孤全部送给你。你想听的时候，就开一朵玄玉花来跟它兑一声，好吗？”

玄树少年乐了，连连点头。

但这个雕像却被女娲嬢嬢嫌丑，她从天帝手中接了过来揉了几下，才从掌间放开。

只见女娲嬢嬢的掌心里，那具雕像变成了一个白色的少年。他从嬢嬢指尖跃起，便撑开了一副轻盈通透的白色蝶翼，扇动着，落在了玄树少年手臂化作的枝头上，落在玄色花里。

落定的时候，“琳琅”作响。

一棵荒唐的树，倾慕一阵荒唐的声音。

反正是个遗失太久的钗子，款式都过了时，女娲嬢嬢便将它送给了天帝，也好让它效劳于天庭，将功折罪。

老人常言“树是轻易挪不得的”，于是财神府建址没有选在天上皇城之中，只是在天河岸修出的一座别院里。

传说里面住着个黑脸财神，还有个白脸财神。

黑脸财神负责“生财”，白脸财神负责“记账”，两房财神搭配着，在之后的短短时间里，帮天帝还清了女娲嬢嬢的债，又很快地让天庭的金库充盈起来。天庭有了资金，天上的建设速度也就变得飞快。

不过两个财神不爱出门，所以见过他们的人不多。

只是后来的仙子们路过天河岸时，可以从高高的墙垣之上看到玄色枝丫，和一只白色蝴蝶穿梭其间，还有一些清脆悦耳的声响——

“琳琅，琳琅。”

图书在版编目（CIP）数据

陈滩旧梦 / 梁阿渣著. — 武汉：长江出版社，2021.3
ISBN 978-7-5492-7608-0

Ⅰ. ①陈… Ⅱ. ①梁… Ⅲ. ①长篇小说-中国-当代
Ⅳ. ①I247.5

中国版本图书馆CIP数据核字（2021）第046743号

陈滩旧梦 / 梁阿渣 著

出　　版　长江出版社
　　　　　（武汉市解放大道1863号 邮政编码：430010）
项目策划　力潮文创 · 蜜读
市场发行　长江出版社发行部
网　　址　http://www.cjpress.com.cn
责任编辑　罗紫晨
封面设计　曾六六
印　　刷　三河市嘉科万达彩色印刷有限公司
版　　次　2021年3月第1版
印　　次　2021年4月第1次印刷
开　　本　710mm × 1000mm　1/16
印　　张　16
字　　数　340千字
书　　号　ISBN 978-7-5492-7608-0
定　　价　39.80元

电话：027-82926557（总编室）027-82926806（市场营销部）